Lettres de France

De Marcel Arland
aux Éditions Albin Michel

Nouvelles lettres de France

Marcel Arland

Lettres de France

Albin Michel

Collection « Bibliothèque Albin Michel »

Première édition :

22, rue Huyghens, 75014 Paris
Collection « Bibliothèque Albin Michel »

ISBN 2-226-05296-8
ISSN 0298-2447

Né en 1899 dans la Haute-Marne, Marcel Arland se voit confier, dès son entrée comme étudiant à la Sorbonne, les pages littéraires de « l'Université de Paris », revue où paraissent ses premiers textes et où il publie Proust, Mauriac ou Giraudoux. La guerre le met en contact avec le groupe Dada puis les surréalistes, mais dès 1920 il rompt avec Breton. Il se lie avec Malraux, publie en 1923 son premier livre, *Terres étrangères,* salué par Gide et Valéry Larbaud. Prix Goncourt 1929 pour *L'Ordre,* il codirigera la NRF avec Jean Paulhan à partir de 1953, puis seul de 1968 à 1977. Entré à l'Académie française en 1968, il est mort en 1986.

PARMI les chapitres qui composent ce livre, quelques-uns ont paru, sous forme de chroniques, dans la Gazette de Lausanne. *Toute liberté m'était laissée pour ces chroniques ; je les écrivais un peu comme des lettres : de là le titre que j'adopte aujourd'hui, non pas sans jouer, on le pense bien, sur le double sens du mot.*

On devine aussi que je n'ai pas l'ambition de dresser un tableau des Lettres contemporaines. J'ai voulu tout bonnement en donner une esquisse familière, que d'autres sans doute viendront compléter.

D'ailleurs, si la plupart de ces pages ont trait à des œuvres récentes, il m'est arrivé de reprendre çà et là une ancienne figure qu'un hommage ou une édition nouvelle rappelaient à l'attention. Je n'ai pas craint de mêler ainsi le passé au présent : nos œuvres les plus vivantes, et même les plus actuelles, n'étant pas toujours celles de la saison.

LETTRES DE FRANCE

BERNANOS ET LA GRACE

I

LA NOUVELLE MOUCHETTE

Du *Soleil de Satan* à *Monsieur Ouine,* j'ai repris, ces jours derniers, tous les romans de Bernanos. A vrai dire, il s'agit là d'une même œuvre, ou plus exactement d'un seul édifice, avec ses ténèbres aux trouées éclatantes, avec son angoisse et son impérieuse certitude, et toutes les voix des orgues. Un seul édifice, une seule présence, un seul esprit.

C'est une œuvre inégale, sans doute. Elle comporte des parties confuses ou précipitées. Mais il n'est rien d'elle qui ne respire la grandeur. Cette grandeur éclate dès le départ, et l'on ne peut rêver portail ou narthex plus admirable que *Sous le Soleil de Satan.* Le *Journal d'un Curé de campagne* pourra nous offrir un accent plus proche, une ligne plus délicate ou plus patiente ; mais il ne nous en fera pas oublier le jaillissement, l'allure dramatique, ni l'insolente architecture, qui trouve son équilibre dans la violence des contrastes.

Une dizaine d'années après son premier livre, Bernanos publiait la *Nouvelle Histoire de Mouchette.* Je ne crois pas que l'on tienne cette œuvre pour l'une de ses plus importantes. Il n'en est point pourtant qui me semble mieux venue et plus durable, ni qui m'émeuve plus intimement.

Ce livre excède à peine les dimensions d'une nouvelle. Il est construit sur un « fait divers », qui semble lui-même relever de la nouvelle plutôt que du roman. Il ne met en scène que d'humbles personnages, et seulement pour quelques heures. Mais je ne le trouve pas moins nourri ni moins surprenant que les œuvres les plus amples et les plus tumultueuses de Georges Bernanos. J'y découvre la même atmosphère, la même violence, la même densité spirituelle, et pour tout dire la même grandeur. Que Bernanos y parvienne en renonçant à ses héros d'élection, saints ou maudits, à leurs débats, leurs tourments, leur psychologie exceptionnelle, c'est là précisément ce que j'admire le plus dans ce petit livre.

Un fait divers, le plus banal. Une fillette, après l'école, rencontre un braconnier qui l'entraîne ; mi-contrainte, mi-séduite, la voilà prise — un sujet de chanson, de plaisanterie, au mieux : de complainte pour les cœurs sensibles. Mais l'auteur le nourrit de sa propre substance et l'élève à une dignité farouche de tragédie. Sa maigre héroïne, à peine surgit-elle, devient une héroïne de Bernanos. C'est le soir, une tempête se déchaîne, l'enfant court à travers une forêt, dans la campagne désolée d'Artois. L'homme qu'elle rencontre semble un instant digne de ce décor ; on le traque, il a tué un garde, il tombe d'épuisement, d'ivresse et de haut-mal : tous les prestiges pour cette gamine sauvage. Et tous les pièges : ceux de l'admiration, de la pitié, de la peur — et Mouchette y tombe. Non qu'elle ne les soupçonne pas ; mais elle est seule et misérable ; sa vie sans amour, la campagne perdue, la tempête, la nuit, l'ardeur du sang l'appellent à ce demi-viol. Jamais à ce point les personnages de Bernanos n'avaient semblé naître des éléments et du décor. Mais ils ne disparaissent pas dans l'atmosphère ; ils en sont la forme humaine. De là vient une part de leur grandeur ; une part seulement.

Ce fait divers conçu comme un drame va devenir la source d'un drame plus ample. Et cette fillette fermée, hargneuse, tourmentée par une hérédité alcoolique, c'est à elle que l'auteur confie, une nuit et une matinée durant, jusqu'à ce qu'elle se tue, le débat, la tragédie de la souillure. Comme j'aime qu'il l'en ait jugée digne, et comme il est récompensé de l'avoir choisie ! Elle se tait, elle parvient mal à ajuster deux pensées ; nulle subtilité, nul monologue intérieur. Pourtant elle n'a pas moins de sens ni de résonance qu'une princesse du théâtre tragique. L'extrême humilité du rang semble rejoindre l'extrême élévation. Ce que la noblesse, la parure, l'histoire ou la légende apportent à l'une, l'autre le trouve dans la présence immédiate de la nature et des forces élémentaires.

Elle le trouve aussi dans l'amour que lui porte l'auteur, et dans cette sorte de chant dont il accompagne son histoire. Car dès les premières lignes, c'est Bernanos. Admirons cette attaque, dont peu de romanciers seraient capables sans qu'ils en fussent ensuite écrasés : « Mais déjà le grand vent noir qui vient de l'ouest — le vent des mers, comme dit Antoine — éparpille les voix dans la nuit... » C'est un beau spectacle, que celui de Bernanos quand il suit, pousse, traque ses héros, les presse de répondre à leur destin, les gourmande, élève leurs débats, mêle sa voix à la leur, l'y substitue même s'ils sont au bout de leurs forces ou de leur conscience. Du commencement à la fin de ce livre, l'ombre de Bernanos pèse sur l'enfant ; elle l'accompagne à la maison, quand Mouchette déchirée, mais silencieuse, revient laver, bercer son frère, soigner une mère qui va mourir, et qui tremble, et qui tente vainement un geste de douceur ; plus tard, quand Mouchette déambule à travers le village et que tout ce qui soutenait encore sa faute se dérobe (le meurtrier n'était qu'un voleur, la tempête : une pauvre pluie, et sa faute : la plus lamentable) ; un peu plus tard encore, quand une vieille femme l'entraîne chez elle et, veilleuse des morts, semble déjà flairer une morte dans cette fillette tendue ; près de l'étang enfin, où Mouchette se laisse glisser. Si secrète, si malhabile, si profondément meurtrie, il fallait bien que cette gamine empruntât pour s'exprimer une voix étrangère. Mais il ne s'agit pas d'une voix étrangère. Est-ce Bernanos, est-ce Mouchette qui parle ? Bourrue et tendre, parfois amère, soudain éclatante et concise à la fois, la voix qui s'élève, celle de Bernanos et de Mouchette, n'est tout à fait ni une explication ni un commentaire. Elle participe au drame, elle est elle-même action. Et si elle apporte sur l'héroïne une lumière que l'humble fille n'aurait pu fournir, on ne l'admet pas moins que l'on n'admet, chez les héroïnes de Racine, cette étonnante lucidité qui vient de l'auteur sans doute, mais qui est si profondément du personnage.

Des sept romans de Bernanos, celui-ci, par suite peut-être de ses dimensions réduites, est le plus soutenu, de langue, d'accent et de composition. Rien de plus sûr, ni de plus essentiel que cette composition. A la dramatique violence du début (la campagne, la tempête, le viol), elle juxtapose une scène d'atroce intimité (la chambre misérable et empuantie, la mère mourante, l'enfant qui hurle). A ces deux scènes nocturnes, elle oppose celles du jour ; à l'égarement de Mouchette, sa lucidité naissante ; à la frénésie des événements, la marche endolorie de Mouchette à travers le village, son arrêt chez l'épicière, son arrêt chez le garde, son arrêt chez la veilleuse des morts, son arrêt au bord de l'étang. Bref, à l'action, elle oppose, elle semble opposer la pensée, le tableau ou le chant. C'est là sa plus belle audace. Je ne dis point que l'on n'en soit pas d'abord alarmé. A l'heure la plus grave du récit, Mouchette entre chez la veilleuse des morts et, pendant trente pages, nous ne voyons plus que cette femme, nous n'entendons plus que ses histoires et sa complainte. Pourtant il n'est rien là de gratuit ; cette figure de vieille, cette couleur sinistre, ce ton de mélopée maléfique viennent à leur place exacte et nécessaire. C'est l'un des plus beaux dons du romancier que ce sens d'une « composition interne ».

Voilà donc un livre de Bernanos où n'apparaît aucun prêtre. D'où vient qu'il ne nous en offre pas moins, dans son ardeur et sa gravité tout ensemble, un caractère religieux ?

On a dit maintes fois que les prêtres de Bernanos ne se rencontraient point dans la vie. Je n'en suis pas sûr. Mais à supposer qu'ils ne fussent pas des prêtres réels, ils sont du moins des prêtres dont nous avons souvent rêvé. Chaque écrivain choisit ses héros selon son cœur et sa figure secrète : l'un, des enfants ; celui-ci, des subtils ; un autre, des aventuriers. Bernanos a mis, dans ses personnages de prêtre, ses plus hautes aspirations ; mais elles ne sont point si particulières que chacun de nous, en ses meilleurs instants, ne les ait au moins caressées. C'est qu'il est allé droit à l'essentiel, et que ses romans conservent leur sens et leur valeur hors des cadres d'une religion.

Dieu merci, on ne trouve pas chez Bernanos ces charmes de sacristie ou de confessionnal dont s'aliment tant d'œuvres délicatement torturées. On n'y trouve pas ces effarouchements, ces plaintes voluptueuses et, tout compte fait, cette connivence qu'inspirent à d'excellents romanciers la peinture du péché et surtout celle des pécheurs. On peut même douter qu'il ait, du péché, un sens très orthodoxe. Mais il a le sens de la vie et de la mort. Le sens, le tourment, et jusqu'à l'obsession. Il ne s'agit pas avec lui du péché, mais de l'authentictié des êtres. C'est assez dire que le problème fondamental de son œuvre est celui de la Grâce. Reconnaissons ce débat au cœur de l'*Histoire de Mouchette* ; c'est par là qu'un tel livre, si particulier qu'il soit d'ailleurs, s'incorpore à l'œuvre entier.

« Tout est grâce », murmure en mourant le « Curé de campagne ». Tout peut servir à la Grâce, même le crime. Criminelle, la première Mouchette revenait à Dieu ; la seconde, simplement misérable, meurt désespérée. Mais enfin, parmi tous les personnages de ces romans, il n'en est aucun, fût-ce le plus noble, dont Bernanos se permette d'affirmer qu'il a reçu la Grâce et qu'il est sauvé. Du moins savons-nous de toute évidence ce qui émeut l'auteur et ce qu'il aime : c'est l'amour, ce sont les sacrifices, les luttes et la violence de dépassement ; là se trouve pour lui la seule vie vivante. Et ce qu'il méprise, ce qu'il poursuit de sa haine, nous ne le savons pas moins : c'est la médiocrité, la froideur et la complaisance. Cela suffit à donner à son œuvre une telle vertu d'exaltation. De toutes les voix que nous avons entendues en ce demi-siècle, celle de Bernanos était la plus généreuse : une voix rude et brûlante — parfois excessive, sans doute, mais il était bien qu'elle le fût.

II

LA « FILLE DE DIEU »

Voici, publiée par les soins d'Albert Béguin, une nouvelle œuvre posthume de Bernanos. C'est une œuvre dont il accepta la commande, le sujet et les servitudes. Qu'il en ait fait pourtant une œuvre profondément personnelle, rien ne saurait mieux nous montrer la puissance de son tempérament.

Il la composa en Tunisie, déjà malade, pendant l'hiver de 1947-48. Le P. Bruckberger avait établi un scénario, d'après une nouvelle de Gertrude von Le Fort. Bernanos accepta d'en écrire les dialogues, quitte à prendre avec le scénario toutes les libertés qu'il jugerait nécessaires. Il fit de même à l'égard du texte de la nouvelle, qui lui manquait alors, mais qu'il avait lu jadis. Je parlais d'une commande : il va de soi que Bernanos ne l'eût pas acceptée, s'il n'eût retrouvé dans la nouvelle et le scénario qu'on lui proposait quelques-unes de ses préoccupations essentielles. Je ne sais si Bernanos, dans ces *Dialogues des Carmélites,* révèle un sens très sûr du cinéma ; j'en doute fort ; mais il y manifeste un sens vigoureux du théâtre, et du théâtre le plus noble. Au demeurant, l'auteur des *Carmélites* est bien celui de *la Joie*. C'est assez dire le prix de cette œuvre posthume.

« En un sens, voyez-vous », écrivait Bernanos dans *la Joie,* « la Peur est tout de même la fille de Dieu, rachetée la nuit du Vendredi Saint. Elle n'est pas belle à voir — non ! — tantôt raillée, tantôt maudite, renoncée par tous... Et cependant, ne vous y trompez pas : elle est au chevet de chaque agonie, elle intercède pour l'homme. » On peut voir dans les *Carmélites* le drame de la peur et de son rachat. Quand Bernanos l'expose, comment ne songerait-il pas aux récentes angoisses d'un monde en guerre ; et puis il est malade, il vit tourné vers la mort. S'il donne à ses personnages le décor d'un autre temps, ce sont ses personnages, c'est lui-même à travers eux, et c'est un drame où chacun de nous, qu'il le reconnaisse ou non, se trouve intéressé.

Blanche de La Force est née dans la peur. En 1774, un soir que Paris fête le mariage du Dauphin et de Marie-Antoinette, un incendie éclate dans la réserve des pièces d'artifices ; c'est la panique, on cherche à fuir, on se bat, on s'écrase. Un carrosse est là, dont les chevaux s'affolent ; la foule enfonce une portière ; la marquise de La Force, muette d'effroi, se blottit dans un coin de la voiture. « Madame, hurle un homme qui tient entre ses bras un enfant ensanglanté, il ne se passera pas longtemps, je vous le dis, que les gens de votre espèce ne meurent et que nous ne soyons installés dans vos carrosses ! » Blême, les vêtements en lambeaux, la marquise revient à pied vers son palais, où elle accouche avant terme et meurt.

Autour de l'enfant, c'est en vain qu'un père, un frère et une gouvernante s'ingénient à composer un monde aimable. Blanche porte la peur dans son sang ; elle a peur de tout ; avant tout, elle a peur de sa peur, et, pour la fuir, elle entre au Carmel de Compiègne. La voici dès lors partagée entre son désir d'héroïsme et son intime faiblesse. Elle choisit pour nom « Blanche de l'Agonie du Christ » ; mais elle ne peut dormir dans les ténèbres. Pour elle, la prieure, qui va mourir, offre à Dieu sa mort, et reçoit une terrible agonie ; mais à peine cette noble femme est-elle morte : Blanche, épouvantée, abandonne le cadavre.

Les temps de la persécution sont venus. Deux puissantes figures dominent le couvent : celle de la nouvelle Supérieure et celle de la Mère Marie de l'Incarnation. La première nous déçoit d'abord par sa prudence, son terre à terre, et ses proverbes dignes de Sancho ; c'est la fille d'un marchand de bœufs. En face d'elle se dresse Marie de l'Incarnation, bâtarde de sang royal, violente, passionnée, avide d'héroïque grandeur. « Nous sommes de pauvres filles rassemblées pour prier Dieu, répète la Supérieure. Méfions-nous de tout ce qui pourrait nous détourner de la prière, méfions-nous même du martyre. » Mais Marie de l'Incarnation : « Au régime impie qui prétend suspendre les vœux, je pense que la Communauté tout entière devrait répondre en prononçant solennellement le vœu du martyre. » Et c'est ce qu'elle obtient des religieuses, un jour que la Prieure est absente ; toutes les Carmélites, l'une après l'autre, s'engagent à ne rien faire qui puisse les dérober à la persécution. Toutes, même la misérable Blanche, qui épuise là ses dernières forces, parvient à s'agenouiller, à offrir sa vie, mais qui aussitôt, vaincue, désespérée, s'enfuit du couvent.

Marie de l'Incarnation se jette à la recherche de l'enfant perdue, qu'elle retrouve à l'hôtel de La Force. Le père de Blanche vient d'être guillotiné ; elle vit en servante ; et comme Mère Marie la rappelle à son devoir : « Qu'est-ce qu'on me reproche ! s'écrie-t-elle. Qu'est-ce que je fais de mal ? Je n'offense pas le bon Dieu. Je suis née dans la peur, j'y ai vécu, j'y vis encore ; tout le monde méprise la peur, il est donc juste que je vive aussi dans le mépris. »

Cependant, à Compiègne, les Carmélites se préparent au martyre ; on les emprisonne, on les condamne à l'échafaud. Marie de l'Incarnation, dès qu'elle l'apprend, veut les rejoindre et partager leur sort ; un prêtre l'arrête : « Qu'importe votre volonté en cette affaire ? Dieu choisit ou réserve qui il lui plaît. » Elle ne pourra donc jouir d'une récompense qu'elle a tant cherchée. A sa place c'est une autre, qui ne la cherchait point et ne fit aucun vœu de martyre, c'est la Prieure qui obtiendra cette récompense ; ferme dans le courage comme elle l'était dans la prudence, la fille du maquignon conduit à l'échafaud ses compagnes. Les Sœurs entonnent le *Salve Regina,* puis le *Veni Creator ;* à mesure que tombent les têtes, le chant se fait moins nombreux. « Plus que deux voix, plus qu'une. Mais à cet instant, partant d'un autre coin de la grande place, une nouvelle voix s'élève, plus nette, plus résolue encore que les autres, avec pourtant quelque chose d'enfantin ! Et l'on voit s'avancer vers l'échafaud, à travers la foule qui s'écarte, interdite, la petite Blanche de La Force » — celle que son frère appelait « le petit lièvre », ses compagnes : « Blanche de la Faiblesse », mais cette fois enfin dépouillée de toute crainte.

❖

Telle est l'œuvre de Bernanos. Reprenons à présent la nouvelle de Gertrude von Le Fort, *la Dernière à l'Echafaud,* dans l'excellente traduction qu'en donna Blaise Briod quelques années avant la guerre. Cette émouvante nouvelle prend la forme d'une lettre, qu'un homme écrit au lendemain de la Terreur ; s'aidant de souvenirs et de témoignages, il essaie de reconstituer l'histoire de Blanche et de ses compagnes. De là, entre les deux œuvres, un premier écart, celui de la technique. Au récit, Bernanos substitue le drame ; à l'analyse, au commentaire : l'expression directe ; au témoignage, la présence de l'acteur.

Pour nourrir et orchestrer son drame, il est amené tantôt à développer une figure qui, dans la nouvelle, se trouvait à l'état d'ébauche, parfois même à introduire un personnage nouveau. C'est ainsi qu'il donne un frère à la petite religieuse, ou qu'il prête à un simple nom (celui d'une novice, sœur Constance) l'un des visages les plus gracieux et les mieux venus de son œuvre.

Il va plus loin. S'il emprunte à la nouvelle allemande le drame, le débat et les principaux personnages des *Carmélites,* ce n'est point pourtant sans leur imprimer sa marque. Elle apparaît nettement dans sa conception de l'héroïne. Aussi bien, de toutes ces religieuses, Blanche est-elle la seule qui n'appartienne pas à l'histoire. Car il est de vérité historique que, le 17 juillet 1794, seize Carmélites de Compiègne montèrent à l'échafaud, parmi elles la Prieure et la petite sœur Constance. Marie de l'Incarnation elle-même n'est pas un personnage fictif ; elle se trouvait à Paris tandis que l'on arrêtait ses sœurs; elle se cacha, puis vécut au Carmel de Sens, où elle écrivit la *Relation* du martyre. Seule, Blanche de La Force est une création de la romancière allemande ; mais cette création, on va voir comment Bernanos se l'assimile et la transforme.

Il lui donne à la fois plus de relief, plus de pathétique et plus de noblesse. Il la dépouille de certains caractères accidentels afin de lui donner un visage plus pur. Il l'enlève à l'anecdote pour l'élever à la tragédie spirituelle. Non point qu'il nous cache la faiblesse de Blanche ; mais il ne nous la montre jamais comme un abandon ; toujours lucide, elle n'est faiblesse qu'au regard d'une volonté de courage, et elle implique cette volonté. Dans la nouvelle de madame von Le Fort, c'est le provincial du Carmel qui prescrit à la Prieure de donner aux novices le nom de « Jésus au Jardin de l'Agonie », car « il n'en peut être trouvé de plus idoine, dit-il, dans le temps où nous sommes ». Mais chez Bernanos, quand, pour la première fois, Blanche se présente à la Prieure Croissy, c'est elle-même qui déclare : « Je voudrais m'appeler Sœur Blanche de l'Agonie du Christ » — choisissant ainsi son appui, son combat et sa chance de salut.

La divergence des deux écrivains se manifeste de façon plus frappante encore vers la fin de leurs œuvres. Blanche s'est enfuie du couvent ; elle trahit son vœu, elle refuse le martyre. Chez madame von Le Fort, le narrateur l'aperçoit soudain dans la cour d'une prison ; c'est la nuit ; on boit et on tue. Blanche est appuyée au mur, devant le cadavre de son père ; un homme, coiffé du bonnet rouge, lui tend un gobelet de sang, lui crie : « Communie, citoyenne ! » et la contraint à boire. Blanche aussitôt est portée en triomphe et ramenée chez elle. Dès lors, les dames de la Halle, leurs époux et leurs galants lui tiennent compagnie et l'entraînent dans les cortèges qui accompagnent à l'échafaud la charrette des condamnés. De ces monstrueux épisodes, Bernanos n'a rien gardé. Ils avaient leur place dans le récit ; peut-être auraient-ils convenu au film : mais c'était là, décidément, le moindre souci de l'auteur. Ils ne convenaient pas au théâtre, dont il se trouve plus proche. Surtout, tant d'égarement ou de sordide misère eût altéré les traits de son personnage et la sobriété du débat spirituel.

Il n'est pas jusqu'à ce débat, jusqu'au drame lui-même, qui n'aient pris chez Bernanos un caractère particulier. Dans les deux œuvres, Blanche de La Force triomphe de sa peur et se propose enfin au martyre. Mais ce commun dénouement revêt, dans les *Carmélites,* un nouveau sens. La prieure Croissy avait offert sa mort pour le salut de Blanche ; toute l'angoisse, toute l'épouvante qui eussent accompagné la mort de la jeune fille, la Prieure les assume et les éprouve. Par sa mort difficile, elle rend aisée celle de la novice. Par ses mérites, elle la mène au salut. Peut-être, dans les *Carmélites,* n'est-il rien de plus émouvant que ces profondes correspondances. On sait combien le dogme dont elles relèvent tenait au cœur de l'écrivain. Nous aimons à retrouver dans cette dernière œuvre les thèmes familiers de Bernanos, comme nous y retrouvons sa noblesse, sa brûlure, sa voix puissante et douloureuse.

L'ŒUVRE ET LA FIGURE

Je ne sais comment appeler au juste les œuvres que je rassemble aujourd'hui. Ce ne sont pas des romans. Ce ne sont pas des essais. Des récits ? Mais une forme particulière de récit, où se rejoignent les souvenirs de l'individu, les nouvelles du conteur, souvent les réflexions du moraliste et parfois la résonance du poète ; une forme qui donne à la chronique intime une valeur universelle, où la confidence et le document prennent l'attrait de la fiction, qui ne trouve enfin son bonheur que dans la coïncidence d'une œuvre d'art et d'une figure humaine. C'est là, me semble-t-il, la forme la plus originale de notre époque ; aussi bien, par ses exigences, la plus dangereuse.

Que *Chimériques,* le dernier livre de Jacques Chardonne, réponde à ces exigences, on ne peut s'en étonner. Depuis longtemps déjà, Chardonne constitue la figure centrale de son œuvre, soit qu'il se mette en scène, soit qu'on le reconnaisse sous un masque léger : lui-même, ses problèmes, son humeur et toutes les inflexions de sa voix. Certains de ses romans, *Claire,* par exemple, ou *les Destinées senti-*

mentales, mêlent très intimement à la fiction le commentaire, la morale et l'idéologie ; davantage : ils donnent au commentaire une valeur romanesque. Et ses Chroniques à leur tour (voyez *le Bonheur de Barbezieux* ou *l'Amour du Prochain*) laissent surgir dans la méditation un portrait, une anecdote, un souvenir, un germe de nouvelle ou de roman, sans que le ton et l'unité de l'œuvre en semblent jamais altérés.

Mais, de telle de ces œuvres, on pouvait dire : c'est un roman ; on attribuait telle autre au moraliste. Le roman et la méditation, la confidence et la nouvelle, n'avaient pas encore atteint à cet équilibre ou, pour mieux dire, à cette fusion, qui donne à *Chimériques* sa forme propre.

Chimériques, c'est le conte, la sagesse et l'art d'un homme de soixante ans, l'homme étant Chardonne l'écrivain, étant aussi un homme qui vient de connaître d'assez graves épreuves. Précisément, la voix du narrateur nous semble d'abord plus sourde que jadis. D'autant plus mesurée et discrète, songeons-nous, qu'elle aurait plus à dire. A peine le livre s'est-il ouvert sur une rapide vision de l'exode, c'est pour laisser place à un portrait et à une investigation psychologique. En tout temps, paraît dire l'auteur, je retrouve mon domaine, qui est l'homme. Jamais en effet cet intérêt ne l'abandonne, même s'il conte une histoire où la guerre joue le premier rôle, même s'il évoque une prison et la menace suspendue sur lui. On peut trouver dans son livre quelque amertume, mais aucune plainte, aucune trace de ressentiment.

Est-il toujours aussi détaché qu'il le croit ? A mesure que l'on avance dans *Chimériques,* les remarques se transforment en jugements, dont la tranquille apparence ne nous cache pas l'âpreté. Mais ces jugements eux-mêmes sont mêlés pour nous à sa figure ; nous ne pouvons les en séparer ; ils l'expriment comme font plus loin ses confidences ; comme font aussi ses nouvelles, qui, si précis qu'en puissent être les personnages, le dialogue et le sujet, ne sont rien d'autre que les phases essentielles d'une méditation, d'une vie et d'un récit.

Il y fallait l'art le plus subtil et le plus naturel. C'est bien l'art de Chardonne, d'une telle sûreté dans la discrétion, d'une telle élégance dans la simplicité. Cet art, qui parvient à son extrême décantation, a gardé tout son frémissement. C'est à la fois un art de dessin et un art mélodique. Quelques sons, quelques traits suffisent, qui savent tout ensemble suggérer et décrire, qui nous restituent la fraîcheur de la découverte, et nous font sentir, au cœur de la maison ou du paysage, la présence de Chardonne.

J'ouvre au hasard, presque au hasard :

J'aime ces jours d'automne dont on nous prive cette année, les premières gelées blanches dans les bois roux et sur l'herbe reverdie, ce pays un peu desséché où toute nuance a je ne sais quoi de spirituel.

Le livre abonde en notes aussi délicates. Veut-on une peinture plus ample, et d'une grâce plus soutenue ?

Dans la voiture, elle se blottit contre moi, comme si elle dormait. La nuit vint pendant que nous montions par une route tortueuse vers la Roche-Suize. Les lueurs de la voiture éclairaient au bord du chemin les taches roses des bruyères en fleur, des arbres sombres, des ouvertures dans les futaies plus sombres encore. Le ciel noir balafré de vagues clartés laissait voir des ravins par échappées, et je ne sais quoi d'altier et de sauvage qu'il fallait deviner. On inventait le paysage. Tout brouillé dans ces ténèbres, il m'a laissé le souvenir d'un grand tableau...

Mais enfin une si délicate transparence nous semblerait moins précieuse, si elle n'abritait un monde singulier. C'est un monde où rôde un constant malaise, un monde de malentendus, de duperies et d'aveuglement; là, chaque âme se ferme sur son secret, se durcit et s'épuise ; une mère, pour sauver son fils, l'envoie à la mort ; un mari, après vingt ans de silence et à l'instant où sa femme va disparaître, découvre en elle une raison de vivre ; cette jeune fille même, que le narrateur nous montrait pressée contre lui dans la voiture, une nuit d'été, elle sera morte le surlendemain. N'importe : le souvenir de cette fille, pour Chardonne et pour nous, se trouve lié à l'image d'une clairière ; et tous les secrets, les tâtonnements, les luttes sourdes, les phantasmes que surprend l'auteur, qu'il dessine ou suggère, appellent et rejoignent le bruit des sources, les peupliers et leur exacte nuance, les premières gelées sur les ceps de vigne, et le ciel de Charente ou d'Ile-de-France. Mi-réels, mi-chimériques, ce sont les éléments de son monde et de son chant. « Je pense, écrit Chardonne, que l'artiste invente des hommes comme il invente un langage et des tableaux ; il habite un monde de divinités et sa patrie est dans l'exil. »

❖

« Dans mon enfance, dit Chardonne, j'ai connu en Amérique... » Ou bien : « Je venais d'acquérir une maison... Je remuais des projets... Je n'étais plus sur terre. » Ou même : « Ceux que j'appelle mes amis sont comme incorporés à mon être par le temps ; aussi je dis seulement : deux ou trois. A l'instant appelé au téléphone par l'un d'eux, je me suis mépris sur la personne... » Le *je* de Chardonne peut être un *je* de confidence (mais encore : discret et rapide dans la confidence, plutôt allusif, corrigeant d'un sourire la gravité menaçante) : ce n'est jamais un *je* de confession. Et tel est bien son mode personnel de sincérité, par où il s'oppose à Jouhandeau, comme il fait souvent aussi par son art.

L'œuvre de Jouhandeau est un temple qu'il s'est à lui-même édifié. De là vient qu'elle irrite parfois et fait accuser son auteur d'une complaisance quasi monstrueuse. C'est méconnaître l'esprit qui l'anime : qui a le sens et peut avoir l'orgueil de son rôle, mais qui n'est d'aucune sorte un esprit de vanité ou de suffisance. Enfant, Marcel Jouhandeau rêvait d'être prêtre ; il l'est devenu, à sa manière, dans son œuvre : un écrivain lucide, avec la solennité d'un prêtre, y célèbre une messe humaine. Peut-être, autour de la « victime », n'y a-t-il pas moins de mauvais anges que de bons ; mais la dédicace du sacrifice reste la même. Il faut toujours s'offrir, dit Jouhandeau ; si vous êtes impur, offrez votre impureté.

Et sans doute, il est obsédé par lui-même, mais c'est-à-dire obsédé par le besoin de ne se rien cacher de lui-même et de parvenir à sa figure essentielle. A l'égard des êtres qui l'entourent ou qu'il choisit dans son passé, il obéit à un pareil besoin ; il ne lui suffit pas d'en faire un conte ou une chronique ; il faut les presser, les pousser dans leur sens et selon leurs vœux secrets, les faire accéder à leur vérité ; ainsi, comme des images hautes en couleur, comme des statues à la fois baroques et hiératiques, pourront-ils trouver place autour du prêtre, — tout auprès de lui cette figure aux amples proportions, la femme du prêtre, dont il guette implacablement les fautes de liturgie.

Nous retrouvons Elise, il va de soi, dans *Ménagerie domestique ;* Elise, qui, pendant l'Occupation, part en quête de vivres ; qui, munie d'un panier, va chercher au cirque Amar des crottes de lion, puis « rêve à ses violettes prochaines, par cette illustre merde nourries » ; Elise au jardin, Elise au saule et aux oiseaux, Elise à la basse-cour. Mais le narrateur aussi, toujours fidèle à sa mission, qui, du canard, du coq ou du Géant des Flandres, dégage, après les avoir mangés, les figures profondes, les pures images, propices à la décoration du temple. Cela se termine par l'éclatement des radiateurs, une nuit d'hiver, un second déluge universel et cinquante mille francs de réparations. C'est une œuvre charmante ; çà et là, peut-être un peu bavarde, un peu trop faite de menues choses, de notes, de scénettes, de pages d'album. Mais comme on aime le ton de l'auteur dans sa familiarité ! La malice, l'enjouement, l'humour, la tendresse, tout s'y mêle, et parfois un peu d'amertume, parfois même la menace d'un éclat. Simple menace ; à peine le narrateur, une fois de plus, a-t-il cru trouver sa croix dans Elise, c'est aussi pour trouver contre cette croix un appui qui ne manque pas de douceur. Une ménagerie ? Plutôt une arche, et chez Noé que de sagesse !

Dans *le Livre de mon Père et de ma Mère,* si la voix de Jouhandeau use de registres moins nombreux, elle atteint à ses accents les plus rares et les plus émouvants. Ce *Mémorial* devait d'abord s'appeler *Bouchers et Prêtres.* Les *Bouchers,* c'est le *Livre de mon Père* : une boucherie à Chaminadour, les bêtes égorgées, l'odeur du sang, les commis, les rites et les fêtes de la corporation ; au premier plan, le corps athlétique du maître boucher, avec ses mains énormes (ses « battoirs »), ses narines sensuelles ou pincées de colère, ses yeux rieurs ou brusquement tragiques. Puis le boucher dans sa vie privée : calculs et coups de tête, naïves amitiés, trahisons conjugales, folles colères qui le mettent à deux doigts du crime. L'enfant, dans son coin, le regarde avec une sorte de terreur sacrée : il est, il sera toujours, le fils d'un boucher, c'est-à-dire d'un sacrificateur et d'un meurtrier.

Mais il est aussi le fils d'une sainte. Déjà, quand il nous parle de son père, même s'il en rappelle les égarements, il le fait en fils, non pas en juge ; il a reçu et accepté dans son cœur cette image violente ; sous la brutalité des traits, il découvre un autre visage, grave et doux, celui que le Titan eut dans sa jeunesse et qu'il retrouvera pour mourir ; et ce Titan au coutelas et aux battoirs, ce mari coureur, cette « tempête vivante », il arrive à l'auteur de l'appeler « mon petit père ». — Mais, de sa mère, il dit : « ma petite femme de mère ». Il l'a souvent évoquée ; c'est la plus belle figure de sa vie et de son œuvre ; je ne crois pas qu'un écrivain, dans une telle évocation, puisse apporter un amour plus tendre, plus pieux et plus délicat. Il nous la montre ici dans le petit royaume de sa servitude. Rien de plus frappant dans l'art de Jouhandeau que la façon dont il annonce, amène et fait surgir une figure. Ainsi déjà, dans le *Livre de mon Père,* le forgeron et sa femme :

Il y avait, quand j'étais petit, dans l'étroite rue d'Armagnac, une maison, une baraque, une sorte de caverne, une tanière. Je ne passais jamais devant sans effroi. Plus une vitre. Pantelante, branlait autour de l'entrée sans porte, une devanture à demi carbonisée, d'où s'échappait à longueur de journée une épaisse fumée. A l'intérieur, de temps en temps un ahan et une flamme brusque révélaient sous la poussière, partout répandue, toutes sortes d'objets : vaisselle d'étain, fontaine de cuivre, chenets, panonceaux, grilles de prison, croix de cimetière, puis, quand le reflet rouge du fer illuminait seul les mains fabuleuses qui le battaient et le rebattaient, on distinguait peu à peu au-dessus d'une corde qui, se relâchant, laissait glisser le pantalon jusqu'à l'aine, un ventre nu qui débordait, un poitrail velu gigantesque, bientôt une barbe opulente, hirsute, enfin un visage inhumain, légendaire, de Vulcain de carrefour. Assise, calme auprès de lui, se révélait peu à peu dans sa nuit perpétuelle (non pas Vénus, bien que ce fût la femme de Clément) une petite vieille crasseuse aux paupières sanglantes et dont la lippe inférieure pendait lamentablement tel un chiffon déchiré.

Pour opposer la lumière aux ténèbres, voici l'avènement, l'installation définitive de la mère, dans son propre *Livre* :

Le repos de ma mère, c'était, les jours ordinaires, après le déjeuner, son corsage de coton noir du matin échangé contre un autre en taffetas de la même couleur, quand elle avait noué autour de sa taille les liens d'un tablier à petits carreaux bleus et blancs fraîchement lavé et repassé, ses cheveux bien lissés autour de son front pâle, comme une auréole de jais couronne les Chinoises dans les estampes, de venir s'asseoir à l'ombre d'un palmier, près de sa caisse, entre ses balances, sur son haut tabouret de cuir grenat, ses livres de comptes ouverts devant elle : de grands rideaux rouges d'andrinople la séparaient de la rue, drapés ou fermés. Là, travaillait-elle ? Elle recevait, elle recevait, sans le savoir, comme dans un salon, sans se le dire, une grande dame, sans y prétendre, madame Ceci, madame Cela...

Et c'est le long défilé des clientes, des visiteuses : sœur Valérie ou sœur Jeanne ; madame Hoquet-notaire, la superbe ; madame Gentil, la martyre ; la Marthe-à-Bouton, la fille entretenue ; la Nan-Nette des morts, Marie-Michelle la coiffeuse rousse, et la petite Sœur des Bois qui a fait vœu de silence — toutes ces figures que la mère, plus tard, retrouvera dans ses registres, qu'elle évoquera pour son fils, et que le fils disposera autour d'elle comme une cour.

Tels sont les deux éléments qui composent ce livre, et que l'auteur essaie de concilier en lui pour prendre, de son monde intérieur, de sa sensibilité et de sa personne morale, une conscience plus profonde. C'est le livre du retour aux sources. « Dès que je ferme les yeux, dit Marcel Jouhandeau, c'est à Chaminadour que je suis, que je me retrouve. » Une nuit, il épouse en rêve la vieille concierge du cimetière : il devient le concierge des morts à Chaminadour. Dans un autre rêve, c'est l'aube, il arrive devant l'église où l'on va dire la messe, et sa mère doit y assister ; il l'attend ; mais que fait-elle ? n'est-ce pas lui qui est en retard ?

Non, elle est devant sa glace encore, dans sa chambre, occupée à mettre la dernière main à sa toilette, pour être plus belle et me faire honneur. Je me réveille.

Je voudrais citer un dernier rêve, le plus émouvant peut-être et le plus lourd de sens :

Dans notre chapelle de la Vierge, ornée de muguet, de lis, de roses et de touffes de visages archiconnus, le prêtre encore une fois, au lieu de porter à ma bouche les Saintes Espèces, les dépose, bien enveloppées dans le corporal, entre mes mains, et nanti de la sorte, un peu embarrassé de Dieu, je viens me jucher sur une tribune à balustres d'où j'aperçois ma petite mère, assise en face de la table de marbre de sa boucherie, en train de m'écrire, comme elle a fait chaque jour durant vingt-cinq ans. Pas une fois elle ne me regarde, et je la vois, sans pouvoir lui parler ; prisonnier de mon fardeau, impossible de lui faire signe. Ignore-t-elle ou feint-elle d'ignorer que je suis là ? Un moment seulement nos yeux se rencontrent, mais comme en rêve, et de se remettre à m'écrire.

C'est le livre de la nuit et de la conscience.

❖

Au regard de *Chimériques* et même du *Mémorial, le Porte à Faux,* d'Henri Thomas, semble faire assez bon marché d'une harmonieuse construction. Lui aussi pourtant, il a son visage, qui se confond avec celui de l'auteur.

Poète, Henri Thomas est l'un des plus personnels parmi ceux qui, depuis une dizaine d'années, se sont révélés. Je ne connais pas de poésie moins raccrocheuse que la sienne, ni qui se soucie moins de nos écoles et de nos modes. Elle a de la finesse, de l'habileté, de l'élégance — reste fraîche, et ne cesse de frémir. Elle nous séduit par sa ligne mélodique, qui n'est point un caprice, mais la pure expression d'une sensibilité. Le livre fermé, la voix reste en nous; il n'est pas facile de la définir ; elle rappelle parfois celle de Verlaine, mais elle est moins appuyée et ne se complaît point dans une savante gaucherie ; la nonchalance s'y mêle à l'émotion, et le goût de la rêverie à celui des choses et des êtres. Elle est libre, elle attend, prête à chanter l'amour si l'amour vient, sinon : un fantôme d'amour (mais qu'on lui passe certaine amertume), sinon : sa solitude.

Cette voix, dans *le Porte à Faux,* trouve un libre cours. Il s'agit là d'une sorte de journal ; non pas tout à fait le journal de l'auteur — celui de son double : Paul Souvrault, qui apparaissait déjà dans *le Seau à charbon* et *la Vie ensemble*. Acceptons ce masque transparent, puisqu'il permet à Thomas plus d'abandon. Si l'on s'en tient aux faits, *le Porte à Faux* est le journal du veuvage et de la solitude dans l'amour. Voici Paul-Henri Thomas-Souvrault à Londres, séparé de sa femme Lucie; puis à Paris, près d'une jeune fille, Renée, qu'il aime, qui a été sa maîtresse, mais qui refuse de partager sa vie. Tous ces faits à vrai dire, si douloureux qu'ils puissent être, ne nous apparaissent guère que par allusions. L'auteur n'a entrepris ni un roman, ni une confession. Il s'écoute, il se sent, il essaie de faire le point. Ce sont moins les événements qui nous intéressent que les réflexions qu'ils lui suggèrent, la résonance qu'ils trouvent en lui, la façon dont ils colorent le monde à ses yeux. C'est lui-même enfin ; aussi bien une bonne partie de ses propos n'ont-ils, avec les événements, aucun rapport direct, et ce sont peut-être les plus précieux.

Ils font déjà le charme de la première partie, que l'on pourrait intituler : *le Promeneur de Londres*. Notes, croquis et tableautins (l'humidité bleue du petit jour, à Piccadilly ; les prostituées de Hyde Park, les cochers et les servantes, la misère et les zones mortes) — joignez-y les médiocres aventures, le souvenir de la montagne Sainte-Geneviève, les rêveries et les jeux d'humeur : c'est le carnet d'un vrai poète, au cœur vif, à l'esprit lucide, à l'art exquis. Témoin cette page, pour nous en tenir à la grâce :

Je traversais Saint-James Park la nuit. Il y avait encore beaucoup de neige sur le sol, mais elle fondait rapidement, et la nuit était presque tiède ; il pleuvait légèrement.

J'ai entendu des grenouilles et des oiseaux aquatiques crier sur les bassins dégelés ; leurs voix soudaines et toutes proches m'ont fait sursauter. J'ai vu les formes noires des canards ou d'un autre gros oiseau aquatique bouger un peu dans l'eau plus claire.

Sur les bords du Parc s'élevaient les grands bâtiments semés de fenêtres éclairées. Une colonne sur une place surélevée. Des moteurs marchaient sur un chantier de nuit aux lampes violentes.

Une curieuse sonnerie militaire, où collaboraient tambour et fifre, s'est fait entendre en un point des cours de Saint-James, puis ailleurs.

Je goûtais un bonheur assez déraisonnable.

J'ai parlé de la seconde partie, celle des amours malheureuses. La troisième est celle de la méditation : sur le langage, sur la sexualité, sur une minute de l'enfance, bref, sur la poésie. Non point une méditation en chaire, mais la plus spontanée et telle que l'auteur ne s'y révèle pas moins que dans le récit de ses promenades et de ses amours. C'est ainsi que ce livre, dans la diversité et les correspondances de ses éléments, trouve un équilibre sans rigueur, mais parfaitement accordé à son esprit.

« *A CHACUN SA MORT* »
ou
DEUX DESTINÉES

Après *le Sabbat,* qui fit scandale, nous avons vu paraître un nouveau livre posthume de Maurice Sachs : *la Chasse à courre*. Il ne mérite, il n'appelle pas moins le scandale que le premier. Non qu'on puisse le dire provocant ; peut-on même parler de cynisme ? J'y verrais plutôt une sorte de gentillesse désolée. Ce sont des mémoires. Dans une lettre qui les suit, l'auteur raconte que G. (qui est G. ? Est-ce G. G. ?) lui proposa comme modèle Casanova. G. se trompait. Entre Sachs et le Vénitien, je ne vois presque rien de commun. Tout entier dans ses conquêtes, Casanova est un homme satisfait, que rien ne tourmente, ni scrupules, ni remords, ni conscience d'une solitude. L'autre, sentimental et veule, a toujours conscience d'une monstruosité ; il parle de son charme, mais pour reconnaître aussitôt qu'il ne fut jamais vraiment aimé ; il parle de sa vie mondaine ou demi-mondaine, et peut-être sut-il y mettre assez d'esprit et de vide pour y briller : mais ce vide, il le sent, il s'en afflige, et quand, à Hambourg, il évoquera cette vie, il l'appellera ses travaux forcés de frivolité. « L'âme souffrait », dit Marivaux des passants, des « porteurs de visage » qu'il vient de rencontrer. On peut souffrir de l'âme comme d'un membre absent.

Je ne sais si c'est tout à fait la preuve de son âme que Maurice Sachs cherchait dans ses écrits ; mais certes, la preuve et la réalité de sa figure. C'est dire qu'il était écrivain, du moins comme on l'entend aujourd'hui. L'une des premières années de l'Occupation, un jeune professeur de province vint le voir et lui témoigna un enthousiasme dévotieux. « Tout scandaleux que je fusse, écrit Sachs, j'étais devenu, avec ma légende, un personnage aux yeux de quelques jeunes. Non que j'eusse derrière moi une œuvre comparable à celle dont Cocteau ou Max Jacob éblouissaient mon adolescence. Mais un prestige quand même, par mon bagage d'expérience humaine, d'aventures, d'amitiés, d'anecdotes. » Il ajoute : « Et dans les yeux de ce jeune homme, je me vis tel que j'étais devenu : quarante ans, chauve avec un cœur vif qui me remontait aux yeux, sans beauté physique, mais toujours habile à charmer. »

Voilà le personnage qu'il se propose d'affirmer dans ses livres. Il se sait dépourvu de tout génie créateur ; il ne peut écrire un roman ; et même dans sa chronique, il n'a ni l'invention, ni la fantaisie, ni les dons de conteur et de metteur en scène qui souvent nous enchantent chez Casanova. Mais il a le trait vif, de l'esprit, de l'humour. Il sait écrire, avec ce je ne sais quoi « en trop » dans le mot, dans le tour, dans le naturel même, qui fait injustement penser au pastiche. Avant tout, il compte sur la singularité de sa vie ; il a son personnage, il son monstre.

Ses mœurs anormales ? C'est aujourd'hui monnaie courante dans notre littérature. Qu'à cela ne tienne : voici les vols, depuis le larcin tout amical jusqu'à la plus nette filouterie, et le marché noir, le trafic d'or, le passage d'une zone à l'autre. Cela se répète à chaque page, cela se mêle aux ravissements et aux désespoirs amoureux. On sourit parfois devant l'imbroglio où se lance le personnage, volant l'un pour rembourser l'autre, un troisième sans rembourser le second. Mais décidément la matière, trop abondante, eût exigé plus de patience et plus d'art. Le sourire dure peu. Les scapineries prennent un caractère de fixité misérable. Et cette misère est déjà dans l'auteur. Ses gestes peuvent être « innocents » ; non pas sa pensée. De là, l'intérêt véritable du livre.

J'ai rencontré Maurice Sachs une dizaine de fois, la première, vers 1932, comme il venait d'envoyer à la *N. R. F.* un article d'ensemble sur la peinture. L'article parut et déchaîna un beau tapage ; tous les peintres de ce demi-siècle s'y trouvaient éreintés, sinon Soutine, en qui Sachs voyait avec raison le plus violent génie de l'époque. Je ne peux dire que le charme dont il se flattait m'ait trouvé très sensible ; mais Sachs était affable, d'une affabilité légèrement huileuse ; il dénichait dans votre œuvre une page, une phrase, que vous n'eussiez pas crue si remarquable ; c'était, il est vrai, la seule dont il vous parlât. Je n'ignorais point sa légende naissante de pédéraste et d'escroc ; mais il est un ordre d'actions, il est une bassesse d'âme, dont je me suis toujours refusé à le croire capable. Dès cette époque, ce qui me frappait surtout en lui, c'était un malaise, que ne parvenaient à cacher ni l'aimable jeu des attitudes, ni le jeu brillant des anecdotes et des mots d'esprit. Il pouvait jouer son personnage, et même il pouvait l'être ; mais il ne l'avait pas accepté.

Le récit de *la Chasse à courre* s'interrompt soudain pour laisser place à des lettres. Il les écrivit d'Allemagne, où l'avait envoyé, en 1942, un contrat de travail. Sachs, à Hambourg, manœuvrant une grue devant un coin de port, en sabots, les pieds enveloppés de chiffons : l'histoire est complète. Elle le complète vraiment. D'abord, privé de tout ce qui alimentait sa vie, il se sent heureux ; du moins le déclare-t-il. Puis il songe aux livres qu'il lira plus tard, à des voyages, à des conférences. « Je veux, dit-il aussi (en bon stendhalien), finir mes jours à Paris, à cause des pâtissiers et d'une douzaine de bons esprits qu'on ne trouve nulle part ailleurs. » C'est encore le vieil homme. Voici le nouveau, ou celui qui sommeillait en l'ancien : Sachs découvre la bonté, et le seul bon sens, le sens de la vie, qui est de sortir de soi et de « donner aux êtres toujours plus qu'ils n'attendent ». Il reconnaît enfin son unique chance de salut : écrire une œuvre valable.

Sachs survivant à Hambourg : je ne doute pas qu'il n'eût repris cette vieille existence dant il mesurait le vide [1]. Et son grand œuvre, nous devinons bien ce qu'il eût été : avec plus d'art et de nuances, le déve-

1. Il l'aurait, dit-on, repris à Hambourg même : intrigant, parasite, trafiquant, entremetteur, confesseur, Pétrone de bordel, agent double enfin, comme toujours, mais, cette fois, perdant sur les deux tableaux une mise désespérée. On m'assure aussi qu'un prisonnier lui dut la vie : cela n'est pas pour m'étonner.

loppement de ces pages interrompues. Sachs eût jusqu'au bout traîné son personnage. Il y était destiné par ses dons, par ses tares et par sa faiblesse essentielle ; mais non moins par son milieu et par le public.

Au demeurant, le personnage existe et il prend une valeur de symbole. C'est l'un des acteurs favoris de la comédie parisienne et de la comédie littéraire. Non pas d'ailleurs l'un des plus éclatants : il n'avait ni l'insolence, ni la force ou la singularité de talent, grâce à quoi l'auteur, à son tour, trouve dans le public un jouet. Notre époque fait un grand usage de ces fantoches, mi-plaisants, mi-lamentables. Le rôle n'est pas si facile à tenir. Il y faut des dispositions, une piquante anomalie, une matière à scandale (et nous sommes blasés) ; il y faut de l'esprit, de l'obstination, un sens aigu de la parade ; il y faut enfin se couper de la vie. A tout prendre, il s'agit là d'une sorte d'héroïsme. Mais que ne ferait-on pour qu'un jeune professeur de province, averti de la chronique mondaine, vienne vous trouver un jour avec cet enthousiasme dévotieux qui émut si fort le malheureux Sachs...

❖

Tandis que j'achevais ces lignes, une nouvelle œuvre posthume m'est parvenue. Si elle se présente comme un roman, à peine est-elle moins intime que celle de Sachs. Mais ces deux œuvres, ces deux hommes : quel contraste !

On ne pouvait connaître Maurice Betz sans être frappé par sa pudeur et sa bonne volonté tout ensemble, par ses scrupules et sa discrète ardeur, comme par cet air un peu démuni, un peu meurtri, qui donnait à son sourire une grâce plus touchante. *J'ai toujours eu peu d'amis,* écrit-il dans sa dernière œuvre. *Pourquoi ? Je ne sais. Peut-être parce que je me montre trop exigeant. Peut-être aussi parce qu'il manque à ma personne un certain rayonnement, ce magnétisme qui suscite les dévouements, les dons volontaires, cette chaleur qui appelle elle-même la chaleur, la franchise et la vivacité un peu lourde où naissent et se développent les camaraderies. Je ne sais quoi me sépare de la plupart des hommes, comme une glace. « Tu n'es pas liant », me disait jadis ma mère, sur un ton de reproche. Et encore : « Pourquoi ne veux-tu jamais inviter des camarades ? Pourquoi ne souris-tu pas ? Ça te va si bien, quand tu as le sourire ! » Mais je ne voulais, je ne pouvais pas. Il me fallait rester grave. Est-ce ce masque qui m'a toujours isolé des hommes ?*

C'est bien ainsi qu'il m'apparut voilà vingt-cinq ans, tandis qu'il rassemblait aux *Cahiers du Mois* la plupart des jeunes écrivains de l'époque ; et c'est ainsi que le révélèrent ses premiers livres : *l'Incertain,* puis *le Démon impur.* On ne trouvait en ces romans ni une résurrection minutieuse de la vie, ni une puissante intrigue, ni une large diversité de caractères ; on y trouvait, ce qui n'est pas moins rare, une extrême et particulière sensibilité, une sincérité sans fracas, et presque autant de courage que de retenue. Ce sont des livres dans les qualités formelles répondent à celles du cœur ; ils sont pleins d'ombres et de nuances ; l'auteur procède par touches discrètes ; il a le don de faire sentir ce que l'on ne voit pas ; on devine à travers ces pages de furtives présences, des rêves, des fantômes mal apprivoisés ; l'atmosphère en est tendre et légèrement sensuelle ; une tristesse à demi voilée y séjourne, comme dans ces pays vosgiens dont il sut rendre les charmes mélancoliques.

Ces années-là, on parlait beaucoup d'inquiétude et de mal du siècle. Maurice Betz fut de ceux qui, si profondément qu'ils fussent atteints, cherchèrent en eux et autour d'eux une assise, une foi ou un combat. Dans les romans qui succédèrent au *Démon impur : Plaisir d'amour* et *le Rossignol du Japon,* ce n'est plus lui-même qu'il prend pour objet de son étude, mais les jeunes gens, ses contemporains ; ce ne sont plus des confessions, mais des romans objectifs, dont le dessin ne manque ni de discipline, ni même d'ampleur. Il rêvait, en pleine maturité, d'unir l'une à l'autre de ces tendances, soucieux de donner à un drame individuel une portée générale.

Mais peut-être a-t-il apporté plus de temps et de soin à ses traductions qu'à son travail de « créateur ». Alsacien, servi par une connaissance familière de l'allemand, il donna quelques-unes des meilleures traductions qui soient, de Nietzsche, de Carl Sternheim, de Thomas Mann et surtout de Rainer Maria Rilke. On connaît l'ardeur et la tendre constance qu'il mit à propager parmi nous l'œuvre de Rilke. C'est qu'il ne s'agissait pas ici d'une simple rencontre, et que Maurice Betz retrouvait ou croyait retrouver chez son grand aîné toute une part de lui-même, celle peut-être qu'il jugeait la plus précieuse. Je me suis parfois demandé s'il ne s'était pas quelque peu effacé sous cet amour, si un chant trop admiré n'avait pas réduit au silence une voix qui craignait toujours de se faire entendre. Mais ce n'est pas là le trait le moins émouvant de cette délicate figure et de cette destinée.

Souvenirs du Bonheur, qui paraît aujourd'hui, appartient à la lignée de *l'Incertain* et du *Démon impur.* Mais l'accent en est à la fois plus intime et plus grave. C'est à peine un roman. A la forme romamesque, l'auteur n'emprunte qu'un détour classique, un mode d'approche, une précaution, ou, pour reprendre son propre mot, un masque. Encore ne le fait-il pas sans gaucherie. Ecartons ce masque ; reste une aventure douloureuse, et assez étrange sous son apparente simplicité.

Un homme adopte un enfant ; il s'attache à lui, veut être à la fois son guide, son camarade et son confident ; davantage, il veut vivre à travers lui une vie qu'il n'a pas connue. L'enfant se dérobe, qui appartient à une race plus forte et plus vulgaire. L'homme, déchiré, insiste, sermonne, menace, supplie. On dirait que dans leur opposition il ne trouve pas moins un attrait qu'une blessure. Et que faire, quand le fils adoptif devient lui-même un homme, perd dans un douteux mariage ce qu'il pouvait avoir de fraîcheur, traîne et s'enivre, s'affirme enfin dans sa grossièreté, sa sottise et sa haine ? Une dernière fois, le « père » essaie de le rejoindre :

Tu ne sourcillas pas lorsque j'entrai.

— C'est encore moi, dis-je.

Et je m'assis au bord du divan. Puis j'éteignis et te pris dans mes bras. Je te tenais comme autrefois, et il me semblait encore sentir sous ma main ta ferme peau d'enfant tendue sur la cage du thorax.

— Parle, parle à présent ! dis-je, à voix basse.

— Je ne sais pas, répondis-tu, d'un ton presque plaintif.

Je te tins longtemps ainsi, dans mes bras. La nuit, au dehors, était claire. Tu avais négligé de fermer les persiennes. Je vis bientôt que tu t'étais endormi. Tu murmurais dans ton sommeil des mots que je ne comprenais pas et que tu accompagnais de succions de lèvres, comme pour embrasser quelqu'un. Je sentis sans répugnance une légère odeur de sueur se dégager de ton corps. Je savais que cette heure que je passais auprès de toi était sûrement la dernière.

Une aventure assez étrange, disais-je. Il suffit de ces lignes pour en montrer le caractère ambigu. Après cela, sachons respecter le demi-silence de l'auteur.

Maurice Betz eût sans doute allégé la fin de son œuvre, comme il eût été amené, par son goût d'une forme harmonieuse et pure, à rejeter certaines grâces indiscrètes. « J'en ai encore pour un mois de travail », me disait-il en octobre 1947. Quelques jours après, on le trouvait mort, à quarante-huit ans, dans un hôtel de province où le hasard l'avait amené. « Et lorsque je pense aux autres que j'ai vus ou dont j'ai entendu parler, écrit Rainer Maria Rilke — traduit par Maurice Betz — c'est toujours la même chose. Tous ont eu leur mort à eux. »

LE CONFORT INTELLECTUEL

De temps en temps, une voix s'élève en France pour dénoncer les vices de la littérature et de l'art modernes. Nous étions habitués, avant la guerre, à celle de Clément Vautel ; nous le sommes aujourd'hui à celle [1] de Julien Benda. Voici que Marcel Aymé, dans son nouveau livre, *le Confort intellectuel,* reprend le même procédé.

Il le reprend à sa manière, dont on connaît l'agrément, avec son sourire mi-figue, mi-raisin, avec son bon sens et sa fantaisie goguenarde. Toutefois, ici, la satire ne va pas sans précaution. L'auteur se couvre ; il se ménage une retraite. Va-t-on l'accuser d'injustice ? « Pardon, dit-il, ce n'est pas moi, c'est mon héros qui parle, et Dieu sait que je ne le ménage pas. » Il ajouterait pour un peu : « Mon livre, une satire ? Bah ! d'abord une comédie. » Ce Franc-Comtois rendrait des points à un Normand.

De fait, son livre comporte une large part de comédie. C'est un dialogue que tiennent, dans un

1. D'une tout autre qualité, il va de soi.

hôtel de Seine-et-Marne, M. Lepage et l'auteur. M. Lepage, qui se réclame d'une race disparue, est un vrai bourgeois. Qu'il aime le confort matériel, cela va de soi ; mais l'autre aussi, celui qui « assure la santé de l'esprit, son bien-être, ses joies et ses aises dans la sécurité ». C'est au nom de ce confort intellectuel qu'il va s'en prendre à l'art moderne. L'auteur l'interroge et le pousse (l'auteur ou du moins le personnage à qui Marcel Aymé prête quelques traits de sa figure) ; il hoche la tête, s'effarouche, hasarde une objection : bref, il fait l'enfant et même l'imbécile, trop sûr que nous ne le prendrons pas au mot. La comédie est un peu complaisante, voire un peu lourde. Le livre, à s'en passer, eût séduit moins de lecteurs ; mais sa portée s'en fût accrue. Au demeurant, si nous voyons bien les réserves, l'humour et le jeu de Marcel Aymé, il ne nous est pas difficile de découvrir ses sympathies.

Tous les reproches de M. Lepage peuvent se résumer en un seul : romantisme ! Le romantisme est sa bête noire. Par romantisme, entendez : confusion, extravagance, goût du bizarre, égoïsme et fol orgueil, souci de la singularité à tout prix, parade, cabotinage. Le romantisme est à la fois une maladie de l'âme et des mots. Car c'est par son action sur les mots qu'il propage sa virulence ; il les détourne de leur sens exact, il les ronge, il tire un charme de leur déviation. Et ce charme est d'autant plus dangereux que l'artiste est plus subtil : témoin Baudelaire, dont M. Lepage analyse un poème avec un parfait bon sens et une parfaite sottise. Bien entendu, le romantisme est aujourd'hui en pleine vigueur, ou plutôt en pleine pestilence. Verlaine, Rimbaud et Mallarmé étaient romantiques ; Valéry l'est aussi, Gide, Picasso, Breton, même Sartre et jusqu'à Paulhan.

C'est ainsi que le romantisme a pourri la littérature. Mais ce n'est pas assez dire : il a pourri la société. Et quelle société ? Une société bourgeoise. Le bourgeois, l'homme du bon sens et du confort, est devenu tout ensemble la victime et le défenseur de la peste. Il chérit ce qui le détruit, il couve et précipite sa mort. A l'affût de toutes les révolutions littéraires, jobard de toutes les avant-gardes, mystique de toutes les incohérences, il laisse détruire ce qu'il avait encore de stable, et s'ouvre à la vraie révolution qui le balaiera une fois pour toutes. — J'espère que l'on comprend l'exaspération de M. Lepage. Quant à l'auteur, romancier humoriste, n'attendez pas qu'il s'indigne ; il écoute et transcrit avec un soin touchant.

❖

Nous n'allons pas discuter une à une les accusations de M. Lepage. Ce serait devenir à notre tour un personnage du livre, et non pas le moins comique. M. Lepage, disions-nous, est un composé de bon sens et de sottise. Sa haine du romantisme se confond avec celle de la poésie ; à travers les tares et les ridicules d'une école, c'est à l'essence même de la poésie qu'il s'en prend. Homme du confort, il a raison : rien de plus dangereux que la poésie, qui glisse en nous un trouble et un ferment, qui nous ravit et nous inquiète, qui nous sépare de nos assises. Il a raison quand il reproche à Baudelaire (et tout poète est visé) de détourner un mot de son sens exact ; on peut lui répondre, sans doute, qu'un mot ne peut avoir par lui seul de « sens exact », que le sens d'un mot dépend de sa place, de son voisinage, de ses correspondances et du rythme de la phrase, et que c'est le propre d'un poète — je dirai même de tout écrivain véritable — que de donner ainsi aux mots une nouvelle nuance, de faire courir sous des traits connus un sang personnel. Mais c'est ici que M. Lepage s'insurge ; on lui demande trop, on menace son confort ; que bien que mal, les mots disent toujours quelque chose ; un sens moyen lui suffit, une fois pour toutes fixé, et garanti par le Petit Larousse. Car enfin où irait-on, si l'on ne pouvait même plus se raccrocher aux mots ?

M. Lepage est un homme éternel. Mais il a peu de mémoire, ou trop de modestie. Il a combattu, ancien croisé, contre la mysticité des romans bretons, leurs fables étranges, leur brûlante langueur, et le rôle surnaturel qu'ils assignaient déjà à la femme. Il s'est esclaffé en lisant la première partie du *Roman de la Rose*. Il a traité Charles d'Orléans de symboliste, Villon de romantique, et Maurice Scève d'obscuriste mallarméen. Toute influence féminine et tout caractère précieux le trouvaient prêt à la lutte. C'est dire qu'il eut fort à faire, puisque les femmes n'ont guère cessé d'influencer notre littérature et que la préciosité est l'un des deux courants entre lesquels cette littérature se partage. Il a chantonné : *Mignonne, allons voir si la rose...* Mais quand il analysa le sonnet :

O de népenthe et de liesse pleine,
Chambrette heureuse où deux heureux flambeaux

De deux beaux yeux plus que les autres beaux
Me font escorte après si longue peine...

rappelons-nous sa mordante critique, où le seul mot « chambrette » trouvait grâce à ses yeux. Il a soupiré, car il a bien sa pente sentimentale : *Heureux qui comme Ulysse...* Mais quel sarcasme en lisant, du même poète :

Je vais faisant un cri inentendu
Entre les fleurs du sang amoureux nées
Pâle dessous l'arbre pâle étendu...

Et quand il lut *les Tragiques !* Et quand telles strophes des *Larmes de Saint Pierre* lui firent croire un instant que Malherbe allait corrompre notre poésie ! Ne parlons pas de Sponde, de Théophile ou de Tristan : ce serait éveiller en lui des souvenirs trop cruels. Il a toléré Cyrano, prévoyant Rostand. Hélas ! au faîte du grand siècle, il lui a fallu retrouver l'influence de la femme jusque chez notre Racine. Il a sifflé toutes les pièces de Marivaux, décelé chez Jean-Jacques le germe de la décomposition romantique, blêmi de fureur en lisant *Justine,* qu'il a relégué au plus secret de sa bibliothèque... Mais bornons là cette vue cavalière.

❖

M. Lepage est un personnage comique. C'est le danger de la comédie que de prêter à rire de choses parfois assez graves. M. Lepage est un personnage ridicule et dangereux ; cela ne veut point dire que les problèmes qu'il agite — et tranche implacablement — manquent de gravité ou même d'urgence. Le livre de Marcel Aymé soulèverait moins d'attention, s'il ne répondait à un souci général, si, dans son excès, il ne s'opposait à un autre excès, s'il ne semblait enfin provoqué par une sorte de crise.

Il est difficile, je le sais bien, de juger l'époque où l'on vit. Celle qui s'est écoulée entre les deux guerres fut accusée d'incohérence et d'artifice. On commence seulement aujourd'hui de s'apercevoir qu'elle compte peut-être parmi les plus fécondes de notre littérature. Mais certains traits de l'époque présente apparaissent trop nettement pour que l'on puisse s'y méprendre.

Ces traits ne caractérisent pas moins le public que les écrivains. Je ne parle pas du public tout entier, mais de ce public essentiellement parisien, qui donne le ton et la gloire d'un jour. Il n'en est pas de plus fringant, ni de plus versatile, ni de plus badaud sous ses airs avertis et malgré sa réelle finesse. Il se soucie moins d'une œuvre, dirait-on, que du bruit qu'elle fait. Il est à l'affût d'une anecdote, d'une anomalie, d'un scandale. Il n'aime rien tant qu'être violenté. Il tremble de paraître timide ou fermé. Il lui faut chaque jour du nouveau ; Kafka, Kierkegaard, le roman américain, l'existentialisme, Pichette, Genêt, Sachs : il peut tout comprendre et chérir du même amour. Tous ces traits sans doute ne sont pas nouveaux ; mais ils se sont accusés avec le trouble de l'époque, le manque de repères, la fièvre de la veille et l'incertitude du lendemain. Ajoutons que la critique n'a pas encore repris le rôle qu'elle tenait avant la guerre. Elle commence à se libérer ; mais pour n'avoir pu ou n'avoir pas voulu, ces dernières années, juger une œuvre sur la seule valeur littéraire, elle a perdu une partie de son crédit [1].

Il est vrai qu'au cours des mêmes années, beaucoup de jeunes écrivains semblaient eux-mêmes se soucier fort peu de cette valeur littéraire. Tandis que les préoccupations politiques ou une ambitieuse idéologie venaient gâter un grand nombre d'œuvres, d'autres cherchaient un caractère original dans une violence facile ou un complaisant érotisme. D'autres encore, accordons-le à M. Lepage, ont sacrifié aux attraits d'un hermétisme assez mécanique. Dans l'ensemble enfin, cette jeune littérature, qui entendait être libre et hardie, a vécu sur ses mythes, ses idoles et ses tabous, sur ses héros modernes et sa moderne phraséologie.

Mais quoi ! si l'on parle de crise, notre littérature en a connu de pires, dont elle a su tirer un bénéfice. La plus grave, et vraiment mortelle, serait celle que provoquerait M. Lepage, s'il pouvait assujettir nos Lettres à ses besoins. Aussi bien, depuis quelques mois, une évolution commence à se dessiner, qui appelle notre confiance. Nous en voyons les signes dans un nouveau souci de l'œuvre, de ses exigences et de sa vie particulière — j'entends d'une œuvre à la fois plus stricte et plus profondément humaine — dans certain goût des problèmes moraux ; dans certaine indépendance à l'égard des chapelles et des modes ; peut-être aussi dans un désir, dans un besoin, d'une communication plus large et plus intime. Après cela, que cette communication tarde à s'établir, ce n'est que trop probable. M. Lepage cite avec raison les institu-

1. Ecrit au printemps de 1949.

teurs de nos villages parmi les meilleurs lecteurs d'un écrivain. Mais l'instituteur, aujourd'hui, ne peut plus acheter que deux ou trois livres chaque année. Il achètera ceux qu'un grand prix littéraire vient de mettre en vedette. Et l'on sait ce que valent communément de tels triomphes. J'aurai, je le crains, plus d'une occasion d'y revenir.

SOUS LE « FANAL BLEU » DE MADAME COLETTE

Madame Colette a toujours trouvé en elle-même la matière la plus précieuse de ses livres. Ils n'offrent aussi bien qu'une seule figure, la sienne propre, qui nous apparaisse pleinement vivante. Cette figure, sans doute, se trouve parfois gâtée par l'intrigue d'un roman. Mais que madame Colette s'abandonne à son humeur, qu'elle surprenne une impression et fixe un instant, qu'elle nous livre un souvenir, une rencontre, une rêverie : comme elle sait alors nous saisir et nous convaincre ! La voilà présente et exacte, avec la subtilité de ses sens, l'agilité de son esprit et la grâce aiguë de son langage ; une femme qui ne veut être qu'elle-même, mais qui l'est de tous ses dons et de toute son avidité, qui réduit la part du mystère et de l'éternel romantisme, qui précise et accuse ses limites : c'est là son plaisir, son courage aussi — qui va quelquefois jusqu'au défi, presque au cynisme — et l'on peut bien dire sa vertu.

A mesure que madame Colette a senti l'approche, puis l'atteinte de la vieillesse, sa voix est devenue tout ensemble plus grave, plus sûre et plus pathétique.

Déjà, en 1945, *l'Etoile Vesper* se présentait à nous comme un dernier livre. Mais, nous dit aujourd'hui l'auteur, « je me suis aperçue qu'il est aussi difficile de finir que malaisé de continuer ». Si *le Fanal bleu,* qui vient de paraître, prend lui aussi, çà et là, l'accent d'une dernière œuvre, il réserve pourtant l'avenir et se termine par ces mots : *à suivre.* On entend bien ce qui est d'abord « à suivre » et qui donne à de telles suites un caractère si émouvant : c'est l'effort de chaque jour, à chaque jour plus pénible, la lutte du corps et de l'esprit contre la maladie, l'adaptation à un état toujours changeant, l'utilisation du mal, les menues conquêtes immobiles... « Que nos précieux sens s'émoussent par l'effet de l'âge, écrit madame Colette au début du *Fanal bleu,* il ne faut pas nous en effrayer plus que de raison. J'écris : *nous,* mais c'est moi que je prêche. Je voudrais surtout qu'un état nouveau, lentement acquis, ne m'abusât point sur sa nature. Il porte un nom, il me forme à une vigilance, une incertitude et des acceptations nouvelles. Ce n'est pas que je m'en réjouisse, mais je n'ai pas le choix. » Cette fine et grave sagesse, ce courage décent : il n'est rien dans *le Fanal bleu* qui nous touche davantage.

« Je voulais, dit encore madame Colette, que ce livre fût un journal. Mais je ne sais pas écrire un vrai journal, c'est-à-dire former grain à grain, jour après jour, un de ces chapelets auxquels la précision de l'écrivain, la considération qu'il a de soi et de son époque, suffisent à donner du prix, une couleur de joyau. » *Le Fanal bleu* n'est sans doute pas plus un vrai journal qu'il n'est une œuvre strictement composée. Nous n'attendions pas de l'auteur un livre nu ; à peine ici peut-on parler de confidences ; mais à chaque page nous trouvons Colette ; elle nous reçoit à la lumière bleue de sa chambre ; elle nous parle ; et je sais bien que jusque dans sa bonhomie elle se préserve de la familiarité ; mais enfin c'est autour de sa figure que s'ordonnent tous les chapitres du livre, tous les rayons du fanal.

Elle écrit de son lit, sur la table à pupitre qui l'enjambe. C'est là qu'elle dénombre les biens qui lui restent, ceux de l'instant et ceux du souvenir. Elle ne peut marcher ; mais, en 47, on l'a transportée à Genève, en 48 dans le Beaujolais et en Provence. La voici maintenant à Paris, dans son appartement du Palais-Royal : de chacun de ces déplacements elle retrouve, elle ressuscite les plus furtives impressions. Elle se plaignait de l'émoussement des sens ; mais écoutez-la : « Odeur des joncs riverains, de l'eau remuée et de la menthe grise, saveur douteuse et séductrice de la cornuelle, ce n'est pas cette année encore que vous échappez à qui sait vous enclore dans une chambre de Paris — en l'espèce un écrivain peu à peu maîtrisé par son mal, mais secouru chaque jour par la fidèle mémoire de son cerveau et celle de ses vieux sens subtils. » Un ami vient la voir : c'est Jean Marais, c'est Jean Cocteau... Pour son anniversaire (le soixante-quinzième), on la comble de fleurs, de fruits et de bonbons. Elle écoute les cris enfantins qui montent du Palais-Royal, qui l'énervent, qui soudain la rendent attentive. Elle songe à Fargue, chez qui on la transporta pour déjeuner, quelques mois seulement avant la mort du poète ; à Marguerite Moreno, qu'elle a toujours connue et qui l'appelait « macolette ». Elle a ses visiteurs du soir : un perroquet gris et vert que lui apporte Mariette Lydis, un caméléon, ou plutôt une caméléone. Et l'avalanche des lettres, et les lectures à la Radio, et tous les livres du prix Goncourt. N'eût-elle rien de tout cela, une image, une odeur, une ombre, qui renaissent d'un instant de sa vie, suffiraient à la faire rêver et écrire. Il suffirait de moins encore ; qu'on ne la pousse pas, sinon elle écrira trois pages sur l'art de festonner une boutonnière dans un vêtement masculin.

Elle les écrit. Elle en écrit d'autres sur la macre, les corchorus ou les statices, sur les remparts et les cafés d'Antibes, sur les fontaines de Provence, les cuves souterraines et les lumières de Genève. Jamais son art ne fut plus vif, ni plus heureux. A mesure qu'elle sent le monde s'éloigner, elle en semble plus éprise et trouve pour l'évoquer des images plus fraîches et plus précieuses ; son rythme est plus sûr, sa voix plus ardente, où l'on surprend parfois une sorte de halètement avide et grave. Comment, sans ingratitude, ne point nous dire comblés ?

❖

Je crains d'être un peu ingrat, et ne l'avoue pas sans gêne, s'agissant d'un écrivain qui mérite tant d'admiration. Comblés, certes, nous le sommes ; nous ne le sommes que trop. Oui, chaque page, presque chaque phrase de Colette nous apporte un plaisir ; que de surprises, que de grâces, que de souplesse, de piquant et de saveur ! Mais trop de charmes, peut-être ; des charmes trop constamment tendus, et tels qu'ils nous font rêver d'une voix plus nue, d'une écriture plus secrète.

Madame Colette parle avec ravissement d'une lettre qu'elle reçut d'un instituteur ; elle en cite quelques phrases (les moins naturelles du monde) et s'écrie : « Comme nous écrivons joliment, nous autres Français obscurs, quand nous nous y mettons. Je dis *nous,* tant je suis fière d'appartenir, de par le pays, l'amour et la bonne façon écrite, à la même race que mon inconnu. » Je ne vais pas comparer les dons éclatants de madame Colette à l'application de son inconnu ; elle aussi pourtant, et plus que tout écrivain depuis la mort de Giraudoux, elle a le goût du « joli morceau » ; elle y excelle, on ne peut l'y surpasser et toujours elle s'y montre singulière ; elle attaque, elle enlève, elle boucle : c'est une page, c'est un chapitre de Colette, c'est un « Colette » ; qu'elle en réunisse une dizaine : voilà *le Fanal bleu.*

Nul ne sait mieux qu'elle surprendre et restituer une impression, une figure, un paysage. Plus elle serre la réalité, plus elle nous ravit ; ce sont des mots précis, presque durs, d'une cinglante propriété, de nets détails, une brusque image qui vient illuminer l'ensemble. Ecoutez-la qui parle d'une jeune visiteuse : *Fraîche fille policée, dure, courageuse, fermée, peut-être lyrique dans le secret de son cœur ! J'aime son esprit contradicteur, sa présence doucement avide, ses rébellions de branche printanière.* Presque au hasard je détache cette silhouette : *Le patron souriait d'avance à sa belle nuitée gastronomique de juillet, brun, bien sanglé, blanc du col aux espadrilles, la langue libre et le pied silencieux...* Ne nous arrêtons pas ; la suite n'est pas moins saisissante : *Entre nos tables de premier plan et la toile de fond passaient, s'arrêtaient ou ne s'arrêtaient point, ces troublantes voitures automobiles, usagères rapides de tous chemins, muettes et qui font, de leur discrétion même, le pire danger, lorsqu'elle semblent, lustrées comme d'un magistral coup de langue, surgir d'un bain d'huile pour aussitôt s'y replonger.* Si l'on souhaite une image plus familière, prenons celle-ci à la page précédente : *Mais en même temps je quitte la mer ; elle reste de l'autre côté des collines, là, tenez, derrière ces deux petits seins du paysage qui respire si doucement.*

Mais c'est dans la même œuvre qu'on peut lire : *Un certain azur publicitaire glorifie l'horlogerie nationale, heurte un vert d'absinthe dont la friction l'exalte, tandis qu'un écarlate se propage jusqu'au ventre en nacelle de trois cygnes, balancés sur leur propre reflet.* Madame Colette, qui atteint parfois (lisez le début du *Fanal*) à un ton et à une structure presque classiques, n'en reste pas moins essentiellement un écrivain impressionniste. Son style ne se laisse jamais oublier. Il comporte mille recherches, souvent les plus heureuses, mais parfois toutes proches de la préciosité ou de l'écriture « artiste ». Un exemple ? Voici le premier venu, celui des rosiers de mai et des corchorus : *Avril n'était pas clos qu'avant la vague de froid les* rosiers de mai *et les corchorus se donnaient en exemple, blancs et jaunes, aux rosiers tout court, et que sans tiges les premières gentianes, descendues des monts jusqu'aux fleuristes, buvaient dans mon verre à dents. Un peu de mousse humide remplace leur tige et les aide à boire. L'azur intransigeant est leur seule beauté ; y a-t-il une raison pour qu'un bleu obscur nous trouve aussi sensibles ?...*

C'est un style qui scintille, qui appelle, qui a le

constant souci de la trouvaille et de l'effet. *La profonde veine verte, le Rhône, refuse de se mêler au commun des eaux, divise avec force celles du Leman et fuit, poignardée d'or à l'heure de midi...* — l'image est éclatante, sans doute, et vigoureusement amenée ; mais je ne puis me défendre d'un malaise. M. Julien Benda parlait jadis, je ne sais plus à quel propos, de ces phrases si brillamment filées qu'elles semblent appeler l'applaudissement de l'auditoire ou le déchaînement de la musique.

Quels que soient les dons de madame Colette — et peut-être n'en trouve-t-on pas de plus vifs dans la littérature contemporaine — je me demande si une œuvre trop abondante leur a permis d'atteindre à leur pleine efficacité.

❖

Il est une autre réserve que je ne pouvais m'empêcher de faire, ou du moins de sentir en moi, tandis que je lisais et reprenais *le Fanal bleu*. C'est un livre qui nous émeut, je l'ai dit, par la figure de son auteur. Mais le drame de madame Colette, si pathétique, n'y trouve nulle correspondance, nul prolongement parmi les autres hommes. Le monde qu'elle nous propose et dont elle se plaît à tracer la chronique est un monde qui nous paraît démesurément restreint, souvent futile, parfois même artificiel ; gens de lettres, de théâtre et de cinéma, décorateurs, amateurs d'autographes, visiteurs du soir, et bêtes, fleurs, voitures : tout cela papote, chuchote, sourit, fait des mines, ronronne, embaume ou miroite. C'est en vérité le plus précieux des petits mondes, le plus charmant sans doute, mais non pas, semble-t-il, le plus humain.

Cette réserve, aussi bien, il n'est presque aucun livre de madame Colette qui ne nous la suggère. Son monde est un monde clos sur elle-même et ses familiers. Son œuvre est avant tout une œuvre de luxe, qui se trouverait menacée par une charité trop brûlante, par des contacts trop misérables ou trop brutaux. — A peine l'ai-je dit, je vois mon injustice. Car je ne doute point que les œuvres de luxe ne nous soient nécessaires... Il est vrai qu'une œuvre de luxe, et ce sera la plus belle, peut être profondément humaine... Mais sans doute fallait-il que madame Colette se fermât pour se choisir et pour aller si loin. Dans ses limites, comme elle nous semble nette et dense ! Comme elle nous semble réelle dans l'artifice de son petit monde ! — Décidément, j'avais tort. Mais quoi ! D'un tel écrivain, on voudrait tout obtenir.

DIALOGUE D'AUTOMNE

Deux livres viennent de paraître en même temps, qui portent les noms de nos deux écrivains les plus illustres et les plus grands. Deux livres qui ne s'apparentent pas seulement l'un à l'autre par la gloire de leurs auteurs, mais par leur structure, leurs thèmes et leur dessein. Le titre de l'œuvre d'André Gide, *Feuillets d'automne,* pourrait aussi convenir à celle de Paul Claudel, *Accompagnements*. Ce sont bien là des pages d'automne, écrites ou rassemblées au soir d'une longue vie. On y trouve des souvenirs, des portraits d'amis, des anecdotes de voyage, des commentaires de lecture, des fragments de lettres et de discours. On y surprend aussi, surtout chez André Gide, une voix tantôt plus légère, à l'approche du silence, soudain précise et presque dure quand l'auteur reconnaît son destin, l'épouse et l'affirme.

On dirait qu'ici, Claudel et Gide s'appellent et s'affrontent. Ils n'ont, il est vrai, jamais cessé de le faire. Mais les voici, dans leur vieillesse et leurs conclusions, plus opposés que jamais. Je ne crois pas que Gide ait apporté grand soin à la composition de son livre ; sans doute s'en est-il déchargé sur l'éditeur. Pourtant il n'eût pas mieux fait si, connaissant les *Accompagnements* de Claudel, il eût voulu y répondre par les siens. Son *Verlaine* et son *Francis Jammes* s'opposent à ceux de Claudel. A la pensée religieuse que Claudel découvre chez Romain Rolland, Gide réplique par l'humanisme de Gœthe (que Claudel tient, on le sait, pour un « solennel imbécile »). Claudel s'exalte sur *l'Iliade ;* Gide, avec ravissement, répète un mot de Valéry : « Connais-tu rien de plus embêtant que *l'Iliade* ? » Ce ne sont là que de menues escarmouches. « Quand j'étais ambassadeur », dit Claudel ; et Gide : « Quand je caressais un jeune garçon dans la piscine d'Acquasanta ». Ou bien : « Quand, à Chicago, m'adressant aux enfants d'un patronage, je leur parlais du bon Dieu et de leur bon curé... — Quand mon petit singe Dindiki me tirait les cheveux ou l'oreille. »

Ecoutez le poète de *Jeanne d'Arc,* quand il rappelle aux Bruxellois, en 1946, qu'il a toujours vu clair : *Eh bien, après ces cinq ans d'une horreur sans nom, après ces cinq ans d'une foi enragée et d'une espérance désespérée, le vieux poète revient parmi vous et il vous demande : Qu'en dites-vous, amis de Belgique ? est-ce vrai que tout de même Dieu a été le plus fort ?* Mais Gide : *Je n'ai pas cru devoir supprimer de mon* Journal *les pages qui marquaient un accablement premier lors de l'envahissement de la France. Je savais qu'on s'en servirait contre moi. Il n'était certes besoin d'aucun courage pour les écrire ; il en fallait peut-être pour les publier au moment où elles pouvaient me faire le plus de tort. Mais perd son intérêt, sa raison d'être, le journal de qui s'y permet des retouches et cherche à farder le passé...* Arrêtons-nous : on pourrait trouver quelque malice à mon jeu de citations. En vérité, ces deux écrivains s'opposent à tout instant ; il s'opposent par l'esprit, par l'art, par l'accent, par la démarche de la phrase, par le comportement dans la vie, par le sens de l'homme, par la morale et plus brutalement encore dans leurs positions à l'égard de la foi.

La position de Gide n'a jamais été marquée plus nettement que dans les « Feuillets d'automne » qui terminent son livre et lui donnent un titre. On rencontre de tout dans ce livre : un éloge (un peu trop caressé) du printemps, une histoire paysanne, la tendre évocation d'une mère, d'admirables portraits d'écrivain : Conrad, Dabit, Valéry surtout ; une étude sur Poussin, au nom duquel André Gide, les yeux clos, s'en prend à la peinture moderne ; une étude sur Gœthe, « auquel sans doute, écrit l'auteur, je dois plus qu'à un autre, peut-être même qu'à tous les autres réunis... » Oui, on y trouve de tout, mais rien qui ne témoigne d'une inlassable curiosité des hommes, d'un constant besoin de lucidité, d'un goût passionné de la connaissance, de l'équilibre et du bonheur, et d'un grand sens de la justice. C'est pourquoi les dernières pages de ce livre prennent le caractère d'un testament moral.

Sont-elles vraiment antichrétiennes ? Elles impliquent un amour véritable pour la figure du Christ. Mais le Christ d'André Gide n'est pas le Dieu des croyants ; c'est l'épanouissement de l'homme, c'est la création de Dieu par l'homme à travers l'homme.

Si l'on dit à Gide : « L'Eglise est d'esprit plus large que vous ne pensez ; ce que les croyants appellent Dieu, libre à vous de l'appeler Vertu : question de mots ; c'est la même chose. L'idée de Dieu, le besoin de Dieu vous tourmente ; ils n'en demandent pas davantage pour vous reconnaître des leurs... » — Gide aussitôt proteste qu'il y a malentendu. Et pour accuser la rupture : « Que la vie de l'âme, écrit-il (mettant « âme » entre guillements) se prolonge par delà la dissolution de la chair, il y a là, pour moi, de l'inadmissible, de l'impensable, et contre quoi proteste ma raison ; aussi bien que contre le foisonnement incessant des âmes. » N'est-ce pas assez net ? Il dit encore : « La Foi soulève des montagnes ; oui : des montagnes d'absurdité. Je n'oppose pas à la Foi le doute ; mais l'affirmation : ce qui ne saurait être n'est pas. » Et encore : « J'aurai beaucoup fait si j'enlève Dieu de l'autel et mets l'Homme à la place. » Il n'admet l'enseignement de l'Evangile qu' « en dehors (à côté) de la Foi ». Mais « je l'admets de tout mon cœur », affirme-t-il. Et si les « Feuillets d'Automne » débutent par cette phrase : « Je saurai dire : Ainsi soit-il, à quoi que ce soit qui m'advienne, fût-ce à ne plus être, à disparaître après avoir été », il les termine ainsi, et c'est la conclusion de son livre : *Prendre les choses pour ce qu'elles sont. Jouer avec les cartes qu'on a. S'exiger tel qu'on est. Ce qui n'empêche pas de lutter contre tous les mensonges, falsifications, etc., qu'ont apportés, qu'ont imposés les hommes à un état de choses naturel et contre lequel il est vain de se révolter. Il y a l'inévitable et il y a le modifiable. L'acceptation du modifiable n'est nullement comprise dans l'*Amor Fati.

Ce qui n'empêche pas non plus d'exiger de soi le meilleur, après qu'on a reconnu celui-ci pour tel. Car l'on ne se fait pas plus ressemblant *en accordant le pas au moins bon.*

❖

Gide écrit dans son essai sur Gœthe : « La culture accepte le catholicisme comme un stade fécond de l'humanisme... » Et, songeant peut-être à Claudel, il ajoute : « ... De cet humanisme auquel la croyance se doit de s'opposer. » C'est bien ce que fait le poète, dans ses « accompagnements » à l'orgue et au tonnerre.

Claudel, lui aussi, se garde de proposer son livre comme une œuvre parfaitement organisée. Nous y passons d'Homère à Fargue, du Japon en Amérique, d'un commentaire de l'Ecriture sainte à un éloge du vin. Mais partout c'est Claudel et sa formidable assurance ; l'homme qui n'a plus à chercher, qui ne discute pas, mais qui affirme, juge et tranche ; l'homme de l'unique Vérité, l'homme de la Foi, hors de laquelle il ne saurait y avoir de salut, pas même pour l'artiste dans ses œuvres, ni pour le savant dans ses recherches. Parlant de Julian Huxley : il a bataillé vaillamment, dit Claudel, mais « pour la ridicule cause du matérialisme ». Et d'Elémir Bourges, qui fut son ami : « Il continue à se remplir la bouche de cette eau fuyante et fictive qu'on appelle la beauté et qui laisse notre âme obscure, notre cœur sec et notre bouche altérée. » Mais quelle consolation ne trouve-t-il pas auprès de Francis Jammes ! Auprès de Verlaine aussi, dont il définit avec force l' « haleine », l' « ondulation », le « chant inspiré » — et dont il loue le « jugement toujours sain », le « bon sens de curé de campagne », les « opinions sur la famille et la patrie ». Et même auprès de Léon-Paul Fargue, que « le curé de Saint-François-Xavier est venu administrer ».

C'est Claudel, c'est son univers et sa mission, dont nul ne saurait mieux parler qu'il ne fait lui-même, quand, pour préfacer *le Génie de Paul Claudel,* il écrit à Madaule : *L'idée générale de ma vie et de ma vocation, vous l'avez bien vue : un grand désir et un grand mouvement vers la joie divine et la tentative d'y rattacher le monde entier, celui des sentiments, celui des idées, celui des peuples, celui des paysages, de rappeler l'Univers entier à son rôle de paradis. Pour louer Dieu, il ne me fallait pas moins que l'homme entier avec tout l'ensemble de son esprit et de ses sentiments et que le monde entier au travers duquel j'ai tracé une route.* Et ces propos, il les précise dans un essai sur la liturgie : *Tout dans la création est perpétration d'un office, accomplissement religieux d'une confession et d'un devoir à l'égard du Créateur. Quel office plus plénier que l'alternance du jour et de la nuit, la succession des heures et des saisons et cette immolation du temps à laquelle le soleil procède chaque soir sur un bûcher flamboyant ? Mais l'histoire humaine, également, avec cet entrelacement en un tout harmonieux des destinées et des libertés par myriades individuelles, j'y entends un hymne !*

Il est le porte-parole de la Création ; il surprend et fait retentir l'hymne du monde au Créateur — tous les hymnes, avec une égale conscience et un verbe égal : l'hymne du Rhône et celui de la chambre intérieure, celui des chars errants et celui de l'or, l'hymne de la France occupée et celui de Paris libéré. Il passe de la bonhomie à l'éclat, de la gravité à ce comique bizarre, à ce « lyrisme épanoui dans la farce », où il reconnaît l'un des éléments fondamentaux de son génie. Tantôt il part sur un coup de force, atteint les cimes, pindarise et s'arrête sur une énorme facétie. Tantôt il s'ébranle avec lenteur ; il s'avance, massif, lourd, solennel ; il mêle les raccourcis aux redites, les gaucheries calculées aux surprises et aux défis ; il se fait familier, complaisant, presque trivial ; il s'emporte, frappe, assène, redouble ; il convoque les trois règnes et les plie à sa loi ; d'éclatantes ou somptueuses images scandent et prolongent le mouvement de sa phrase ; il devient goguenard ; il peut soupirer, comme un enfant et comme une montagne ; il en vient à s'attendrir et jusque sur les infortunés qui ne partagent pas sa foi : « les païens, les schismatiques, les « perfides Juifs », comme on dit, et les malheureux protestants, ah oui, malheureux, on peut le dire ! malheureux au delà de l'expression ! » — Et voilà « le vieux poète, qui n'a plus que bien peu de temps pour disputer à Dieu ce qui lui reste d'esprit, et à la terre d'opacité ».

Gide et Claudel : deux esprits et deux arts opposés, deux voix contradictoires. Mais dans un tel dialogue — ou même, si l'on veut, dans la juxtaposition de ces deux monologues — reconnaissons avec sagesse l'une des lois de notre littérature, avec confiance l'un des signes de sa richesse, avec certitude l'un de ses agréments.

ÉLÉMIR BOURGES ET LES CAPRICES DE LA POSTÉRITÉ

Rien de plus capricieux que le jeu de la gloire et de la postérité. Peut-être a-t-il besoin d'une longue durée avant d'atteindre à une justice décente. Je lisais récemment quelques pages de Marivaux, un curieux essai de sa vieillesse : *le Miroir*. Comment, s'écrie Marivaux, la postérité serait-elle plus juste que ne furent les contemporains, puisqu'elle est moins bien informée ! Sans doute, et les exemples ne manquent pas, d'œuvres qui sont tombées dans l'oubli, parce que leur éloignement et l'apparition d'œuvres plus éclatantes permettent mal d'en mesurer la fraîcheur et l'audace. Une œuvre, si pure et pleine qu'elle soit, n'est jamais achevée ; elle se transforme selon les générations. Mais enfin, lorsque Marivaux écrivait ces lignes, il était, de ses contemporains mêmes, presque oublié : petit-maître désuet, petit maniériste ridé, brave homme du moins et le plus affable, comme disait l'archevêque de Sens en le recevant à l'Académie. Le voici devenu l'une des figures les plus précieuses et les plus vivantes de nos Lettres. Dirait-il qu'à son égard la postérité se trompe ?

Chaque génération appelle à son tribunal les gloires de la veille ou de l'avant-veille. La sentence est d'autant plus péremptoire qu'elle succède à une crise, à une guerre, à un bouleversement social. Ces derniers temps, on a demandé à de jeunes écrivains, même à de jeunes critiques, ce qu'ils pensaient de Barrès, de France et de Loti. La question parut plaisante : pourquoi pas de Chapelain, de Bertaut ou de Conon de Béthune ? Je sais bien que cette outrance dans le mépris réplique à certaine exagération dans la gloire. Depuis longtemps, je n'ai pas relu Pierre Loti, sinon par fragments. Il a beaucoup vieilli, je n'en doute pas ; il est plein d'impuretés ; lui qui ne disposa jamais que d'un petit instrument, disons d'une flûte : son plus grand tort est d'avoir voulu en faire un orchestre. Pourtant reprenez ses récits de voyage : *Vers Ispahan, Jérusalem, le Désert,* peut-être n'y trouverez-vous pas un page qui soit vraiment belle (celles que donnent les anthologies sont décevantes), mais mille notes, mille impressions où le regard et le cœur se mêlent, et qui gardent une fraîcheur. Je doute que l'on puisse relire sans ennui *Les Désenchantées ;* mais si vous me dites que *Pêcheur d'Islande* vous émeut encore, je ne rirai pas : je me rappelle trop bien ma première émotion. Je rêve d'un Loti qui eût été dans les lettres une sorte de douanier Rousseau ; il n'était pas loin du Douanier par le frémissement, par le sens des êtres et des choses, par le goût du détail et même par celui de la romance ; mais il n'avait ni la parfaite humilité ni le grand sens classique de Rousseau.

Moins intime et moins jeune à son apparition, l'œuvre d'Anatole France a moins vieilli. Elle a ses longueurs, ses artifices et sa complaisance. Ses erreurs aussi, et je comprends mal que la collection des Cent romans, chez Stock, n'ait pas préféré à *la Révolte des Anges les Dieux ont soif*. Elle est née des bibliothèques, mais n'est pas indigne d'y retourner. Elle n'a pas renouvelé la grâce d'une langue, mais elle en a maintenu la forme. Elle procède d'un esprit qui suscite peu de chaleur et d'émotion, mais où l'on se plaît à reconnaître une lignée française. Toute l'erreur fut de tenir Anatole France pour un grand écrivain ; mais il peut attendre sans grand danger que ses contempteurs se soient tus.

Quant à Barrès, c'est, de ces trois écrivains, celui que j'ai toujours placé le plus haut. Il fut l'un des maîtres de ma génération. Un maître combattu, puis délaissé. N'importe ; je ne le sens pas mort. Je ne le relis pas souvent, mais je le connais bien. Il peut irriter par son goût de l'attitude, par son goût des théories, par son archet de tzigane. Il a trop, et trop vite, écrit. Son accent le plus précieux est peut-être celui de l'ironie, mais d'une ironie qui lui appartient en propre, où se mêlent l'ardeur et l'austérité, certaine désinvolture aussi (dans *Un Homme libre,* par exemple). Et puis le chroniqueur a du relief et de la force, surtout dans la colère. Et dans ses *Cahiers,* que de pages qui nous touchent encore ! — Non, la vibration de Barrès n'a pas disparu.

❖

Mais nous parlions de postérité. De quelle postérité s'agit-il ? La plupart de nos jeunes écrivains ignorent ou dédaignent Barrès, France et Loti. Le public n'en continue pas moins à les lire. (Il lit surtout France.) Et sait-on quelle est l'œuvre qui, depuis trois quarts de siècle, connaît la plus grande faveur, se réédite, se vend le plus ? Je tiens le renseignement des Messageries Hachette. Ce sont les *Lettres de mon Moulin*.

Que des écrivains se trouvent dépréciés, qui de leur temps connurent une gloire un peu excessive, le mal n'est donc pas grand. Il l'est moins encore si cette gloire, qu'ils ont parfois trop avidement cherchée, se tourne aujourd'hui vers tels de leurs contemporains, plus modestes ou moins heureux, qui parfois la méritaient davantage. Cette sorte de réparation, n'est-ce pas le plus beau rôle de la postérité ?

Un rôle difficile, il est vrai. Souvent, avec la meilleure volonté du monde, il arrive que l'on hésite. Ce qui nous pousse à « réparer », est-ce tout à fait le mérite de l'œuvre ? N'est-ce pas plutôt l'infortune de l'auteur ? On a vu le titre que j'ai donné à ce propos : oui, je songe à Elémir Bourges, dont la cause, depuis tant d'années déjà, reste pendante.

❖

Sa vie fut l'une des plus nobles qu'un écrivain puisse mener. Loin des écoles, des manifestes et du marché littéraire, il n'eut que le souci d'une œuvre belle, pleine et durable. Il y consacra tout son temps et toutes ses forces. Il mit cinq ans à écrire *le Crépuscule des Dieux,* dix ans : *les Oiseaux s'envolent et les Feuilles tombent,* et vingt-neuf ans avant d'achever *la Nef.* Il eut dans son art une foi totale, et ne servit qu'un maître : la beauté. S'il a souhaité la gloire, il n'a point cherché à la séduire et ne l'a guère espérée, sans doute, que d'un temps meilleur — qui tarde encore.

Ce n'est pas qu'il ait jamais manqué de défenseurs. Presque tous ceux qui l'ont approché ont subi ou reconnu son rayonnement. Chacun de ses livres fut dignement salué, et par d'excellents juges. Je me souviens de la préface qu'écrivit Edmond Jaloux, en 1922, quand parut dans *la Revue hebdomadaire* la seconde partie de *la Nef*. Ce fut, je crois, la même année, ou l'année suivante, que je rencontrai Elémir Bourges. Je me trouvais avec quelques garçons de mon âge chez Pierre Mac Orlan, qui habitait alors la rue du Ranelagh. Mac Orlan devant ses jeunes amis, c'était la fantaisie la plus drôle et la plus fine, jointe à une gentillesse inépuisable. On sonna, et, notre hôte étant allé ouvrir, nous l'entendîmes qui, d'une voix changée, toute pleine d'un grave respect, disait : « Entrez, entrez, Maître. » Un vieillard apparut, emmitouflé, de traits délicats, d'allure très simple. « Que je ne vous dérange pas ! Je suis venu en voisin. » Il nous écouta quelque temps, hocha la tête, glissant un mot, plus souvent silencieux, mais, dans le regard, un bon sourire devant tant de jeunesse. Quand il partit, ce fut le même cérémonial, la même dévotion chez Mac Orlan ; nous ne nous piquions point de respect et nous connaissions à peine l'œuvre de Bourges ; pourtant rien ne nous sembla plus naturel que cette pieuse déférence.

Mais enfin, si l'œuvre de Bourges obtint quelques beaux suffrages, elle ne s'en heurta pas moins au silence d'une grande partie des journaux, des revues et des cénacles. Malgré deux ou trois tentatives d'édition populaire, elle reste encore peu connue du public. La nouvelle génération d'écrivains l'ignore ou la tient pour morte. Le livre fervent que Raymond Schwab vient de lui consacrer la fera-t-il sortir de son demi-sommeil ? Je ne le crois pas.

❖

Je ne fus jamais très sensible à cette œuvre. Je viens de la reprendre, ou du moins d'en reprendre les trois meilleurs livres : *le Crépuscule des Dieux, les Oiseaux s'envolent* et *la Nef* — l'autre livre, le premier roman de Bourges : *Sous la Hache,* étant de loin le plus faible et le moins personnel.

Ce n'est certes pas une œuvre médiocre ; elle respire la grandeur, mais plus encore la volonté de grandeur, la contention et l'effort. Je ne suis pas sûr que tant d'ambition et de labeur, un si noble culte de l'art, ne se trouvent pas enfermés dans une création artificielle.

Je ne conteste point le tempérament de Bourges. C'est un romantique attardé (comme l'auteur d'*Axel*), un visionnaire partagé entre le drame, l'épopée et le poème philosophique ou sacré. S'il n'a pas le jaillissement du romantisme, il y substitue l'amour des formes parfaites. S'il n'en a pas la puissance créatrice, il entend la remplacer par la leçon des grands modèles. Mais de là vient que son œuvre, si sincère qu'elle soit, semble livresque, et que ses draperies les plus rutilantes nous rappellent parfois, injustement sans doute, les magasins de bric-à-brac. On ne peut dire qu'il soit coupé du monde, puisqu'il se propose d'en dégager et d'en fixer la légende ; mais il l'est d'une réalité directe. On ne trouve pas chez lui ce contre-poids de réalisme qui oppose *Madame Bovary* à *Salammbô, l'Education sentimentale* à *la Tentation,* ou *Un Cœur simple* à *Hérodias,* qui joue même à l'intérieur de *Salammbô,* de *la Tentation* et d'*Hérodias,* qui joue déjà dans le grain de la phrase.

La plus grave erreur d'Elémir Bourges tient peut-être dans la forme littéraire qu'il a choisie ou acceptée. *Le Crépuscule des Dieux,* par ses thèmes et par sa construction, s'inspire de l'opéra wagnérien ; mais on n'imite pas impunément un autre art. On le voit mieux encore dans *les Oiseaux s'envolent et les Feuilles tombent ;* c'est un drame hanté par Hugo, par Shakespeare, par les dramaturges élizabéthains ; mais c'est un drame habillé en roman, et tout ce qui eût semblé naturel au théâtre : les antithèses, le choc des scènes, le lyrisme, l'outrance..., presque tout cela nous donne ici une impression d'artifice et d'invraisemblance. Il est en particulier une déformation que permet, que souvent réclame le théâtre, et que le roman ne peut supporter. En veut-on un exemple ? Prenons dans *les Oiseaux* les paroles que l'auteur prête à « Monsieur Thiers » ; nous restons incrédules (et ce n'est point par amour pour cette figure politique !). Nous savons qu'elles n'ont pu être prononcées ; nous en voulons à l'auteur de chercher un effet trop facile, de céder à une médiocre « comédie ». Mais ces paroles, transportons-les sur la scène : le personnage devient un fantoche de Shakespeare ou de Musset ; et plus s'accuse la pitrerie, plus ce discours prend un accent de vérité. Le roman est sans doute un genre assez large ; on le voit de reste aujourd'hui ; mais qu'il tende vers l'épopée, vers le lyrisme, vers le drame, il n'est valable que dans la mesure où il les plie à son rythme, où il les ramène à son essence et leur donne son caractère d'œuvre contée.

Reste *la Nef,* qui du moins ne s'offre pas à nous comme un roman ; c'est un poème épique, tragique et philosophique. L'art d'Elémir Bourges s'est lentement formé. Dans *le Crépuscule,* il n'est pas toujours d'une qualité très sûre et s'empêtre maintes fois dans ses recherches : « Mais qui sait si la distraction ne leur en serait pas profitable, et un allègement à ces heures, qui leur marchaient à pas de plomb ? » Dans *les Oiseaux,* plus souple, plus dramatique et plus nombreux tout ensemble, il lui permet de passer avec un égal bonheur de l'idylle à la tragédie, sans oublier le mélodrame. Il atteint toute sa force dans *la Nef ;* c'est le chef-d'œuvre d'Elémir Bourges, et l'on y trouve des pages admirables. J'avoue pourtant qu'il me semble long, un peu monotone dans ses fracas de tonnerre, un peu confus et grandiloquent dans sa richesse spirituelle. Lisez Eschyle, qu'invoque Bourges : la grandeur n'y va jamais sans la simplicité. Plus haut est le but qu'une œuvre se propose, plus simple doit être, me semble-t-il, le ton de cette œuvre. Encore admettons-nous du vers un éclat, une tension, une fureur, qui répondent mal au génie de la prose. Je pense à nos plus grands prosateurs, à Pascal, à Rabelais, à Bossuet lui-même qui sait joindre à une grandeur souveraine la diversité du mouvement, le naturel et parfois la familiarité — Bossuet qui pourtant parle plutôt qu'il n'écrit, et qui parle de Dieu, dans un temple, devant des princes. Aussi bien, faut-il chercher les qualités dont l'absence se fait cruellement sentir dans l'œuvre de Bourges : c'est précisément la simplicité, le naturel, on pourrait dire la grâce.

Je me trompe peut-être, et souhaite de me tromper, songeant à la noblesse de l'auteur. Sa vie et son effort méritent tant d'estime, qu'on voudrait aimer l'œuvre davantage.

FRAICHEUR

Je réunis deux livres, deux romans, fort dissemblables de talent et d'esprit, mais qu'apparente un caractère commun, le plus étrange aujourd'hui : la fraîcheur. L'un chemine lentement à la recherche de son public ; l'autre, à peine publié, obtient un merveilleux succès. L'un vient à sa place dans une œuvre déjà longue ; le second est d'un débutant, d'une femme, et, si l'on ose dire, d'un amateur.

Le premier livre d'André Dhôtel parut, je crois, vers 1930. Mais ce n'est guère que depuis deux ou trois ans, depuis *les Rues dans l'Aurore,* que le nom de cet écrivain s'est répandu et que son œuvre a trouvé une part de l'accueil qu'elle mérite. André Dhôtel, qui, l'an dernier, nous donnait un charmant récit, *Ce jour-là,* vient de publier un ample et vrai roman, aussi nombreux, presque aussi important que *les Rues dans l'Aurore,* et plus soutenu peut-être dans sa qualité musicale : *le Plateau de Mazagran.* Un vrai roman ? On sait bien que le genre est sans rigueur, et qu'au reste les romans qui ne sont pas de « vrais » romans nous offrent parfois un intérêt particulier. Mais le plaisir est devenu assez rare, de s'abandonner tout bonnement à la fraîcheur et au jaillissement du récit, d'être ému par la vérité du thème et le naturel du chant, fût-ce à travers l'invraisemblance des faits, de croire d'abord en l'auteur, sans chercher dans son œuvre des références à une école littéraire ou à une doctrine philosophique. Ouvrez un roman de Dhôtel : c'est là le plaisir que vous attendiez.

Je ne connais pas de livres plus frais, je dirai même de plus candides. Dès les premières pages, nous sommes en confiance. C'est que l'auteur lui-même nous semble désarmé ; tout se passe comme s'il n'avait rien d'autre que sa bonne volonté et ses scrupules, son respect et son amour des hommes. Une atmosphère s'établit, nous entoure, nous émeut, et ne cesse d'accuser à la fois ses remous et ses nuances ; elle est faite de confidence, de sympathie humaine, d'élans et de rêves partagés. Ce que l'auteur raconte, il est le premier à y croire ; c'est pour lui un besoin que de le conter, et c'est lui-même enfin qu'il raconte. Il aime ses personnages, parfois avec un tendre et malicieux humour ; il les suit, il s'amuse ou s'attriste avec eux ; il vit par eux. Non qu'ils soient ses porte-parole ; mais à chacun, même aux plus violents, il donne un peu de sa délicatesse ; à travers eux, et comme malgré lui, il laisse entendre son chant.

Ce sont des humbles, presque tous (ils peuvent être garçons coiffeurs, apprentis chez un maréchal-ferrant) ; mais des humbles dont il sait montrer les richesses, dont les mots ou les gestes maladroits se prolongent en nous, dont les aventures mêmes égalent en surprises celles des Mille et une nuits. Toutes les aventures ; et les plus simples leur font battre le cœur : une rencontre, un voyage, une image poursuivie ou regrettée, plus simplement encore : un bruit de source ou de vent ; jamais nous n'aimons mieux Dhôtel qu'en le voyant animer de son propre frémissement ces minutes familières.

Mais déjà se précipitent les autres aventures, les plus libres, les plus étranges : « Ah ! semble dire l'auteur, tout est possible ; il suffit de croire et d'appeler. » C'est alors un enchevêtrement éperdu de ces destinées ; sur le plateau de Mazagran, mille chemins qui se croisent, puis s'écartent, rapprochant et séparant tour à tour ceux qui se cherchent ou qui se fuient ; un vent un peu fou qui pousse les personnages vers l'accomplissement d'eux-mêmes. Nous protestons parfois : « L'auteur y met du sien, il rêve, il s'égare... Cette rencontre est trop miraculeuse... Il ne manquait plus que cela ! » Nous ne l'en suivons pas moins : c'est sa vision, c'est son chant particulier, et sa poésie, aussi bien toujours simple et délicate, même si l'idylle touche au tragique, et la fantaisie à l'extravagance. Et puis il adhère à son récit avec tant d'innocence et d'amour, qu'il ne cesse de nous faire sentir la lente et pathétique coulée du temps, la rumeur de l'âme, le grain de la vie.

❖

Avec *Olivia,* c'est d'une fraîcheur d'automne qu'il faut parler. L'automne n'est pas dans le thème, qui est celui des amours printanières, mais dans le jeu de la mémoire, dans l'âge de l'auteur, qui tout ensemble débute et touche à la vieillesse. L'auteur est une dame, anglaise de naissance, mais, depuis son mariage, toute française et mêlée à l'art français. Elle a fait préfacer son livre par Rosamond Lehmann et l'a traduit de l'anglais avec Roger Martin du Gard. Il n'est que son vrai nom qui n'apparaisse pas ; elle signe simplement « Olivia », comme son héroïne. Par coquetterie ? peut-être. Par discrétion ? je le crois. Sans doute aussi pour rendre hommage au cercle amical où son talent s'est façonné. Quand nous lisons *Olivia,* au nom de Martin du Gard plus d'un autre vient s'ajouter : celui de Valery Larbaud, celui de Gide (qui écrivit, pour la récente exposition de Simon Bussy, la préface du catalogue)... Et le souvenir de ces grands noms contribue, lui aussi, à faire d'*Olivia* une œuvre d'automne. Je ne le dis point pour accabler ce roman ; bien plutôt pour montrer l'un de ses charmes : sous des cheveux gris, un sourire très frais.

S'il est une œuvre à laquelle on puisse l'apparenter, c'est *Fermina Marquez.* Non qu'*Olivia* soit d'un art aussi raffiné, ni surtout aussi personnel que le roman de Larbaud ; mais il s'en rapproche par l'atmosphère et par les nuances psychologiques. Olivia est une jeune Anglaise, que l'on a mise dans un pensionnat, près de Fontainebleau, j'imagine. Ce pensionnat, deux directrices se le partagent. Olivia s'éprend de l'une d'elles ; c'est une passion, la plus ardente, que la directrice appelle et refrène tour à tour. C'est aussi l'origine d'un drame ; car la profonde entente qui unissait les deux directrices se trouve brisée ; jalouse et meurtrie, la seconde s'exaspère ; un soir, on la trouve empoisonnée, sans que l'on sache s'il s'agit d'une erreur, d'un suicide ou d'un crime.

Il n'était point facile de peindre de tels sentiments,

qui vont de la grâce à la frénésie, où la part du cœur et celle des sens sont indissociables, où la pureté se voit menacée à tout instant par l'équivoque et presque l'égarement. Madame Dorothy Simon-Bussy s'en est tirée très simplement, sans complaisance ni fadeur. C'est que l'éloignement dans le passé dépouille cette histoire de sa première et dangereuse brûlure. C'est aussi que cette histoire d'adolescence, contée au seuil de la vieillesse, éclôt de l'auteur comme un chant, où tout se trouve purifié. Je ne sais pourtant si madame Olivia se montre égale à son sujet. Sans descriptions, au fil du récit, elle évoque à ravir l'intimité du pensionnat ; elle sait peindre les élans, les troubles, les désirs éperdus d'abandon ; elle nous fait enfin vivre avec son héroïne. Mais les figures des directrices, celle de la première surtout, qui est la meneuse du jeu et qui aurait pu prendre tant de relief dans la complexité, ces deux figures sont suggérées beaucoup plus qu'elles ne sont peintes. Nous devinons le drame (encore hésitons-nous çà et là) ; nous en voyons les répercussions (encore sont-elles indiquées un peu sommairement) : mais, songeant à la force et à l'ampleur qu'il aurait pu prendre, nous ne laissons pas d'être déçus et de trouver au livre un caractère d'ébauche.

Peut-être aussi, malgré les dons de l'auteur et le ferme apport de Martin du Gard, ce livre sent-il la traduction. La meilleure traduction, sans doute, et, presque toujours, la plus française; mais je veux dire que la forme d'*Olivia* semble un peu trop « extérieure »; l'auteur la reçoit et la revêt, mais ne la fait pas naître de lui-même; il n'a pas son style. Il peut même tomber dans la pire convention de langage, par exemple quand il écrit : « Déjà je m'abandonnais au fil de ces pensées, dans la barque illusoire et fragile que mon imagination venait de construire, lorsque, soudain, avec un frisson d'effroi, je repris conscience de la réalité. » Ou bien : « Ainsi, il fallait débattre ces sordides questions d'intérêt à l'heure où des cœurs se brisaient ! Où des cœurs se brisaient... » Au cours de cette traduction commune, Roger Martin du Gard s'est, on le voit, quelquefois absenté, laissant sa partenaire « préférer être », comme elle dit, « dans la bibliothèque que dans le bureau ».

Au demeurant, sous les menues erreurs et certain aspect d'emprunt, on se plaît à reconnaître une œuvre délicate et sincère. Avec une audace discrète, très jeune de cœur, moins spontané de forme, *Olivia* est un livre charmant. Ce roman d'une femme n'a pas l'ambition de faire pâlir celui de madame de La Fayette ; mais il n'est pas indigne de prendre place dans une aimable lignée de romans féminins, celle de madame d'Aulnoy, de madame de Tencin, de madame Riccoboni, de madame de Duras et de madame Cottin. Il y apporte même un piment léger d'outre-Manche. J'allais oublier une œuvre dont il se rapproche plus encore : *Il y a quarante ans,* le petit livre que madame Saint-Clair écrivit au même âge que madame Olivia Bussy, et sous les mêmes auspices.

Quant à saluer dans *Olivia* une œuvre classique, comme on le fait, c'est méconnaître à la fois les caractères de l'œuvre classique et ceux de ce roman. Le livre de madame Bussy relève d'un gracieux impressionnisme, mais reste imprécis dans sa figure et sans prolongement. L'œuvre classique s'impose par son dessin, sa plénitude et sa résonance ; elle n'a pas moins de jaillissement que d'art, pas moins de violence que d'équilibre, ni moins d'audace que de retenue. Elle ne procède pas d'une formule, et toute formule que l'on veut tirer d'elle est la négation de son esprit. — Mais voilà des propos bien graves, à l'occasion d'une œuvre dont la modestie est le premier charme.

LA NOUVELLE

I

POUR LA NOUVELLE

Il semble étrange d'avoir à défendre la nouvelle dans un pays où cette forme littéraire peut s'enorgueillir d'un si long passé, d'une évolution si constante, et, pour tout dire, d'une si précieuse fidélité au génie de la race. Le simple rappel des chefs-d'œuvre qu'elle a produits devrait suffire à sa défense : les fabliaux et les lais, l'*Heptaméron,* les nouvelles de madame La Fayette, celles de Diderot, de Voltaire et de Cazotte, celles de Balzac et de Stendhal, les nouvelles imbriquées de *Stello* et de *Servitude et Grandeur militaire,* les contes et nouvelles de Musset, de Flaubert et de Daudet, les *Diaboliques* et les *Contes cruels,* et, bien entendu, les chefs-d'œuvre de Nerval, de Mérimée et de Maupassant. Je ne cite que les œuvres les plus fameuses, laissant à chacun le plaisir de leur en adjoindre d'autres, selon le hasard d'une lecture : les contes de Des Périers, de Noël du Fail ou de Jacques Yver, ceux de Scarron, les nouvelles de Marivaux ou de Duclos, de Sade, de Nerciat ou de Vivant Denon, celles de Champfleury, qu'aimait Baudelaire, celles de Baudelaire lui-même... Plus près de nous, les nouvelles de France et de Barrès ne sont pas inférieures à leurs romans ; de même, celles de Charles-Louis Philippe et de Larbaud, d'Apollinaire et de Max Jacob, de Giraudoux et de Mac Orlan ; et l'*Isabelle* de Gide reste une de ses œuvres les plus jeunes.

Mais jamais en France la nouvelle n'avait encore atteint à l'épanouissement qu'elle connaît depuis un tiers de siècle. On me dit que Morand ne veut plus écrire que de longs romans : il se montrerait bien ingrat à l'égard d'un genre qui fit sa fortune littéraire. Mais voici les admirables nouvelles de Jouhandeau, les contes de Supervielle, qui ont l'exquise fraîcheur de ses poèmes, les savoureuses nouvelles d'Aymé, et surtout ses *Contes du Chat perché.* Si le tempérament de Giono exige de vastes formats, ce n'est pas sans bonheur pourtant qu'il lui arrive d'aborder la nouvelle, comme Drieu dans *Plainte contre inconnu* et dans *la Comédie de Charleroi.* Je songe aussi aux nouvelles de Prévost et de Chamson, à celles de Limbour, de Dhôtel et de Noël Devaulx, à celles de Sartre, que n'écrase pas le cycle *de la Liberté,* pas plus que l'*Aurélien* d'Aragon ne fait oublier les nouvelles du *Libertinage.* Veut-on un dernier hommage à la nouvelle ? Je le vois dans les contes très courts, mais parfaits, mais exemplaires, que Jean Paulhan publie depuis quelques années sous le pseudonyme de Jacques Maast. Si l'on se tourne enfin vers les écrivains les plus jeunes, vers ceux qui ont débuté depuis la guerre, on reconnaîtra, me semble-t-il, que leurs meilleures œuvres, tout ensemble les plus originales et les plus fermes, ont presque toujours été des livres de nouvelles.

❖

Mais, au fait, contre qui faut-il défendre la nouvelle ? Contre les éditeurs ? Il est vrai que les éditeurs voient avec ennui, avec pitié, si ce n'est avec ironie, un débutant leur apporter un livre de nouvelles. C'est, disent-ils, que la nouvelle ne se vend pas. Donc, contre le public ? Il est vrai que le public se montre volontiers paresseux ; qu'il cherche dans la nouvelle un quart d'heure de délassement ; qu'il boude devant l'effort, dix fois renouvelé, que réclameraient les dix nouvelles d'un recueil, alors que le roman lui propose un bienheureux abandon ; qu'aussi bien il se trouve gâté (dans tous les sens du mot) par les hebdomadaires, les revues et les auteurs complaisants. Eh bien, donc, contre les feuilles trop raccrocheuses et les écrivains trop faciles ? Il est vrai qu'auteurs et journaux, trop souvent, jouent sur l'ambiguïté du genre, et sur ses parentés douteuses. Cette fois, j'y suis : s'il faut défendre la nouvelle, c'est d'abord contre elle-même.

❖

On voit bien ce que la nouvelle n'est pas, je veux dire : ce qu'elle ne doit pas être — un pis-aller, un article de bazar, un vide-poche à qui l'auteur confie ce qu'il ne peut utiliser dans un roman. Sous son apparente facilité, il n'est pas de genre plus exigeant, ni peut-être de plus dangereux. On ne fabrique pas une nouvelle ; ni l'anecdote et le trait, ni l'esprit et la forme n'y suffisent. Il y faut une vocation, qui n'est point celle du roman ; aussi est-il assez rare qu'un écrivain aborde avec un égal succès la nouvelle et le roman. Elle implique un rythme de création, le plus particulier qui soit — d'abord, chez l'écrivain, l'obscur travail de quelques éléments épars : visages entrevus, scènes ou propos surpris ; ne vous hâtez pas, laissez-les mûrir, laissez-les devenir une part de vous-même, jusqu'au jour où soudain tout se déclenche, vous ne savez pourquoi, peut-être tout simplement parce qu'un secret et profond accord vient de s'établir entre l'instant, la lumière, le décor et l'histoire qui se formait en vous. C'est alors une sorte de danse sur la corde raide, une danse où personne, l'auteur moins que tout autre, ne doit trouver d'effort; l'extrême lucidité jointe à l'extrême frémissement, et la souplesse à la précision, la nuance à la sobriété. Car un faux pas n'est point permis. Avec des longueurs, des taches, des incohérences, un roman peut rester une œuvre admirable. Dans une nouvelle, une altération de la voix, un gauchissement de l'allure, un trait trop appuyé, une image trop vive ou trop gracieuse peuvent tout détruire; la nouvelle ne pardonne pas. Je ne songe pas seulement à une perfection formelle (ici aussi, la perfection doit se cacher et parfois feindre); les exacts rapports entre le dialogue, l'action et la peinture, les correspondances éveillées d'une page à l'autre, le jeu des silences et des temps forts, les oppositions ou les rappels de valeurs : il n'est aucune de ces qualités où l'art et l'âme ne se rejoignent. Une si intime union de la rigueur et de la liberté n'est certes pas chose facile. Devant une belle nouvelle, on songe toujours à un miracle; si le mot vous semble trop fort, disons : à un éclair de Grâce.

Un enquêteur — une enquêteuse — me demandait voilà quelque temps pourquoi je continuais à écrire des nouvelles. Ce n'était pas tout à fait là un reproche, mais un étonnement, et, comment dire ? un rappel au sérieux. J'aime et j'admire le roman ; je ne lui oppose pas la nouvelle, mais je ne la lui sacrifie point, pas plus que je ne sacrifierais un petit tableau de Chardin ou de Corot à l'*Entrée des Croisés* ou au *Sacre de Napoléon*. Précisément, c'est le propre de la nouvelle d'unir la perfection savante d'une petite peinture à la fraîcheur spontanée d'une aquarelle. J'aurais dû répondre à mon enquêteuse : « Parce que cela me fait plaisir. » C'est vrai : quel genre passionnant que la nouvelle ! Il faut en quelques lignes éveiller l'intérêt ; en quelques pages créer des personnages, un drame, une atmosphère ; compenser le manque d'étendue par la portée de chaque phrase et de chaque mot ; il faut, privé de la durée romanesque, faire saillir en quelques instants la vérité humaine ; par le pouvoir de la réticence et de la suggestion, amorcer une résonance sans laquelle l'œuvre paraîtrait sèche ; et même il faut ménager, pour le lecteur, cette légère déconvenue, cet inassouvissement, cette attente encore par delà les dernières lignes et déjà cette rêverie, qui me semblent les plus précieux caractères de la nouvelle.

Je n'ai parlé que de la nouvelle isolée. Nouveaux problèmes et nouveaux plaisirs s'il s'agit, non d'un recueil, mais d'un livre composé de nouvelles, strictement composé, où chaque nouvelle est conçue par rapport à l'ensemble, vient à sa place, apporte son mouvement dans la symphonie, ou sa valeur dans le tableau, ou son acte dans le drame commun. Ce sont là de si belles exigences que l'on voudrait voir beaucoup de jeunes écrivains s'y prêter. Elles répondraient au besoin qui se fait jour en eux de réagir contre la facilité, le dédain de l'art et l'abandon aux influences américaines qui ont sévi au lendemain de la guerre. Ils y trouveraient, à tout le moins, une excellente discipline. Quant au public, il n'est si paresseux que parce que l'on flatte sa paresse. C'est aux éditeurs, aux critiques et aux journaux de le convaincre. Après tout, les cinquante pages de *Sylvie* ne sont pas moins lues aujourd'hui que les trois tomes des *Misérables*. Quoi qu'en dise Sartre, il n'est que cela qui compte.

II

UNE FORME EXTRÊME DE LA NOUVELLE (ou : DU R. P. PAULHAN A L'AUTEUR DES « CAUSES CÉLÈBRES »)

Je parlais des très courtes nouvelles que Jean Paulhan, sous le pseudonyme de Maast, a publiées çà et là depuis la guerre. Il vient de les réunir en un volume : *les Causes célèbres*. Je dis « nouvelles », mais souvent il s'agit de contes. Paulhan les appelle récits. N'importe ; nous essaierons de les définir ; marquons dès à présent un caractère qu'ils n'ont point, et qui les menaçait. Malgré la concentration, la tenue et la permanence de leur forme (à deux lignes près, chacun d'eux a trois pages), ils ne sont nullement des poèmes en prose.

Le titre peut nous déconcerter d'abord. De fait, c'est un piège. Mais laissons-nous prendre. Parmi ces vingt et un récits, il n'en est qu'un qui se rapporte vraiment à une « cause célèbre » : c'est *la petite Violette* (on se rappelle le procès de Violette Nozière). Un autre nous conte l'égarement d'un maçon qui, sous les décombres qu'il fouille, coupe la main d'une femme. Un autre, une belle et curieuse légende : comment, à Orpaillargues, le jour des noces, on façonnait à l'image de la fiancée un mannequin de cire qui, couvert de bijoux et de robes somptueuses, toutefois les seins nus et peints de rouge, dérivait sur le fleuve. Trois récits ; mais les autres ? Ici, un aveugle, à la tombée du jour, va s'asseoir sur un banc et s'enchante de ses visions. Là, c'est une servante qui, pendant l'Occupation, partage les deux pièces de ses maîtres, mais refuse les cabinets de l'appartement pour user de ceux de la cour. Là, un garçon près de son père ; le père parle et fume, l'enfant découvre les trésors du parquet et l'étrangeté du visage paternel. Là, un fiancé pataud, qui veut devancer le mariage ; la belle s'y prête un instant, puis le rabroue, puis lui caresse les cheveux, sans que le garçon y puisse rien comprendre. Ailleurs, devant un enfant, une vieille et un menuisier parlent de cercueil ; l'enfant va s'étendre sur une pierre fendue, la pierre lui apprend tout ce que l'on peut savoir de la vie et de la mort. Plus loin, c'est un rêve ; plus loin, le simple exposé de quelques habitudes conjugales. Et d'autres fois, à peine pourrait-on préciser le sujet de l'histoire. On dirait enfin que l'auteur choisit de conter ce qui ne se conte pas, ce qui échappe ordinairement au récit, tant cela paraît simple, courant, presque futile. Et pourtant il parvient à en faire une histoire, comme s'il s'agissait encore d'une cause célèbre. Et chacune de ces histoires, rare et pleine, nous attire par son mystère, nous inquiète, nous apporte enfin une révélation. — C'est à présent qu'il faut sortir du piège. Mais j'ai besoin d'être aidé par l'auteur.

« L'un de mes grands-oncles », me dit l'auteur, « le R. P. Paulhan, de la Société de Jésus, a publié en 1760 un *Manuel de physique à l'usage des gens du monde ;* on y peut trouver l'expression *cause célèbre,* qui désigne, comme chacun sait, une cause dont l'effet est paradoxal ». Il faut avouer que Jean Paulhan joue de bonheur ; il ne lui manquait plus que cet ancêtre — à qui l'on doit d'ailleurs un autre livre, un petit *Traité de l'innocence* [1], dont Laclos faisait grand cas. Eh bien, tout s'éclaire : l'évidence et la simplicité des faits comme l'étrangeté de l'histoire. Mais ne regrettons point d'avoir donné au titre un sens plus commun : chaque histoire est bien une enquête, qui se propose soit de déceler une illusion, soit d'établir entre deux faits qui nous semblaient très distincts un rapport de cause à conséquence.

❖

« J'ai reconnu dès ma dixième année, dit Tchou-ang-Tsen (c'est de nouveau Jean Paulhan, le petit-

1. Amsterdam, 1765.

neveu du bon Père, qui me communique ce texte) que la vie de tous les jours était naturellement inquiétante, et presque effroyable, malgré l'apparence. C'est au point que les guerres, tortures et autres catastrophes que j'ai supportées dans la suite apportaient à mon anxiété — ne fût-ce que par leur extrême ressemblance à notre condition véritable — une sorte de stupeur et d'apaisement. »

Que Paulhan nous parle de Violette Nozière, il ne raconte pas le crime de la jeune fille : il nous la montre simplement adolescente, qui embrasse un garçon, et lui donne un plaisir qu'elle attend, qu'elle attendra près d'autres, ayant ainsi « chaque jour davantage à rattraper ». Quant à la suite, quant au *beau sujet,* c'est là précisément ce que l'auteur s'interdit ; mais il nous en impose la présence. Il a mené son enquête, il a fait une « reconstitution », non pas du crime, mais de ce qui l'amène et l'explique. Il a « informé ».

Ainsi fait-il en chacune de ses autres histoires. Voyez la dernière, qui s'appelle *Manie.* Il n'y a rien dans *Manie,* ni faits divers, ni rencontres, ni dialogue. Deux époux dorment, et l'on nous montre leur attitude favorite ; quand ils s'éveillent, la tempête vient d'arracher l'imposte de la croisée ; bonne ménagère, la femme essaie d'un vernis pour effacer les taches de la table (elles subsisteront, mais plus agréables à regarder) ; l'homme lit son journal, puis, avant de gagner son bureau, reconnaît la plénitude de sa vie. Un mot encore ; s'il appelle sa femme « Manie », c'est à bon droit ; d'abord elle se nomme Germaine, dont il a fait Maine. Puis l'amour est manie, c'est-à-dire déraison. « Sans compter qu'il est prudent de donner aux choses et aux personnes leur nom le plus modeste. » Trois petites pages seulement, mais humaines et denses ; un mélange de tendresse, de gravité et d'humour ; un homme et une femme dans leur vie essentielle ; autant de rayonnement que de discrétion.

Il arrive que l'auteur nous livre le mot de son histoire. C'est, il va de soi, à la fin qu'il le glisse. Par exemple, quand il a conté la légende d'Orpaillargues, cette image de l'épousée, ce mannequin de cire qui dérive et dont s'amuseront les jeunes campagnards ; quand il nous a exposé les divers sens que peut prendre ce mythe, il ajoute : « On ne sait trop non plus ce qui attendait, dans ces régions, les jeunes mariés. »

Mais, trop souvent répété, ce trait final pourrait rappeler celui des sonnets. Presque toujours la révélation vient du conte. Davantage : elle s'identifie au conte, elle *est* ce conte lui-même. Elle ne tient pas dans une parole, mais dans les rapports des éléments, dans l'équilibre, le mouvement et l'organisation du récit. Chacun de ces récits est un mystère qui prend figure et par là se révèle. Mais en chacun d'eux, on retrouve le même souci : surprendre l'homme au plus proche de son cœur, au plus simple de sa vie, c'est-à-dire, presque toujours, au plus étrange.

De là, l'extrême variété de ces contes, dont la figure doit épouser telle ou telle révélation particulière, et dont la technique est imposée par le sujet. Aussi bien, il était nécessaire que l'auteur, assignant à ses contes une longueur invariable, s'appliquât à varier leur ton, leur structure et leur rythme. On le voit employer tour à tour le récit, le dialogue, l'anecdote, l'analyse, la parodie romanesque... ; il mêle le commentaire à l'ellipse ; certaines de ses fables se ramassent en quelques instants, d'autres se déroulent sur plusieurs années ; tantôt il nous éclaire par la continuité du récit, tantôt par la rupture, par l'opposition de deux éléments ou de deux techniques. Il le fait avec tant de précision et de bonheur que, de ce petit livre, par delà le sens et la matière, on pourrait tirer toute une école de schèmes.

Il n'est pas d'art plus aigu, plus subtil ni mieux contrôlé. Il n'est personne qui sache, mieux que Paulhan, par le ton ou la coupe de la phrase, par la concision, le rejet, les rapports de consonance ou de voisinage, serrer un mot, le tendre, le rajeunir, le vivifier, au besoin lui faire avouer un sens inattendu. On devine le danger de cette maîtrise : c'est que chaque phrase ne soit un monde qui se satisfasse de sa perfection, c'est que l'on ne songe au mot de Malherbe, qui disait de Maynard : « Il fait *le* vers mieux que personne. » Dieu merci, l'admirable styliste des *Causes célèbres* n'a pas écrit (malgré, peut-être, certaine tentation) un recueil de monostiques.

C'est là, certes, un art savant ; mais froid ? pas le moins du monde. Il n'est jamais plus sûr que dans le caprice et la feinte licence dont il cherche à voiler sa profonde rigueur. Au reste, si minutieux et si rare qu'il puisse nous sembler, c'est l'art naturel à un homme, qu'il exprime fidèlement et dont il tire son vrai prix, sa vraie saveur.

❖

Du même écrivain, un autre livre vient de paraître, qu'il intitule *la Métromanie,* ce qui veut dire, on le pense bien (et sans recourir au R. P.) la manie du métro. Il s'agit là d'une fantaisie, mais vive, drôle, parfois saugrenue, et toute pleine de cette innocence si bien définie par l'oncle et si bien illustrée par le neveu. L'œuvre s'apparente au *Guide d'un petit voyage en Suisse,* qui apporta au Baedeker, voilà cinq ans, de menues, mais ingénieuses corrections. Précisément, c'est vers ce temps-là que Paulhan a écrit *la Métromanie.* Un peu auparavant peut-être ; dans les souterrains du métro, il se préparait aux montagnes.

Mais il ne suffit pas à Jean Paulhan d'être un historien, un géographe et un ethnologue scrupuleux. Il a souhaité pour son œuvre une suprême garantie — et s'est adressé à Jean Dubuffet. La *Métromanie,* telle qu'on nous la présente sur chiffon jaune, chiffon gris souris ou (pour les amis) papier d'emballage, est « calligraphiée et ornée de dessins » par le raffiné défenseur et maître de l'art brut. A vrai dire, entre cet art et celui de Paulhan, je découvre mal les rapports ; ce n'est pas là sans doute la moins *célèbre* des causes.

VIOLENCE

Quelques années après la guerre de 1914-1918, on se mit à parler, à propos de la jeune littérature, d'un « nouveau mal du siècle ». Peut-être n'aurait-on pas moins de raisons de le faire aujourd'hui. J'y songeais en parcourant les œuvres de nos jeunes romanciers. La plupart d'entre elles, à travers la différence des talents, me frappent par des traits communs : l'inquiétude, le désarroi, le défi, le cynisme ; une interrogation haletante sur les raisons de vivre et d'agir ; une sorte de furieux débat dans une prison, cette prisont fût-elle élargie aux proportions du monde ; une allure tout ensemble désinvolte et forcenée ; un accent où le lyrisme se mêle à la brutalité des faits et du langage ; le goût des monstres ; le sens de la cruauté et du masochisme ; l'obsession d'un monde dramatique et incohérent ; l'intensité de la vision, qui semble relever du cauchemar ou de l'hallucination.

Témoin les premières œuvres de Julien Segnaire, de Youri, de Jacques Le Gallois. Témoin *les Epées,* de Roger Nimier, dont l'esprit, la verve et le talent ne sont point communs.

Voyage aux Horizons, qui marque le début de

Pierre Fisson, est à peine un roman ; plutôt un long et douloureux vagabondage dans un monde où les traces de la guerre sont encore toutes brûlantes. C'est une enquête, une perquisition passionnée, une confrontation de peuples et de continents, de morales et de sensibilités. Le héros, sous un uniforme d'officier américain, s'enfonce dans l'Allemagne à travers les ruines et la prostration. L'Allemagne tout entière semble être cette femme que nous montre l'écrivain, cette femme qui s'ouvre au vainqueur, pour l'oubli, comme elle s'ouvrait, pour l'héroïsme, aux combattants de sa race. Entre deux scènes d'ivresse ou de viol, les Russes et les Occidentaux s'affrontent par leurs buts et leurs raisons d'être, tandis que le grand cadavre dont ils se disputent les dépouilles entr'ouvre l'œil et se rappelle son nom. De l'Allemagne, le héros se rejette sur New-York, puis sur le Mexique des courses de taureaux et de la luxure sacrée, puis sur le Brésil, jusqu'au jour où la fatigue lui fait chercher dans la mort un repos, et une fin de récit.

On ne peut lire ce gros livre sans évoquer celui qui fit connaître Céline. L'œuvre de Pierre Fisson n'a ni la cocasserie, ni l'extravagance, ni l'allure hagarde, écœurée et gouailleuse du *Voyage au bout de la nuit ;* elle n'en a pas non plus la force d'invective, ni l'accent de soliloque effréné. Mais elle le rappelle souvent par le lyrisme, la violence des scènes et le sombre éclat des tableaux. Elle le rappelle aussi par une sorte de longue complainte sentimentale qui court à travers les ruines et les orgies. Il n'est pas jusqu'à certain caractère d'hallucination qui ne l'apparente au livre de Céline. Ces personnages, ces villes, ces civilisations que peint l'auteur, on se prend à douter qu'il les connaisse comme un témoin ; on dirait plutôt qu'il les découvre en lui, qu'il les dresse comme les éléments de son décor intérieur et de son débat. Ce n'est pas là diminuer ses dons, au contraire ; trop long (ou pas assez), trop verbeux, parfois confus, mais plein de sève et de force visionnaire, ce *Voyage aux Horizons* nous apporte l'une des révélations les plus nettes de l'année.

❖

On se rappelle, j'espère, la première œuvre d'Hervé Bazin. Son éditeur a pu dire, nouveau Poussin : « Je n'ai rien négligé. » Plusieurs semaines avant qu'elle parût, nous étions avertis que *Vipère au poing* serait un livre triplement scandaleux : par le sujet, par les attaches de l'auteur et par sa vie passée. C'était au vrai l'œuvre d'un écrivain de talent, même de tempérament, qui donnait à sa révolte une forme un peu trop tapageuse et complaisante.

Son nouveau livre, *la Tête contre les murs,* est à la fois plus ambitieux et moins efficace. On n'y peut voir tout à fait ni un roman, ni une confession, ni un document, ni un plaidoyer. Il s'agit d'une sorte d'image exemplaire qui relève de toutes ces formes, mais ne le fait pas sans confusion. Arthur Gérane est un enfant perdu ; il souffre d'une grave hérédité : sa mère et déjà son grand-père étaient d'esprit malade ; sa sœur deviendra folle ; pour comble de malheur, son père est juge d'instruction ! Après quatre ans d'absence et de vagabondage, Arthur revient une nuit au foyer paternel ; il le cambriole, cela va de soi, s'enfuit dans l'auto du juge et se réveille, après un accident, à l'asile départemental où son père l'a fait interner. Il n'en sortira que pour un nouveau larcin familial. Il rôde, devient infirmier, s'enfuit dès qu'on le retrouve, assomme un agent qui veut l'arrêter : prison, nouvel internement dans un asile, évasion, vols, internement, évasion ; le voici garçon de ferme, époux d'une servante ; on le reconnaît, on l'arrête, on l'interne, il s'évade, il est repris... A présent, c'est un homme précocement vieilli, à demi paralysé, que sa femme vient voir aux heures permises, tandis que sa fille montre déjà les premières atteintes du mal héréditaire.

On devine à quel point cette destinée tragique aurait pu nous émouvoir. D'où vient que nous devions faire effort pour en être touchés ? L'auteur n'a pas su choisir ; il ne parvient à donner à son œuvre ni la force mythique d'un roman, ni la déchirante spontanéité d'un aveu. Son livre manque de résonance ; ou y trouve une histoire, des histoires et des commentaires, mais non pas telles notes intimes et profondément humaines qui nous fassent entrer dans une vie. On voit, on suit son héros, on assiste à la vie d'Arthur ; mais on ne *sent* pas avec lui ; il nous reste extérieur.

Si l'on veut définir ce qui manque essentiellement à cette œuvre, il n'est que de la rapprocher de *Seule la vie,* que Julien Blanc publia voilà quelques années. Blanc, lui aussi, peignait un anormal, une longue misère, la révolte, l'abandon, les vols, l'internement, l'évasion, le nouvel internement... Et parfois il le faisait de façon assez gauche, mais aussi avec une fraîcheur, un frémissement et une tendresse qui nous introduisaient au cœur de son héros. Hervé Bazin, comme aujourd'hui Julien Blanc, a pris une conscience trop nette de sa figure littéraire. Répétons qu'il a du talent ; sa phrase, à défaut de concision et de rigueur, n'est pas sans énergie ; elle se pique même de correction (mais pourquoi le héros se moque-t-il de sa femme qui dit « partir à Paris », quand il dit lui-même « aller en vélo » ?) On voudrait que l'auteur ne se laissât point gâter par le succès, et que le fauteuil jadis occupé par un oncle académicien ne l'empêchât plus de dormir.

❖

Reprocherait-on à Bazin un excès d'audace ? Ses personnages et ses thèmes, comparés à ceux de René-Jean Clot, soudain semblent relever de la Bibliothèque rose. Incohérence, absurdité, folie ; viols et meurtres ; sadisme et lâcheté : voilà le monde, et le seul, que nous offre l'auteur de *Fantômes au Soleil,* à qui nous devions déjà *le Noir de la Vigne.*

René-Jean Clot obtint avant la guerre, en même temps que Dominique Rolin, le prix de la nouvelle fondé par la revue *Mesures.* Il publia des plaquettes de vers et des essais. Il était peintre; je me souviens d'avoir vu, en 1940, dans son atelier d'Alger, d'immenses toiles partagées entre un souci minutieux du réel et certaine obsession surréaliste ; tantôt, dans un paysage délicat, se dressait un cheval fantomatique ou un batracien de cauchemar ; d'autres fois, sans recourir aux monstres, le tableau le plus classique témoignait encore d'une hantise, d'un goût du bizarre, voire de recherches un peu morbides. Et comme l'œuvre n'était pas toujours soutenue par un art très exigeant, il arrivait qu'elle prît un caractère assez faussement poétique. A présent, Clot habite Versailles ; il peint encore, même il enseigne le dessin ; mais il est devenu romancier, et l'on peut dire qu'il s'est trouvé dans le roman. Sa première œuvre, *le Noir de la Vigne,* ne laissait là-dessus aucun doute.

L'œuvre bizarre ! Elle agace, elle gêne, on est prêt à accuser l'auteur d'artifices, à lui reprocher une trouble complaisance dans le choix et la peinture de cas monstrueux. Il en ajoute ; vingt fois, on le prend en flagrant délit d'invraisemblance. Il doit bien le sentir ; c'est alors qu'il fonce, qu'il appuie, surcharge, qu'il exploite sa donnée jusqu'aux dernières possibilités. Je ne sais quel délire l'emporte, les yeux fixes, tout à sa vision, à son obsession ; on dirait d'un *gag* étrange, où l'auteur ne peut s'arrêter qu'il n'en ait épuisé la cocasserie et l'horreur. Mais précisément nous le sentons emporté, et c'est par là qu'il nous gagne ; nous ne songeons plus aux invraisemblances ; la démarche même de l'auteur nous impose sa vérité. La fixité du thème, mais aussi son approfondissement progressif, la violence croissante des épisodes, la densité spongieuse de l'atmosphère, le travail que subissent les personnages jusqu'au point d'être ramenés à une action, un geste, un cri essentiel, à l'explosion d'un secret : c'est là, me semble-t-il, le meilleur de cette œuvre et de ce talent.

René-Jean Clot n'y parvient pas sans difficultés. Il est souvent victime d'une écriture qui veut être à la fois désinvolte et *artiste*. Dès la seconde page, nous tombons sur ces choses : « L'homme interpellé, un Gaulois avec un képi en foie de cygne sur lequel il y avait un insigne d'or [1], écoutait d'un air lointain. Il ne bronchait pas, le monstre. Ma tante leva sa main pour tirer son sourire comme du chewing-gum, en extraire le plus de longueur possible. Je vis la grosse motte de beurre dans le visage du Gaulois se pencher bizarrement. On aurait dit qu'il y avait une flamme au-dessous qui le chatouillait, puis, son centre de gravité s'étant déplacé, elle chavira. Tante Andrée qui avait tiré son lapin en plein cœur relevait le fusil de son sourire dans ses joues qui sentaient bon l'amande et l'œillet. Dans quelle musette allions-nous déposer notre proie ? Je me précipitai, comme à chaque coup heureux, pour tirer la moustache ou bien m'emparer de la casquette de la victime... » L'auteur a dû être ravi de ses trouvailles. Laissons ; il en reviendra, comme il reviendra, j'espère, de la brutalité facile. Déjà la seconde partie de son livre est écrite plus simplement.

La seconde partie ? On pourrait dire le second livre. Car on n'y retrouve ni les personnages, ni l'intrigue, ni l'accent du premier épisode. Mais on y retrouve l'auteur, ses obsessions et sa démarche. Le premier épisode pourrait s'intituler « une fête chez les fous ». C'est un étonnant mélange de faits et de propos saugrenus, de situations scabreuses, de bouffonnerie, d'extravagance et de luxure. Si René-Jean Clot s'en était tenu là, il n'aurait écrit qu'une œuvre incertaine, encore qu'assez curieuse.

Mais il prend un nouveau départ et nous raconte « un crime chez les fous ». Ce crime, ce n'est pas celui des fous qui viennent de se révolter et de tuer

1. Un chef de gare, il va de soi.

un gardien ; c'est celui de quatre gendarmes, qui accourent pour la répression et violent une aliénée. L'histoire nous est contée par un enfant, qui en fut témoin. Survient le curé de l'asile ; il découvre le viol, et, prenant les gendarmes l'un après l'autre, il exige des aveux. Trois d'entre eux se dérobent, jurent, invoquent l'honneur traditionnel de la gendarmerie et des gens mariés. Reste le quatrième, le plus jeune, encore pieux : ce sera la proie du curé, qui tour à tour le flatte, le supplie et le menace, qui pleure de détresse et crie de rage, qui se démène comme un possédé, cherche à s'assouvir comme un amant ou un bourreau. Est-ce encore le besoin de vérité qui le pousse, et la haine du crime ? On ne sait plus, il n'y a plus qu'une lutte furieuse, d'où le prêtre sortira vainqueur ou bafoué. Et cela dure, cela rebondit. Car, au petit gendarme, se substitue un autre patient : l'enfant-témoin. C'est la phase suprême du combat, la dernière chance qui reste au prêtre ; caresses, prières, gémissements, imprécations, tout reprend. A peine songeons-nous encore au crime initial ; l'interrogatoire forcené du prêtre, sa furie, son halètement — sa noire ivresse — s'imposent enfin comme l'élément le plus monstrueux de cette histoire.

Que ce long récit ne soit pas toujours d'une qualité rare, qu'il touche parfois au mélodrame, qu'il puisse flatter en certains lecteurs une curiosité assez trouble : on le devine. Dès ce premier livre, René-Jean Clot tend vers une forme particulière du roman « noir » (je le dis sans jeu de mots, on le pense bien !) une forme très moderne dans son réalisme et son rauque humour. Il lui appartient encore, assuré de ses dons, de ne point céder aux complaisances : celles qu'il peut avoir pour une écriture trop artificielle et pour une frénésie invertébrée. Que va-t-il faire dans son second roman ?

❖

« Qui trompe-t-on ? » s'écrie Robert Kemp dans *les Nouvelles littéraires,* à propos du nouveau livre de René-Jean Clot, *Fantômes au Soleil.* « On était impatient de voir se développer l'auteur de la seconde partie du *Noir de la vigne.* Voilà un morceau inoubliable ! La bataille de ce prêtre, pour arracher un aveu à ceux qui ont violé une pauvre folle ! J'en frémis encore ! Et l'on nous disait : « Vous allez voir, *Fantômes au soleil,* c'est encore plus fort ! » « Qui trompe-t-on ici ? »

Eh bien, faut-il l'avouer : ce mouvement d'indignation, je crains d'en être responsable. Oui, un jour que Robert Kemp louait devant moi *le Noir de la Vigne,* je lui dis que le second livre de Clot, qui allait paraître, était supérieur au premier. Je le lui dis encore, tout malheureux de le contredire.

Tout ce que M. Kemp reproche à ce livre se trouve dans le premier. Tout ce qu'il loue dans le premier se retrouve dans *Fantômes au Soleil,* mais avec une ampleur et une diversité de registre inattendues. Il est vrai que l'on n'y trouve plus de prêtre acharné à s'assouvir dans le viol des âmes et l'extorsion des aveux ; mais savions-nous Robert Kemp si épris de la cruauté — et de cette *noire* cruauté ?

René-Jean Clot a su créer une atmosphère où ses personnages et son drame, sans y disparaître, trouvent leurs correspondances et leur prolongement. Il a su garder un souci de réalisme dans les scènes les plus bizarres ou les plus forcenées. Chacun de ses personnages, jusqu'au plus fugitif des comparses, affirme une figure particulière, soit dans ses gestes, soit dans ses paroles, soit dans ses actions. Mais avant tout, peignant l'écrasement des hommes sous le soleil, leur incohérence et leur fixité, ou soudain leur plongée dans un monde chimérique, Clot a su dresser au centre de son livre une image qui prend la généralité d'un symbole et la force d'un mythe. C'est l'image d'un vieux menuisier qui, après quarante années de travaux médiocres, s'enferme pour créer enfin une œuvre digne de lui : un cercueil, un gigantesque, un monstrueux cercueil, mi-sarcophage, mi-galère, surchargé d'ornements et de fioritures, réunissant dans une totale extravagance tous les styles qui furent jamais imposés au cadavre. Dans son étrangeté macabre, cette image touche à la grandeur ; et si étrange qu'elle puisse paraître, on ne peut douter qu'elle ne soit naturelle à l'auteur, qu'elle ne réponde à son esprit et à son art, qu'elle ne l'exprime.

Sans doute, le livre se prolonge encore pendant deux cents pages, et malgré la richesse d'invention dont témoigne le romancier, malgré son habileté dans la conduite de l'intrigue, les rebondissements et les coups de théâtre, on doit constater que son œuvre perd en résonance ce qu'elle gagne en péripéties. Il exploite ingénieusement sa trouvaille, mais il l'exploite. Il côtoie fâcheusement le mélodrame et développe d'une façon trop mécanique les formules du roman noir.

Il reste à M. René-Jean Clot de faire un choix entre les éléments qui se proposent à lui, les uns d'une originalité véritable, les autres d'une qualité si douteuse qu'ils donnent à son livre un caractère équivoque. Il lui reste aussi — et c'est peut-être sa tâche la plus urgente — à épurer et assainir sa forme, trop souvent encombrée par de fausses parures, des images médiocres, une poésie de bazar. Au reste, il n'est que juste d'ajouter que, depuis le *Noir de la vigne,* cette forme s'est améliorée.

Faisons la balance : un esprit singulier, mais parfois peu sûr ; de la force et du mauvais goût ; un réalisme savoureux et de l'artifice ; un tempérament de romancier, que menace le mélodrame. Ce bilan n'est pas si commun. Attendons le prochain livre de René-Jean Clot.

DE PARIS A LAUSANNE

Vacances : temps de lire... proclame un bulletin d'éditeur. — Chaque année, j'emporte en vacances une douzaine de livres ; je les ai mis de côté au cours des mois précédents, soit que la lecture ne m'en parût pas urgente, soit plutôt qu'elle me parût trop délicate ou trop grave pour le courant des jours ou du travail. Le plus souvent, les vacances s'achèvent sans que je les aie lus. Les années passent ; cela commence à faire une belle somme de livres, qui doivent quelque jour, dès que j'en aurai le temps, transformer ma vie.

Cette année par exemple, j'ai emporté les œuvres de Sextus Empiricus, que Jean Grenier vient de traduire et qu'il me recommande chaudement. Si elles n'ont pas encore quitté ma valise, les excuses ne me font pas défaut — j'entends les meilleures du monde : en premier lieu la présence d'une campagne que j'aime au plus profond de moi-même. Pour quelques sentimentaux, dont je suis, un beau, un vrai paysage ne souffre guère de rivalité, fût-ce parmi les livres les plus denses et les plus exquis. Parfois même, c'est à peine s'il vous permet d'écrire. Un de mes amis se fit jadis construire une maison sur l'une des falaises qui dominent la Seine. On ne pouvait choisir, à cinq lieues de Paris, un paysage plus admirable : toute une boucle du fleuve, et des prairies, et des bois immenses — mais un paysage si plein et si émouvant que mon ami, pour ne plus le voir, pour travailler en paix, dut faire réduire la fenêtre de son bureau [1].

Je ne lis pas ces livres dont pourtant j'escomptais une aide si précieuse ; mais souvent, dans le village mi-champenois, mi-lorrain où je reviens presque chaque année, je retrouve les œuvres qui m'enchantèrent dans mon enfance. J'en parcours les titres, parfois j'en relis une page. C'est un curieux fatras où se mêlent le meilleur et le pire. L'an dernier, chez Stock, où l'on fêtait Charles Morgan, j'ai entendu Edmond Jaloux parler des premières influences que peut subir un futur écrivain. Eh bien, je sais quels sont les livres qui, de toute mon enfance, jusqu'à ma quatorzième ou quinzième année, m'ont troublé le plus profondément, ont été mes livres les plus intimes, mes livres capitaux. C'est *le Rouge et le Noir,* sans doute ; c'est aussi un petit roman dont j'ignore l'auteur, mais dont je n'ai oublié ni le thème, ni l'accent, ni le titre : *Georgina.* Je pourrais même en réciter des phrases entières ; elles sont d'une littérature fâcheuse. Pourtant, si je condamne mon goût d'écolier, je ne méprise pas mon émotion d'alors. Il s'agit dans *Georgina* d'une jeune fille pure et belle, qui est fiancée au plus noble garçon ; elle l'aime comme il l'aime ; elle ne vit plus que pour cet amour ; mais le garçon doit s'absenter ; c'est juin, un soir d'orage, et tous les

1. Voir la suite page 313.

parfums de la terre ; la jeune fille, qui est institutrice dans un château, voit s'approcher le maître de maison ; elle entend une voix pressante ; elle se trouble, un éclair la jette dans les bras du séducteur ; tout proche, un divan ; c'est la faute. Et le lendemain, la jeune fille se tue.

Que la première lecture de ce livre m'ait ému, voilà qui témoigne de mes bons sentiments ; peut-être aussi de quelques autres, un peu troubles, mais sans lesquels il ne saurait y avoir ni romanciers, ni lecteurs de romans. L'émotion fondamentale d'une intrigue vient de la présence d'une victime. Cette émotion, on l'appelle parfois « pitié » ; pourquoi pas ? Il va de soi que tout l'art de l'auteur est de la parer des plus délicates nuances et de lui ménager les détours les plus subtils. L'auteur de *Georgina* n'est certes ni Laclos, ni Constant, ni Stendhal ; mais il a fait, selon ses moyens, une œuvre exemplaire ; il a mesuré la chute à la pureté première ; davantage : il a rendu la victime complice de son mal. C'est aller plus loin que ne va Duclos dans l'*Histoire de madame de Luz,* et Sade lui-même dans *Justine ou les Infortunes de la vertu. Georgina* parut, j'imagine, à l'époque des premiers romans de Bourget. Mais il est une autre œuvre à laquelle il me fait penser aujourd'hui : une nouvelle qu'Edmond Jaloux publia, vers 1929, au Sagittaire ; on y voit une jeune femme que son mari, mobilisé, vient de quitter ; elle l'aime, elle est désespérée de ce départ ; mais soudain seule à seul avec un de leurs amis, c'est l'*égarement.* « Quand je reverrai Edmond Jaloux, me disais-je, il faudra que je lui parle de *Georgina.* »

❖

Je me disais aussi, au commencement des vacances, songeant aux livres que je laissais dormir : « Ah ! si je me trouvais dans un endroit insipide, par exemple dans une ville d'eaux, je pourrais les lire. » Là-dessus, un médecin de mes amis, médecin précisément dans une station thermale, m'y prescrivit une cure. B. est à peine une ville, plutôt un bourg ; mais les eaux, m'assurait mon ami, en sont tout à fait efficaces. Elles le sont, je m'en porte garant. « La première année, continuait-il, on voit des malades venir à B. avec deux bâtons ; la seconde ils n'en ont plus qu'un ; et la troisième plus du tout. » Plus de bâton, certes ; une civière leur suffit, à supposer qu'ils vivent encore. Cette histoire est d'autant plus stupide que je n'avais moi-même aucun bâton à rejeter.

Bien entendu, les soins de la cure m'ont empêché de lire Sextus Empiricus. Mais je me suis attardé dans les deux petites papeteries-librairies de l'endroit. D'un côté à l'autre de la rue, et tous leurs livres à l'étalage, elles se font face, et même elles s'affrontent, l'une avec les romans de Delly et de Max du Veuzit, l'autre avec ceux de la « Série Noire ». Ce sont en France, depuis quelques années déjà, les plus grands succès de librairie. Faut-il avouer que j'ignore tout de madame Max du Veuzit et même de madame Delly ? Mais je me promets bien de réparer ; car enfin voilà deux auteurs dont nul critique n'a jamais parlé, et qui pourtant sont plus lus, plus aimés, plus admirés peut-être que Malraux ou Montherlant. En revanche, je ne manque pas de lumières sur les romans de la « Série Noire » ; j'en ai parcouru beaucoup, et les premiers avec intérêt. Pour les autres, je ne sais ce qui s'est passé ; le noir m'a paru y tourner au gris ; non qu'ils fussent plus pauvres de meurtres, de viols ou de tortures ; mais il est du crime comme de l'érotisme : passé le premier choc, on devient exigeant. Le noir est sans vertu s'il est sans nuances, sinon sans opposition ; c'est ce que le divin Marquis n'a pas toujours su, mais que savait bien Laclos, après Racine, et que sentait à ravir le médiocre auteur de *Georgina*.

Quittant B., je suis allé, pour me rétablir de ma cure, en faire une autre à Evian. Est-ce l'effet sédatif du lac ? Le crime recule. Je n'ai remarqué, aux vitrines des librairies, que fort peu de romans *noirs*. La tradition « Georges Ohnet » et « Veillées des Chaumières » se trouve, elle aussi, négligée ; il faut pénétrer jusqu'au fond des boutiques pour découvrir dans un coin, deux ou trois livres de mesdames Delly et du Veuzit : on dirait qu'ils se cachent en attendant l'hiver. En revanche, maintes traductions de romans anglais ou américains (non des meilleurs), quelques prix littéraires (les plus douteux, le dernier Goncourt par exemple), çà et là un « Colette », un « Saint-Exupéry », un « Sartre », un « Montherlant », un « Camus »... Au demeurant beaucoup de livres, mais un choix restreint ; des livres à succès, et qui parfois méritent le succès, mais aucun de ceux qui ne le méritent pas moins et ne l'ont pas encore obtenu.

Si vous interrogez l'éditeur : « J'envoie ce qui peut se vendre », répondra-t-il. Et le libraire : « Je vends ce qu'on me demande. » Le lecteur à son tour :

« J'achète ce que je trouve. » Voilà les plus saines règles du commerce. Et puis va-t-on en vacances pour se fatiguer ? C'est déjà fort beau que l'on achète un livre à succès, alors que les « digests » et les hebdomadaires à scandale offrent une pâture si alléchante. Ne nous en prenons ni aux libraires, ni aux éditeurs, ni aux lecteurs, ni surtout au fervent appui des pouvoirs publics ; il n'est qu'une classe de coupables : les auteurs, assez naïfs et superbes pour fonder sur le seul talent l'espoir d'un succès, et même pour écrire sans grand espoir. Que cette race outrecuidante dure encore malgré tout et s'obstine, c'est un défi à la nouvelle civilisation que nous commençons d'entrevoir.

❖

Je parlais des prix littéraires. On ne cesse de protester contre eux, mais on ne cesse d'en créer. Voilà quelques mois, un jury se réunissait pour donner à un essayiste un prix de cent cinquante mille francs. Ce fut Jean Grenier qui l'obtint — choix excellent : l'auteur des *Iles,* l'ami de Sextus Empiricus, est l'un de nos esprits les plus fins et les plus savoureux. Il obtint ce prix par six voix contre quatre; là-dessus la presse fut introduite dans la salle de délibération ; et l'on s'aperçut que deux membres du jury, tous deux académiciens, avaient voté, non pour Jean Grenier, qu'ils ne connaissaient pas, mais pour un jeune écrivain, Roger Grenier, dont un livre, d'ailleurs remarquable, venait de leur parvenir.

Je ne dis pas que tous les prix littéraires soient décernés par malentendu. Il faut aussi compter avec la négligence, la fatigue, l'esprit de clan, le hasard et même le mérite. On décernait l'autre jour le prix des Critiques ; Paulhan et moi-même l'avions d'abord réclamé pour Léon Bopp, dont l'œuvre capitale, *Liaisons du Monde,* vient d'être rassemblée en deux volumes. Tous les membres du jury affirmèrent leur estime et leur sympathie pour la belle figure de Léon Bopp. Mais quoi ! deux gros livres, imprimés sur deux colonnes, en petits caractères, c'était trop demander en cette fin de saison. Une œuvre importante, bien sûr, et que l'on avait rangée sur un bon rayon, et que l'on retrouverait avec fruit, un jour, plus tard...

Une autre fois, il s'agissait d'attribuer à un roman, sur lecture de manuscrits anonymes, un prix d'un million. Je passai quelques nuits à peser les manuscrits retenus : aucun d'eux ne dépassait une honnête moyenne. Je me dis avec candeur qu'un million était une assez forte somme ; si bien que, le jour de l'attribution, je demandai, contre toutes les règles de la partie, que le million servît à faire trois ou quatre heureux, ou davantage. C'était là tuer le prix, hélas ! mais garder une ombre de décence. C'était aussi tuer la nouvelle maison d'édition qui entendait — nous l'ignorions alors — fonder sa gloire et sa fortune sur l'exploitation de ce prix unique.

Que d'exemples ! Voici un nouveau prix littéraire, de deux cent mille francs, je crois. Le secrétaire de cette fondation est venu m'inviter à faire partie d'un jury des plus honorables ; il m'informa en même temps que le prix serait sans doute attribué au dernier livre de M. Hervé Bazin. « Apparemment, remarquai-je, ce livre est un chef-d'œuvre, pour l'emporter sans débat sur tant de bons livres récents. — Et quels livres, je vous prie ? — Quels livres ? Attendez. Voyons... Eh bien, par exemple, *la Rue profonde* ; depuis *Siloë,* c'est la plus belle œuvre de Paul Gadenne. Ou bien *le Porte à faux,* d'Henri Thomas ; vous couronneriez un vrai poète. Ou *Fantômes au Soleil,* de René-Jean Clot ; le *Témoin,* de Jean Bloch-Michel. Voulez-vous un témoignage sur la jeunesse contemporaine ? Lisez Roger Nimier, Jacques Brenner, Guy Dumur. Mais pourquoi ne songeriez-vous pas à un livre de nouvelles ? Noël Devaulx vient de faire paraître *Compère, vous mentez*. Raymond Guérin, Marcel Bisiaux, Georges Lambrichs, ont eux aussi... » Mon interlocuteur m'écoutait d'abord avec surprise ; puis ce fut de l'abattement: « Non, dit-il, non, c'est impossible. Nous ne pouvons pas lire tout cela en huit jours. Choisissez l'un de ces livres, demandez à l'éditeur de m'en adresser une dizaine d'exemplaires : je ferai en sorte qu'il soit lu avant l'attribution du prix. » On ne pouvait montrer plus de bonne volonté.

Dans ces conditions, va-t-on me dire, pourquoi faire partie d'un jury ? Voilà bien ce que je me répète, chaque fois que l'un de mes candidats échoue. Puis je reprends confiance. Et de fait, il arrive qu'un miracle se produise ; qu'une belle œuvre triomphe, sans recommandations amicales ni menées de l'éditeur. Ajoutez que l'atmosphère des prix a bien son pittoresque.

Décidément, le seul remède aux prix littéraires est de les multiplier. De cette façon, on répare quelquefois une injustice (c'est ainsi que le prix Sainte-Beuve vient d'appeler sur André Dhôtel une attention plus large). De cette façon aussi, les prix littéraires se trouvent ramenés à leur exacte et très faible signification.

❖

Une après-midi, je me suis aventuré sur le bateau qui d'Evian mène à Lausanne. J'espérais, à Lausanne, sinon rencontrer Edmond Jaloux lui-même, du moins ménager entre nous une prochaine rencontre. Mais la personne à qui je voulais m'adresser était absente ; j'ai rôdé quelques heures dans la ville et suis rentré au crépuscule — le jour même où Jaloux est mort.

De toute ma vie, je ne l'ai vu que cinq ou six fois, à mes débuts surtout, quand il accueillait chez lui, curieux, complice, amusé, ces jeunes inquiets qui se débattaient entre le dadaïsme et la *N. R. F.* Il eut toujours le souci et le sens de la jeunesse ; je ne crois pas que, d'une guerre à l'autre, la France ait connu un critique plus empressé à surprendre les tendances nouvelles et à signaler l'éveil d'un talent. Il exerça sur nos Lettres une action non moins vive en les amenant à des contacts plus amples et plus intimes avec les littératures étrangères. Ce n'était pas au reste qu'il jugeât tarie la veine française ; nul n'avait pour notre art plus de respect et d'amour que ce délicat lettré. Les critiques sont rares qui savent juger avec une égale pertinence les œuvres du passé et celles du présent ; que Jaloux l'ait su, il suffit pour s'en convaincre de reprendre ses derniers écrits : l'*Introduction à l'Histoire de la Littérature française,* la préface qu'il a donnée à *Chimériques,* le beau livre de Chardonne, et l'étude, mêlée de souvenirs, que l'on trouve dans *la dernière Amitié de Rilke*. — S'il me fallait enfin citer, parmi les traits de son caractère, celui que je place le plus haut, je dirais : ce goût de l'indépendance, qu'il put enfin assouvir dans sa demi-solitude.

LOUIS GUILLOUX
ET LE JEU DE PATIENCE

Préludant aux avalanches d'octobre, un bloc énorme a surgi : *Le Jeu de Patience* de Louis Guilloux. La situation de cet écrivain dans la littérature contemporaine est bizarre. Louis Guilloux, qui atteint la cinquantaine, est depuis longtemps connu. Il le fut dès son premier livre : *la Maison du Peuple,* où il se révélait déjà presque tout entier. Si depuis lors Guilloux a écrit des œuvres plus importantes, je n'en vois pas qui soit plus pure, plus touchante ni mieux venue. *La Maison du Peuple* est le récit d'une enfance, celle de l'auteur ; mais l'auteur sait s'effacer, et ce qu'il nous peint ou nous fait sentir à travers son humble histoire, c'est la misère, le travail, la maladie, le goût du bonheur, de la liberté et de la justice, l'espoir qui renaît après l'échec, la fraternité des cœurs généreux. Mais je dis mal : ce sont d'abord des hommes qu'il nous peint. Il y apporte une fraîcheur et une tendresse d'une très rare qualité ; tout semble simple : le mot, l'accent, la scène elle-même ; ce sont de menues gens et de médiocres aventures ; mais nous voilà tout surpris de sentir en nous, et longuement.

leur présence. Je songe particulièrement à un épisode, qui m'a toujours ému : c'est le soir, dans une mansarde ; le père est allé se joindre à des grévistes ; la mère, inquiète, raccommode une couverture et cherche à distraire ses enfants. Soudain elle se dresse, entraîne les petits jusqu'à la fenêtre, et l'on voit passer une foule qui chante l'*Internationale*. La fenêtre refermée, parvient une dernière rumeur :

C'est alors qu'il se produisit un fait étrange. Ma mère, immobile au milieu de la cuisine, se mit tout à coup à fredonner un air de danse. Elle paraissait réfléchir. Elle prit la lampe qui était posée sur le coin de la table et la porta sur la cheminée. Elle repoussa la table vers le mur et me saisit la main. Elle n'avait pas cessé de fredonner.

— Allons, Louise, donne-moi la main, toi aussi.

Louise obéit.

— Et toi, petite Anna, donne la main à Louise. Nous nous tenions tous les quatre par la main. Elle se mit alors à nous faire danser la ronde tout en continuant de fredonner. Elle fredonnait de plus en plus fort en nous entraînant.

— Allons vous ne dansez pas assez vite. Allons ! Tra la la la... la... Et dansez donc !

Elle chanta elle-même en tournant :

Quand les gueux dansent
Les guenilles, les guenilles
Les guenilles vont
Quand les gueux dansent
Les guenilles vont au vent...

Elle serrait ma main et me faisait mal.
— Trop vite, maman, trop vite...
— Dansez donc !

Sont-ils mieux les gens qui sont riches
Sont-ils mieux que moi qui n'ai rien.

— Allons !
— Assez.
— Encore un petit tour...

Je tourne et je vire
Je vais et je viens
Je n'ai pas peur de perdre mon bien.

Elle s'arrêta à bout de souffle. Nous n'en pouvions plus. Elle nous regardait des larmes plein les yeux...

Si j'ai cité cette page, bien qu'elle appartienne à un livre déjà ancien, c'est qu'elle exprime l'essentiel de Guilloux. De *la Maison du Peuple* au *Jeu de Patience,* ses livres gagneront en ampleur et en intensité dramatique ; mais ils ne la feront pas oublier. En 1932, *Hyménée* parut dans la *Nouvelle Revue française.* En 1935, *le Sang noir,* qui manqua le Prix Goncourt, n'en obtint pas moins un grand succès ; tout l'intérêt se trouve ici concentré sur une seule figure, à la fois douloureuse et grotesque, et non sans grandeur : le professeur Cripure (le philosophe Georges Palante). *Le Sang noir* est resté l'œuvre de Guilloux la plus connue ; c'est à coup sûr la plus forte ; je crois toutefois que, dans la composition de ce roman, Guilloux a subi une influence, celle de Malraux, qui s'accordait mal avec ses propres dons.

Tout semblait ainsi promettre à cet écrivain l'une des places les plus enviables de la littérature contemporaine. Mais après *le Sang noir,* ce furent sept ans de silence. Guilloux se sent mal fait pour les compétitions, la stratégie et les cénacles ; il vit loin de Paris, travaille lentement, et puis l'on dirait parfois que l'amour qu'il porte à sa ville lui suffit. Le livre qu'il publia en 1942, *le Pain des Rêves,* passa presque inaperçu. Celui qu'il nous donne aujourd'hui après le même silence va-t-il faire enfin reconnaître en lui, par le grand public comme par la génération nouvelle, l'un de nos meilleurs écrivains ?

C'est une somme : celle de ses thèmes et de ses personnages favoris, celle de tous ses livres et l'on pourrait dire de toute sa vie. C'est en même temps la chronique d'une ville de province (Saint-Brieuc) depuis 1913 jusqu'à nos jours. Guilloux livre là une rude bataille. Il le sait. D'où vient qu'il l'ait si dangereusement engagée ?

Toute entreprise de cet ordre pose au romancier un problème : comment maintenir l'intérêt du lecteur à travers la multiplicité des intrigues et des personnages ? On est porté à répondre : par la savante harmonie de la composition, par la concordance et l'orchestration des thèmes et des épisodes, enfin par le jeu même du déroulement chronologique, dont la constance peut racheter la lenteur. Or rien de plus étranger, semble-t-il, à l'œuvre de Louis Guilloux.

Elle débute par une scène de l'Occupation ; au chapitre suivant, nous sommes reportés en 1936 ; nouvel épisode : c'est en 1913 ; puis on nous ramène à l'Occupation, puis à la première guerre, de là à la guerre d'Espagne, et il en sera ainsi jusqu'à la fin du livre. Ce sont à peine des chapitres, plutôt des fragments. Nous quittons un groupe de personnages en plein cœur d'une aventure, parfois même d'une conversation ; d'autres surgissent ; les premiers reviennent : ils ont dix ou vingt ans de moins. Voici le dénouement d'une passion, cent pages plus loin sa naissance, çà et là ses péripéties. Ainsi se mêlent le présent et le passé, les divers âges et les diverses figures des mêmes hommes.

C'est qu'il s'agit là, nous dit-on, non point d'une œuvre pleinement élaborée et parvenue à son terme, mais des pièces d'un dossier, de notes que rédigea le narrateur selon la brûlure des événements ou la liberté de sa mémoire. Encore ces notes ont-elles été bouleversées par une incursion policière ; certaines même ont disparu, qu'il est bien difficile de remplacer. — Bon ! Ce qui importe, c'est l'œuvre, non pas son explication ni ses prétextes. Admettons que Louis Guilloux ne nous donne pas ici l'œuvre à laquelle il songeait d'abord, qu'il se trouve en face d'un désordre, et même d'un double désordre : celui des circonstances et celui de l'écrivain. Mais ce désordre, il s'y résigne, il l'accepte ; bien plus : il en veut tirer parti.

Car nous voyons bien les buts qu'il se propose. Ce n'est pas seulement une chronique, qu'il nous livre ainsi par fragments ; c'est de plus l'histoire de cette chronique, le propre journal du narrateur en marge de son œuvre, le récit de ses efforts et de ses mésaventures. Si bien que la figure de Guilloux nous reste à tout instant présente ; elle introduit un premier lien entre des fragments si divers ; elle apporte un premier repère dans la confusion du livre.

Mais d'autre part, dans cette confusion, dans l'enchevêtrement des époques et des générations, si le temps disparaît, c'est au profit d'une sorte de vaste entité humaine. Le crime se mêle à l'idylle ; une scène de torture suit une scène de jeux enfantins ; la ville se pavoise pour une procession ou pour un discours de M. Poincaré : et ce sont les troupes allemandes qui apparaissent. Tout se confond ainsi en une immense rumeur : plaintes et rires, chants d'émeutes, de café ou d'église, soupirs d'amoureux, de malades ou de pénitentes. Et de même, ouvriers, professeurs, réfugiés espagnols, prêtres et pasteurs, soldats, écrivains, policiers, bourreaux et victimes : il n'y a là qu'une seule présence, une seule histoire, celle de l'homme. Une seule leçon : « Le monde ne valait rien, et il n'y avait pas d'issue, mais peut-être un recours dans la douceur. »

❖

Je ne prétends point que Louis Guilloux ait pleinement réalisé ses desseins. Quelque sens qu'il veuille donner, et qu'il donne, à la confusion de son œuvre, celle-ci n'en paraîtra pas moins une œuvre essentiellement confuse. « Jeu de patience » pour l'auteur, elle l'est plus encore pour le lecteur. Elle exige une attention et une lucidité que le public n'accorde plus guère aux romans. Je crains que la difficulté du jeu ne rebute dès le départ beaucoup de lecteurs. Quel dommage ! A ces lecteurs, je conseillerais volontiers de renoncer à la règle du jeu. Oui, qu'ils n'essaient pas sur-le-champ de reconstituer le puzzle. Qu'ils se livrent tout bonnement au plaisir d'un épisode, puis d'un autre, et d'un autre... Peu à peu, sans qu'ils y songent, le livre s'installera en eux avec tous les rapports de ses traits.

Aussi bien, telle est la richesse de ce livre, que chacun peut y satisfaire son humeur. Ecrit surtout pendant la guerre, il va de soi que les scènes dramatiques y abondent ; elles sont émouvantes, mais elles rejoignent en nous le souvenir de celles, plus violentes et plus douloureuses, que nous ont décrites tant de romans et de témoignages depuis la Libération. — Les réfugiés espagnols dont Guilloux nous raconte l'histoire tiennent, eux aussi, une place de choix ; c'est qu'ils représentent pour l'auteur la passion de la liberté, l'héroïsme, puis la défaite, l'exil, mais toujours l'espoir et la foi ; ils sont le romantisme de Guilloux : un romantisme généreux, encore qu'un peu trop sensible peut-être à l'exotisme et à l'imagerie. — A l'opposé : l'évocation d'un monde et d'un temps préhistoriques : la belle société de Saint-Brieuc vers 1914, les fêtes et les réceptions, la chronique mondaine de M. Rouletabille, bref, une reconstitution à la manière de René Clair, mais parfois trop appuyée, trop complaisante, il me semble, en tout cas un peu facile.

Mais enfin, entre le drame et la farce, voici le domaine propre de Guilloux, voici des personnages qui n'appartiennent qu'à lui, qu'il observe et sent à la fois, dont il sourit, mais qu'il aime, et qu'il accentue sans les déformer. C'est la vieille comtesse de Lancieux, qui mendie à tout venant au profit de sa grande œuvre ; Yves de Lancieux, son fils, pudique et doux, sous le poids d'une faute qu'il n'a pas commise ; la cousine Zabelle et ses tendres ou luxurieuses amours ; l'âpre Clémence, la vieille fille, sœur d'un aumônier et tyran d'un évêque ; « grand et fort, frais et rose, propre, cossu, déjà un peu bedonnant, heureux, fier, mais sans hauteur, parfaitement chez lui dans la ville, et saluant à droite et à gauche les amis et connaissances, à la main une belle canne à pommeau d'argent » : le mari de maman Lulu, le papa du petit Yves, M. Firmin Laroche, qui ne cesse de rêver à la cité future ; et l'oncle Paul, la tante Léa, le neveu Loïc... Ah ! pour ces trois-là, un instant ! Je voudrais citer leur rencontre ; ce n'est rien qu'une page parmi des centaines d'autres, et l'une des plus simples, l'une des plus courantes ; mais écoutez :

Cette année-là, l'oncle Paul, le Parisien gros bec, le frère cadet du père disparu de Loïc, de Blaise et de Pélo, vint en vacances au pays, avec sa femme Béatrice. Sans prévenir, comme à son habitude. Et Loïc qui les rencontra dans la rue, d'abord n'en crut pas ses yeux. L'oncle Paul ! C'est l'oncle Paul !... Mais était-ce bien sûr que ce fût l'oncle Paul ? Ah, le pauvre Loïc ! Quel saisissement ! Il rougissait, pâlissait. Que dire ? Que faire ? Et c'était pourtant bien l'oncle Paul, il n'y en avait pas deux comme lui. Comme il était beau, l'oncle Paul ! Quel teint frais et rose, quels beaux cheveux blonds, sous le canotier de paille tout neuf ! Quelle belle moustache roulée au fer ! Et ce complet gris qu'il avait dû tailler et coudre de ses propres mains à ses moments perdus, vu qu'il était tailleur de son état, comme avant lui son père et le père de son père. Oncle Paul ! Personne ne souriait comme lui, personne n'avait des yeux d'un bleu plus tendre, personne ne paraissait plus heureux. Et ses souliers jaunes ! Sa cravate rouge ! Sa canne ! L'oncle Paul avec une canne ! Si le grand-père avait vu ça !...

L'oncle Paul donnait le bras à une grande femme en noir, raide, au long visage boutonneux. Il lui parlait dans la figure en riant — et ils étaient si occupés qu'ils allaient passer sans voir Loïc...

« Oncle Paul !... »

L'oncle Paul s'arrêta net, chercha d'où venait cette voix, tourna sa belle tête de chou rose, à droite, à gauche, et, voyant Loïc debout sur le trottoir, son visage se fendit d'un immense sourire de stupéfaction :

« Ça alors, c'est plus fort que de jouer au bouchon avec des ronds de saucisse à l'ail ! Q'tu fous là ? Ah ben, mon colon, tu m'la copieras ! Dis donc, Béa...

— Oncle Paul ! s'écria Loïc, en se jetant dans ses bras. Comme il sentait bon !

Et j'oublie la femme du pasteur, qui n'est jamais si heureuse que lorsque son mari l'appelle « grosse gourde » ; et l'excellent M. Thys, professeur de violon ; Marie Laisné, qui a vu le diable ; Jeanine, la petite amoureuse rétive ; et tant d'autres : tout ce petit monde dont l'auteur, avec sa tendresse et son humour, son art de conter, de montrer, d'animer, sa vertu comique, son accent (l'accent du cœur et peut-être l'accent de Saint-Brieuc : petite préfecture qui se partage entre le pays de Dickens et celui de Daudet) — toute cette humanité dont Guilloux est le témoin, la conscience et le chantre.

LES CHEMINS DE LA LIBERTÉ

I

« L'AGE DE RAISON » ET « LE SURSIS » [1]

Il entre des éléments très divers dans la gloire de Jean-Paul Sartre. Maître, prophète et professeur de l'existentialisme, il concentre sur lui une attention qu'ont éveillée Kierkegaard, Kafka et Heidegger. Bénéficiant du trouble d'une époque, il a rassemblé une cohorte d'esprits jeunes, ardents et disponibles tout ensemble ; imposé aux salons, aux journaux, presque au langage de la rue, une doctrine dont le plus vif attrait aux yeux du public reste son mystère et ses rocailleux vocables ; mieux encore, il a su tirer de cette philosophie d'abord désespérée, sinon une morale, à tout le moins une assise.

Tout cela pourtant risquerait de disparaître assez vite ; une mode engendre une réaction, et déjà la mode existentialiste... Mais Jean-Paul Sartre est un

1. Ecrit en 1945.

des écrivains les mieux doués de notre temps. Sa nouvelle œuvre : *les Chemins de la Liberté,* suffirait à le montrer. C'est l'une des œuvres capitales de la littérature contemporaine.

On ne peut, sans doute, la juger pleinement, puis·que seuls deux volumes ont paru, sur les trois qui la doivent composer. Et Sartre lui-même nous avertit d'attendre : son histoire commence à peine à s'éclairer ; ses héros, si misérables qu'ils soient, illustreront enfin son propos, soit qu'ils triomphent de leur misère, soit qu'au bord du salut ils montrent à d'autres une route plus sûre.

A vrai dire, je ne suis pas sans crainte devant ce rôle exemplaire que l'on impose aux personnages, ce souci chez un romancier, ce besoin, cette obsession d'une thèse. Déjà, dans les deux volumes actuels, quand il arrive à l'auteur d'utiliser trop directement ses héros, d'illustrer sa doctrine par une scène, un trait, une expérience clinique, de paraître enfin philosophe et professeur de philosophie, je me sens un peu gêné.

Je ne le suis pas moins par le goût, par la complaisance de Jean-Paul Sartre pour la sanie, le vomissement, la crasse physique ou morale. Je m'étonne enfin que, dans un ouvrage d'un dessein si grave et d'une ambition si large, il ait réduit l'humanité au milieu si étroit et si spécial qu'il met en scène. Le monde semble pour lui se ramener à des invertis, des érotomanes, des ivrognes et des intellectuels désabusés. C'est un monde fangeux et gluant, où tout se dérobe et retourne à l'inexistence, où l'âme privilégiée trouve ses meilleurs instants dans le remords, mais n'est jamais éclairée.

Je sais bien que ce monde s'élargira sans doute avec l'œuvre. Si le premier volume se ramasse autour d'une histoire d'avortement, le second se propose d'évoquer une époque. Et peut-être Sartre a-t-il songé qu'il fallait un monde aussi misérable pour que sa leçon parût plus urgente. Reste que chacun de nous se compose son monde particulier, qu'il s'y complaise ou s'en torture. Celui de Sartre a peu changé depuis *la Nausée.* Mais avec quelle lucidité, avec quelle maîtrise l'auteur ne le domine-t-il pas aujourd'hui !

Car toutes les réserves que nous inspirent *les Chemins de la Liberté* ne sauraient nous faire méconnaître l'intelligence, la ténacité et la force de l'œuvre. Cet univers existe, si limité qu'il soit ; ces personnages sont vivants et réels jusque dans leur néant, et les problèmes qu'ils suscitent s'imposent à nous. Quelles que soient dans cette œuvre la part de la théorie, la singularité de l'optique et du milieu, Sartre n'est pas seulement un philosophe ; c'est un créateur, c'est un romancier, l'un des plus habiles que nous puissions attendre ; c'est aussi un écrivain qui manie, parfois jusqu'à la virtuosité, une langue précise et rapide, à peine gâtée par quelques mots d'école ou par certains efforts vers la drôlerie.

Des deux livres qu'il vient de publier, le premier, le plus classique de forme, mais non le moins audacieux par sa psychologie, nous engage dans un courant à la fois violent et sinueux. Ne cherchons pas si les personnages sont aussi libres à l'égard du romancier, et tous leurs actes, aussi imprévisibles, que le voudrait Sartre ; il n'est guère de monde romanesque où la présence et la volonté de l'auteur se laissent mieux percevoir. Mais il suffit que tout ici, ou presque tout, nous frappe et nous entraîne. Le second livre sans doute heurtera davantage : par son intention, qui n'est plus de peindre une aventure particulière, mais une crise collective, par sa technique surtout, renouvelée de Virginia Woolf et de Dos Passos, qui enchevêtre inextricablement cent personnages, cent épisodes et leurs décors. On dira que c'est là réclamer beaucoup du lecteur, que le procédé semble trop manifeste et trop rigide, que Sartre, s'il ne veut peindre ni des individus, ni une foule, s'il ne les peint pas en effet, échoue à peindre rien d'autre. Mais un tel livre tire sa vertu de son calcul et de sa rigueur. Et l'expérience méritait certes qu'on la tentât.

J'avoue toutefois que je n'ai pas retrouvé sans plaisir, aux dernières pages du livre, Ivitch la faible et la farouche, à la défaite imprévisible et escomptée. Suis-je retombé dans l'ornière du lecteur naïf ? Mais Sartre a si joliment surpris cette figure ! Elle nous apparaît si précise, alors que la figure même de Mathieu, le professeur, plus complète, plus nuancée et vraiment centrale, parvient mal à nous convaincre de ses traits extérieurs. Le professeur ? Il est vrai qu'on ne le voit jamais dans sa chaire. Les personnages de Sartre n'ont pas de métier ; ils forment une société plus particulière, plus affranchie des contingences sociales que les princes et les grandes dames de Racine. Le café de Flore a remplacé l'antichambre des rois.

N'importe. Le monde que nous peignait Sartre dans *la Nausée* n'a pas changé, disions-nous. Mais la position, la conscience et les sentiments de l'auteur à l'égard de ce monde ne nous semblent plus tout à fait les mêmes. Son attitude est moins méprisante, il s'y mêle parfois, gouailleuse, souvent cruelle, une sorte de tendresse. C'est par là que son œuvre se montre plus humaine, comme elle est un peu plus généreuse par la chance de salut qu'elle réserve et laisse entrevoir.

II

« LA MORT DANS L'AME »

Quatre ans après *l'Age de raison* et *le Sursis,* voici que paraît le troisième volume des *Chemins de la Liberté : la Mort dans l'Ame.* Certes, au cours de ces quatre années, Jean-Paul Sartre s'est montré plus actif que jamais ; théâtre, essai, critique, revue, cinéma, journalisme, conférences, action sociale : cet homme universel n'a presque rien négligé. Mais enfin, pour le romancier, ce furent quatre années de silence, et d'un silence qui ne fut peut-être pas sans lui peser.

On en devine les causes. Dans le dessein initial de l'auteur, le troisième volume des *Chemins de la Liberté* devait clore le cycle et justifier le titre de l'ensemble. Sartre n'avait peint jusqu'à présent que des personnages misérables : une suite de défaites ou de déroutes. Il lui fallait, dans les trois cents pages d'un dernier volume, sinon sauver ces personnages, du moins les mener au bord du salut, du moins nous montrer « leur dernière chance ». Mais il avait trop longuement insisté sur la misère, pour terminer si vite sur l'espoir. La « dernière chance » se voit reportée à un quatrième volume. Celui qui paraît aujourd'hui semble servir de charnière au cycle tout entier.

Il n'est pas moins sombre que les précédents; il l'est encore plus, il peint une misère plus profonde et plus générale, mais une telle misère, précisément, que toutes les peines individuelles s'y résorbent. C'est dans le sentiment d'une détresse collective que les meilleurs parmi les personnages de Sartre vont trouver une sorte de base ; c'est en décidant de ne point se dérober à cette misère, en choisissant de l'assumer selon leurs forces, qu'ils vont faire les premiers pas sur les « chemins de la liberté ».

❖

On pouvait craindre que Sartre n'eût recours, pour mieux peindre cette détresse générale, à la technique du *Sursis ;* mais, averti par l'expérience, il s'est méfié d'un procédé si mécanique et si lassant. Non qu'il nous donne une histoire continue ; mais un certain nombre d'épisodes qui s'organisent en tableau.

C'est le tableau de la défaite française. Nous la voyons d'abord de New-York, par les yeux de l'Espagnol Gomez, qui apprend l'abandon et la prise de Paris : il est dix heures. Il est trois heures en France, et voici, dans une foule en exode, la femme et le fils de Gomez. Le lendemain, à l'aube, dans un village de Lorraine, Mathieu s'éveille et songe que la guerre est perdue. L'après-midi du même jour, à Marseille, Boris quitte l'hôpital pour rejoindre sa sœur Ivitch, mais rêve de passer en Angleterre. Vers le soir, à Paris, Daniel se promène dans les rues désertes et soudain voit arriver les premières autos des vainqueurs...

Jusqu'alors saccadé, le rythme du livre se fait plus lent et plus ample. En même temps, l'intérêt se ramasse autour de deux ou trois personnages. D'abord, on le pense bien, autour de Mathieu, le professeur, l'homme qui essaie de voir clair, l'homme de bonne volonté : parmi tous ces personnages, celui à qui l'auteur confie le plus de lui-même. Mathieu, soldat auxiliaire, se retrouve dans une troupe vaincue sans avoir combattu. Quoi qu'il fasse, on l'aime peu : c'est un intellectuel ; on le respecte, on le craint vaguement, comme une conscience. Et Mathieu, sans doute, juge ses compagnons ; mais de quel droit les mépriser ? Il veut les rejoindre dans leur abandon : surprenant une scène d'ivresse, qui l'emplit de dégoût, il essaie lui-même de s'enivrer. Mais, la nuit venue, il rejoint dans un clocher quelques hommes décidés à combattre ; rien de plus vain que ce combat, et c'est à contre-cœur que Mathieu s'y rend, lui qui n'a jamais tiré un coup de feu ; il y va pourtant, et presque sans espoir d'en sortir. Telles sont, si l'on veut, les premières leçons du livre, ou plutôt les premières approches d'une leçon.

La seconde partie n'est qu'un long chapitre, que domine la figure de Brunet, le communiste. Celui-là ne se laisse point déconcerter par la défaite. Il s'en réjouirait plutôt, non certes parce qu'elle abaisse la France, mais parce qu'elle va secouer la torpeur des âmes faibles. A peine, prisonnier, se trouve-t-il dans un camp, il se met à l'œuvre, explore le camp, rassemble ses camarades de parti et leur donne ses instructions. Le vrai combat commence, qui amènera l'avènement du communisme. Au regard de ce but, il n'est rien qui doive compter. Les hommes n'ont pas assez souffert ; ils restent aussi crédules, aussi amorphes ; chaque jour ils attendent du lendemain la libération ; on les entasse dans un train : pas de doute, on les renvoie chez eux ! Dieu merci ! le train se dirige vers l'Allemagne, et Brunet triomphe... A vrai dire, quelque trouble se mêle à son triomphe. Convaincu de sa mission, autoritaire, rigide, Brunet doit reconnaître qu'il n'est pas uni aux autres hommes par un lien fraternel. Il est l'homme du devoir, non celui de l'amour. Quelque chose lui manque, il commence à le sentir. Lui qui souhaite la prison allemande, ne traînerait-il pas avec lui une prison plus grave : celle de ses implacables certitudes ? C'est ainsi que Brunet, lui aussi, fait ses premiers pas vers la liberté.

Il est dans ce livre une troisième figure, qui, pour tenir une place moins grande, n'offre pas moins de sens peut-être. C'est Daniel, le pédéraste, l'homme qui bave de joie à l'entrée des beaux vainqueurs blonds, qui séduit un enfant perdu et l'emmène chez lui, sachant bien qu'il prépare son propre malheur. Cette fois, nous ne pouvons découvrir le moindre acheminement vers une libération. Mais nous savons que Daniel est au plus bas de lui-même, et l'auteur ne nous surprend pas quand il nous annonce que son personnage va « monter la pente qui le conduira à la liberté et à la mort ».

Voilà donc trois expériences *exemplaires*. Mathieu, timidement, mais scrupuleusement, découvre la solidarité humaine ; Brunet, qui s'engage sur une voie opposée, nous montre par son échec et son malaise le prix de cette solidarité ; et c'est aussi de quoi témoigne l'angoisse de Daniel, dans son refus du monde et son unique souci de lui-même. Ces trois expériences juxtaposées concourent enfin à la même leçon.

❖

C'est une leçon généreuse, rassurante, et telle que chacun la prévoyait. Mais c'est une leçon. Elle pèse sur les personnages, sur l'action et sur l'architecture de l'œuvre. Que devient cette liberté dont Jean-Paul Sartre faisait jadis la première vertu du roman ? Ni Mathieu, ni Brunet ne semblent vivre d'une vie autonome. Ils servent l'auteur, ils sont les instruments de sa pensée. Que Mathieu, le plus complet d'entre eux, soit un professeur de philosophie, ce seul trait nous semble déjà révélateur ; nous ne confondons pas Mathieu avec M. Sartre, mais, à tout instant, nous sentons leurs attaches ; il est éclairé de l'intérieur, riche de nuances et de complexité, mais, trop proche de l'auteur, il ne parvient pas à prendre une figure précise. Celles de Brunet et de Daniel au contraire ne sont que trop précises et trop sûrement dominées ; à Daniel d'incarner l'abjection, à Brunet la certitude aveugle et partisane ; ils s'en acquittent si parfaitement qu'ils nous laissent incrédules. Suivez les personnages du *Jeu de Patience ;* même quand Louis Guilloux mêle sa voix à la leur, ils nous émeuvent par leur naturel et leur spontanéité. Le communiste Brunet, en face d'eux, nous paraît une construction théorique.

Peut-être faut-il imputer une part de cet arbitraire à l'influence de l'auteur dramatique sur le romancier.

Elle s'est exercée, par bonheur, de plus d'une façon. Si l'on rapproche *la Mort dans l'Ame* de *l'Age de raison,* le nouveau livre de Sartre peut sembler moins riche, moins subtil et surtout de ton moins juste que ne l'était le premier. Mais il le dépasse par le sens de la mise en scène et de l'intensité dramatique. Il semble aussi bien que l'auteur ajoute à son expérience du théâtre le profit qu'il a su tirer de Malraux, des romanciers américains et même du cinéma [1]. Jamais son habileté, on peut dire sa maîtrise, ne s'est révélée plus éclatante et plus sûre que dans ces tableaux de la débâcle. Chacun d'eux nous frappe par l'aplomb du décor, l'épaisseur de l'atmosphère et la violence progressive de l'action. Le trait est net, dur, cinglant, — un peu raidi peut-être — jusque dans l'évocation de la torpeur et de la veulerie.

Parfois pourtant on se heurte à des images d'une poésie douteuse. Déjà, dans *l'Age de raison,* Sartre écrivait : « Une grande fleur mauve montait vers le ciel : c'était la nuit. » De même, dans ce nouveau livre : « Sur toutes les bouches, la lune fit éclore des fleurs pâles » ; ou bien : « Une joie aventureuse illumina son cœur flétri » ; ou ceci, qui ne vaut pas mieux : « Il avait l'air vague et doux, il regardait vaguement la douce nuit, la campagne enfantine et légendaire, et Mathieu ne savait pas si c'était la douceur de la nuit qui se reflétait sur ce visage ou la solitude de ce visage qui se reflétait dans la nuit. » Citerai-je encore ? Voici qui ferait envie à mademoiselle Akakia : « La molle viande bleue de cette journée avait reçu l'éternité comme un coup de faux. »

1. Voyez par exemple la longue scène du train, si fortement agencée.

Et voici qui rejoint exactement Barbusse : « Les bouches ouvrirent vers l'azur le reproche de leurs plaies noires. »

Ce n'est pas seulement à l'habituelle fermeté du langage que s'opposent ces gentillesses. Elles détonnent plus encore si l'on songe au vocabulaire des personnages. Je crois bien que l'on ne pourrait en trouver de plus orduriers, du moins dans les romans de cette classe. On devine aisément la justification qu'en donnerait l'auteur : Ce vocabulaire, il ne l'a pas inventé ; c'était celui des soldats qu'il a connus. Accordons-le ; accordons que par miracle tous les soldats qu'il a rencontrés s'exprimaient ainsi. Accordons même que c'est là une sorte de *style,* aussi parfait à sa manière que celui des héros de Racine. Aussi parfait, mais un peu plus fragile. Car bientôt rien ne paraît plus monotone que son pittoresque, plus limité que ses trouvailles, plus lassant que ses surenchères. Encore ne songeons-nous qu'à l'instant présent ; mais rien ne *date* plus rapidement et ne perd son premier sens, au point que cette parfaite fidélité d'un langage semble enfin le comble de l'artifice.

Laissons cette querelle. Sartre lui-même a maintes fois déclaré qu'il cherchait avant tout une audience et une action immédiates. Il les a, et c'est justice. On ne saurait mettre à les conquérir plus de talent, d'efforts, de vigueur et d'intelligence qu'il n'en apporte dans son œuvre. C'est une œuvre trop concertée, trop volontaire ; elle peint un monde trop limité ; elle offre un art trop conscient, trop intellectuel et, pour mon goût, trop raccrocheur. Mais qu'elle soit l'une des œuvres les plus représentatives de notre époque, qui en douterait ?

ROMANS DE LA DÉFAITE

Cette saison me semble marquée, dans l'ordre du roman, par un retour aux thèmes de la défaite et de l'Occupation. Après *la Mort dans l'Ame* et *le Jeu de Patience,* voici *Week-end à Zuydcoote,* de Robert Merle, et *Quand le Soleil se tait,* de Jean Duvignaud. Je pourrais citer dix autres livres, qui tous ont trait à la guerre : *Châtiment des Victimes,* de José-André Lacour, *Mon Royaume pour un Cheval,* de Michel Mohrt, *la Chair et l'Ongle,* de Jean Verdier, *le dernier des Maîtres,* de Pierre Kaufman..., sans parler des témoignages, comme *les Grandes Circonstances,* de Jean Bloch-Michel. Et je me garde bien d'oublier la nouvelle édition de *Liaisons du Monde,* l'œuvre monumentale de Léon Bopp.

Que tant de romanciers, quatre ans après une guerre, lui empruntent encore leur sujet, voilà qui ne s'était point vu vers 1922. C'est qu'il s'agit, pour les nouveaux écrivains, d'une guerre tout autre, infiniment plus complexe que celle de 1914 ; elle dure encore, au moins par ses effets, par les plaies et l'ébranlement qu'elle a laissés, par la lumière qu'elle a projetée sur tel comportement de l'individu, du groupe ou de la foule en des cas extrêmes, par les mythes qu'elle a fait surgir, par les thèmes et les héros dont elle a peuplé notre littérature aussi bien que notre époque.

Tantôt elle se propose au romancier comme le sujet d'une peinture dramatique ; tantôt elle lui permet d'illustrer un problème de psychologie, de dégager une leçon de morale ou de politique ; souvent aussi elle lui apparaît, dans sa monstruosité, comme la seule toile de fond qui convienne au bouleversement et à l'angoisse des heures présentes.

❖

Le prix Goncourt a été attribué, comme on le prévoyait, au livre de Robert Merle : *Week-end à Zuydcoote,* et toute la presse a dit : « C'est un bon Goncourt. » Elle l'a dit avec raison, marquant ainsi les qualités et les limites de l'œuvre.

Robert Merle, qui est professeur d'anglais en Bretagne, vient, je crois, d'atteindre la quarantaine. Il a sans nul doute longuement réfléchi sur la technique du roman, et vécu dans une intime familiarité avec les romanciers américains. A maintes reprises, lisant son œuvre, on songe en particulier à Caldwell. Mais il s'agit là d'une influence fort heureusement assimilée, et l'on reste frappé par l'adresse, l'aisance, voire l'aplomb de l'auteur.

Toute l'action se passe en deux jours, près de Dunkerque, tandis que les troupes allemandes approchent de la côte et que se rembarquent les Anglais. Dans cette immense pagaïe, l'auteur choisit quatre personnages, quatre soldats français — l'un d'eux, Maillat, devant servir de lien entre les divers épisodes. Maillat nous apparaît dès les premières lignes ; c'est un samedi matin, il suit une rue, que flanquent deux files de voitures abandonnées. Surgit une voiturette poussée par un *biffin*. « Une femme y était étendue, jambes en avant. Sa robe, retroussée presque jusqu'au ventre, laissait voir deux cuisses roses et grasses qui, à chaque mouvement du charreton, tremblaient dans une espèce de danse obscène... La femme avait les yeux fixes et un grand trou noir à la tempe ». Le biffin s'arrête, s'éponge, demande « une pipe », et l'on se met à causer. Ou plutôt il cause, il se raconte : chauffeur de taxi dans le civil, chauffeur de nuit, mais sérieux et tout, sérieux d'abord avec sa femme, pas cavaleur, plutôt père peinard ; bien sûr, « deux ou trois fois par semaine, je dis pas, avec les copains, et plutôt histoire de rigoler ». C'est qu'aussi, il faut dire, il a été élevé chez les Frères... Mais au cours de la conversation, une Renault est survenue, qui se trouve bloquée par le charreton. Un tout jeune officier en descend, ordonne au biffin de reculer. Le biffin refuse. L'officier dégaine et braque son revolver. Soudain tout s'arrange : on déplace une voiture, et le petit lieutenant repart en lançant un cordial salut.

Voilà le premier épisode ; on en trouve de plus violents ; mais ils offrent presque tous un caractère d'incohérence précise, où se rejoignent le pathétique et le saugrenu, le drame et la cocasserie. De même, presque tous les propos ont la saveur de ceux que tenait le biffin. L'auteur excelle à reproduire de telles conversations. Bien entendu, les gros mots n'y manquent pas, qui ont trait surtout aux attributs virils ; mais s'ils se prêtent malaisément à une lecture familiale, ils n'offrent pas trace de perversité : c'est un langage si naturel !

L'est-il vraiment ? Sans doute, avec ses images, ses répétitions, ses énormités, ce langage semble saisi sur le vif et fidèlement reproduit, jusque dans son rythme. Ce n'est pas celui que Sartre prête à ses héros. Nous ne doutons pas qu'il ait été parlé, et par des milliers de soldats. Pourtant il nous apparaît comme un langage de convention, l'un des plus extérieurs, l'un des plus vides. A le reproduire strictement, on peut obtenir de plaisants effets ; mais on risque d'oublier l'homme derrière son apparence, son uniforme, sa comédie. Va-t-on m'objecter que certains hommes ne peuvent avoir d'autre langage ? Peut-être ; mais qu'on ne les réduise pas à ce langage ; ce qui compte chez de tels hommes, ce n'est pas ce qu'ils disent, mais ce qu'ils voudraient dire. Précisément, l'auteur de *Week-end,* qui sait à merveille donner une impression de vie, s'en tient trop souvent à cette impression.

Non qu'il ne veuille aller, lui aussi, en « profondeur ». Des quatre soldats qu'il met en scène, l'un est un brave homme, affectueux et bourru ; le second, un lâche et un combinard ; le troisième, un curé discret, mais nullement pudibond, selon les meilleures traditions du genre ; bref, ce sont trois figures des plus sommaires, plutôt des silhouettes, et presque des caricatures. A Maillat toute la complexité ; Maillat est un inquitet, un tourmenté, un homme à problèmes, le Hamlet de la popote. Il croit chercher et porte son destin. Il tue deux soldats pour sauver une jeune fille ; mais, comme ils l'avaient durement frappé, il ne les tue pas sans plaisir. La jeune fille s'offre à lui : il la repousse ; elle le fuit : il la viole. Il provoque malgré lui la mort de son compagnon le plus cher. Rejoignant la jeune fille, il la presse en vain de s'enfuir ; quand à son tour elle le presse, il s'abandonne à la mort qui approche. On voit toute l'importance que lui attache l'auteur. Aussi bien, des quatre héros, c'est le seul qui n'offre aucun trait comique ; mais c'est aussi le seul qui n'ait pas sa figure. On ne le voit pas, il reste épars, et jamais il ne nous touche moins que dans la longue scène où il rêve et subit sa mort.

Ce n'est donc point une vision originale du monde qu'il faut chercher dans ce livre, ni des personnages qui puissent quelque temps nous accompagner ; ce n'est pas davantage un art exigeant ou vraiment nouveau. Mais on y trouve d'excellentes qualités de conteur, une grande habileté de mise en scène, le sens des tableaux et des épisodes mi-tragiques, mi-burlesques. Et de l'entrain, du brio, du pittoresque. Et même, répétons-le, une exacte mise au point de la technique américaine, à l'usage du roman français. Dans son mode particulier, qui ne va pas sans complaisance ni sans convention, et qui parfois se satisfait d'un grain assez gros, ce livre est une réussite, et l'on s'engage peu en prévoyant pour l'auteur une carrière brillante.

❖

Le roman de Jean Duvignaud, *Quand le Soleil se tait,* retrace, lui aussi, la déroute et l'incohérence de 1940. Mais si l'on peut le rapprocher par là de *Week-end à Zuydcoote,* ce rapprochement nous permet de mieux sentir l'opposition de deux pensées, de deux tons et parfois de deux arts. Le titre même de l'œuvre nous laisse deviner cette opposition ; il est tiré de *la Divine Comédie* : « Quand le soleil se tait, écrit Dante, l'homme ne peut plus reconnaître ses frères. »

Jean Duvignaud a publié voilà quelques années un livre de nouvelles : *le Sommeil de Juillet,* très remarquable par l'éclat de la vision et par la force dramatique. Ces mêmes qualités prennent tout leur prix dans l'ampleur de son roman. Mais quelque force que M. Duvignaud parvienne à donner à sa peinture, il ne veut pas nous offrir un simple tableau. S'il a choisi de retracer les événements de 40, c'est qu'il y découvre une crise de la conscience humaine. Un monde y trouve son échec ; un autre monde y prend un sentiment plus net de son rôle et de son destin. Autant s'effacent les personnages dans *Week-end à Zuydcoote,* autant ils s'affirment dans l'œuvre de Jean Duvignaud. Chacun d'eux, qu'il le veuille ou non, « représente » et prend parti ; et l'œuvre tout entière est faite de leur opposition ou de leur accord. Chacun, dans la gravité de l'heure, voit la moindre de ses actions s'éclairer d'un sens ; une vie presque achevée, qui semblait celle d'un vainqueur, devient une faillite ; vingt ans d'accord conjugal deviennent brusquement vingt ans de malentendu. Quand le soleil s'est tu, les garde-fous, les cadres sociaux et les règles morales disparaissent ; l'homme est nu ; c'est l'heure du jugement. On mesure l'ambition de l'auteur, et les dangers de son entreprise. Il est loin de les avoir tous surmontés. Mais alors même qu'il échoue, qu'il tombe dans le verbalisme ou la confusion, on est frappé par la ferveur de sa démarche.

Voici un port de la côte atlantique, dans la première quinzaine de juin. L'auteur l'appelle : Fétilly ;

entendez sans doute La Rochelle. C'est la panique. Tandis que les réfugiés affluent vers le port, le maire, Bouvier, fait brûler toutes les archives. Aventurier, armateur, conquérant, Bouvier sent craquer sa conquête. En face de lui se dresse son fils, le communiste Ristor, né d'un premier mariage. A côté de lui, une vieille sœur qui l'idolâtre, une femme qu'il a sensuellement asservie, et l'enfant qu'elle lui a donné. Mais l'enfant est tué dans la rue ; la femme, qui découvre la faiblesse et l'égoïsme du conquérant, penche vers le jeune avenir que Ristor, son beau-fils, lui laisse entrevoir. Tout menace Bouvier ; pour l'abattre, on arrête son fils. Le vieil aventurier se débat. Un ordre du préfet peut-il sauver sa fortune ? Ce ne sera pas trop, pour l'obtenir, d'une complaisance de sa femme. Vaine complaisance : Bouvier est perdu. Il rôde ou s'enferme, évoque sa vie, ses combats, ses prestiges, prend à témoin cette jeune femme, qui ne songe plus qu'à s'enfuir. Il reste seul, tandis que les troupes allemandes font leur entrée dans la ville, jettent du chocolat et filment la « gratitude » du vaincu. Mais voici cet épisode — la dernière page du livre :

Les cinéastes se rapprochèrent. Deux fois la voiture passa devant Bouvier sans qu'il fît un geste. A la troisième, les cinéastes, le choisissant sans doute à cause de sa taille, lui crièrent :

— Ramassez !

Il entendait déjà le commentaire de speaker, où l'on parlerait des réfugiés affamés, des paysans désespérés et de la générosité des vainqueurs. Où donc avait-il vu cela ? Paralysé par la sottise, il chercha, en se baissant, dans la boue, le morceau de chocolat, mais en se relevant, vaincu par sa révolte, il ouvrit la main, se redressa. Qu'importe ! le geste y était. Alors on s'approcha de lui et lui braquant l'appareil de prises de vue sur le visage, l'isolant dans ce spectacle de cadavres nègres, en gros plan, sous les regards des cinéastes sarcastiques devant la grimace qu'il fit, quand on lui cria : — souriez ! — spectacle moins pour les autres que pour lui-même, drogué par la surprise — on filmait cette face morte, qui grinçait des dents, propagande désormais.

On voit la « manière » et l'art de l'auteur. Tendu, fiévreux, heurté, son livre est fait de scènes dramatiques et de tableaux aux couleurs violentes. Il n'offre certes pas une lecture facile. A tout instant, l'auteur cherche à frapper. Il disloque sa phrase, accumule les ellipses, assène une image, d'une phrase à l'autre supprime toute liaison, précipite son débit, s'interrompt net, nous jette aussitôt en plein cœur d'une action dont nous ne connaissons pas le début. C'est une course entre les nerfs et la pensée. De là des traits saisissants, mais d'autres aussi, tout bonnement regrettables, par exemple : « Elle avait renoncé depuis onze ans à prendre, sur lui, barre. » Et de là, trop souvent, une confusion et une obscurité qui enlèvent tout plaisir à notre lecture.

On ne manquera pas d'adresser à M. Duvignaud un autre reproche, et je le crois justifié : c'est l'abus qu'il fait d'un vocabulaire idéologique. Quand il parle en son propre nom, passe encore (et pourtant rien de plus fâcheux que ce jargon de la philosophie moderne, et surtout de la philosophie politique).

Passe aussi peut-être quand il le prête à son jeune héros communiste — que l'on peut croire assez proche de lui-même. Mais il n'est à peu près aucun de ses personnages qui, plus ou moins, ne l'emprunte. C'est ainsi que Bouvier dit à sa femme (je prends au hasard) : « Je suis libre, Victoria. Toute ma liberté fait la fatalité de ceux que je trompe. Le monde de ma liberté est celui de ma ruse. » Ou plus tard, tandis que sa main descend « le long des reins de la femme : Et cependant, pensait-il, si mon amour-propre est la liberté de l'âme et du corps, j'aime moins cette femme que moi-même... » Et Victoria à son tour, et... Décidément, c'est bien l'auteur qui presque toujours parle à travers ses héros. Je ne dis point qu'il les trahisse ; ils restent humains et gardent leur individualité dans leurs actions comme dans leurs sentiments ; mais il les presse avidement, il leur impose une conscience et surtout une terminologie, qui lui permettent d'illustrer et de débattre ses problèmes. C'est là une tendance qui n'est pas nouvelle dans le roman moderne ; on la trouve depuis longtemps chez Malraux (à qui fait parfois penser l'auteur de *Quand le Soleil se tait*) ; on la trouve aujourd'hui chez Sartre. Mais Jean Duvignaud la pousse jusqu'à ses limites extrêmes. L'œuvre y gagne peut-être en unité ; elle devient, en quelque sorte, le roman idéologique de l'auteur. Mais elle y perd en vraisemblance, souvent aussi en intérêt.

J'insisterais moins sur les défauts de cette œuvre, si elle ne révélait un écrivain de belle classe. Je crains que le public et les critiques eux-mêmes ne se laissent rebuter par les erreurs, les scories et la précipitation de *Quand le Soleil se tait*. Ce serait injuste. Les qualités de Jean Duvignaud ne sont point communes. Quelques réserves que j'aie pu faire : parmi les vingt ou trente romans de début que nous apporte cette saison, je tiens le sien, non certes pour le meilleur (le meilleur est celui de Merle), mais pour le plus remarquable.

« *VOTRE OMBRE NOUS NUIT* »

Ouvrons l'année par l'évocation d'une grande figure. Les hasards de l'édition s'y prêtent. Grâce aux soins de M. Louis Cognet, nous pouvons vivre quelques heures avec Angélique Arnauld, abbesse et réformatrice de Port-Royal.

Les documents ne manquent pas, qui touchent à la Mère Angélique : qu'il s'agisse des confidences d'Antoine Lemaître, son neveu, de la notice composée par Angélique de Saint-Jean, sa nièce, ou du fameux *Abrégé de l'histoire de Port-Royal.* De la Mère Angélique elle-même, nous possédons encore quelques écrits spirituels et des lettres assez nombreuses. Mais le document le plus fidèle et le plus précieux, c'est bien la *Relation,* l'autobiographie que M. Singlin, son confesseur, lui ordonna d'écrire, en 1654. Trois éditions de ces mémoires ont paru au XVIIIe siècle ; la meilleure, celle d'Utrecht, est encore fautive, non point seulement par suite de ses oublis ou de ses additions, mais surtout dans la mesure où le texte original se trouve « rajeuni », c'est-à-dire déformé. Le manuscrit est perdu, mais il en subsiste deux copies, et c'est l'une d'elles que vient de publier M. Louis Cognet. Tout semble nous garantir qu'il s'agit enfin là du vrai texte de la Mère Angélique.

Ce n'est pas, on le pense bien, un chef-d'œuvre de notre littérature. Mais non plus, fût-ce par la forme, une œuvre médiocre. La Mère Angélique n'a nul souci de bien écrire ; elle écrit par devoir. Elle se moque de l'élégance, de l'harmonie et même de la correction ; elle use d'une langue assez gauche, souvent lourde, parfois confuse. Mais le premier devoir qu'on lui impose, c'est l'exactitude. Elle est exacte ; elle est elle-même, et maintes fois nous la retrouvons jusque dans sa phrase : lucide, énergique, obstinée ; tout ensemble ardente et sereine ; impérieuse, mais non pas sans tendresse.

Elle ne cherche pas à séduire, à varier l'intérêt, à « faire vivant ». Au reste, ce qu'elle écrit, est-ce bien une chronique ? Les événements l'intéressent moins que le sens qu'ils revêtent. Toutefois, quand un événement l'a frappée, il lui suffit de quelques touches, les plus simples, pour le faire revivre : ainsi du sermon qui, pour la première fois, l'éveille à Dieu (elle a dix-sept ans) : « Nous allâmes donc, dit-elle, au sermon de ce capucin, qu'il était tout nuit, pendant lequel Dieu me toucha tellement que, dès ce moment, je me touvai plus heureuse d'être religieuse, que je m'étais estimée malheureuse de l'être. » Ou plus tard, quand, après de longues hésitations, elle vient de se confesser à Saint-Cyran : « Je demeurai si satisfaite et si contente qu'il me semblait être une autre créature. Jamais je n'avais eu tant de plaisir à me divertir et à rire que j'en avais à pleurer. » Mais aussitôt, prise de scrupules devant ces traits intimes, elle ajoute : « Je ne dois point dire ceci, n'écrivant que ce qui concerne la conduite et la Providence de Dieu sur cette maison. »

D'une souple clairvoyance à l'égard des âmes, elle sait nous les montrer, en de courts, mais fermes tableaux. Pour exemple, je choisirai celui-ci, dont la rude simplicité m'émeut, et qui me semble toucher à la grandeur ; elle y peint une dame qui, proche de la mort, réclame en vain un directeur sévère : *Elle témoignait de la peine de ce qu'on la louait toujours. Et, comme elle entra en agonie, un prêtre, qu'il semble que Dieu envoya pour sa consolation, lui dit : « Eh bien, Madame, il faut mourir en pénitence ! » Alors, se retournant du côté de la ruelle où il était, et quittant ceux qui la connaissaient, elle lui répondit : « Hé oui, mon père ! » et commençant le* Miserere mei, Deus, *elle le continua jusqu'à la fin et mourut peu après. C'était une dame d'un très bon esprit et d'une grande vertu, et à qui Dieu avait fait connaître la vérité de la nécessité de la pénitence chrétienne. Durant sa retraite, elle ne m'avait entretenue que de cela, et de la vanité du monde, des richesses et des honneurs, dans une grande résolution de n'y prendre plus jamais de part. Et de fait, visitant M. le chancelier, son frère, le même jour qu'elle sortit de chez nous, et la veille que sa maladie lui prit, elle était tellement aliénée de toutes les magnificences de sa maison, qu'il la trouva tout idiote, et le dit, s'en plaignant à quelqu'un.*

Nulle complaisance dans ces peintures morales, pas même à l'égard des protecteurs de l'abbaye. Elle évoque son père avec respect ; avec tendresse sa mère et surtout sa sœur Agnès, dont elle admire les vertus spirituelles. Après cela, elle est une Arnauld, donc fort heureuse de voir ces vertus briller dans sa famille. Toute charité pour les humbles filles de Port-Royal, elle se ferme s'il s'agit d'une âme médiocre, d'une religieuse impure : un mot lui suffit, ou même un silence, qui porte condamnation. Elle peint admirablement, jusque dans les nuances, les âmes sinueuses ou inconstantes : par exemple celle de Sébastien Zamet, l'évêque de Langres. Qu'elle en vienne à Saint-Cyran, je ne sais quelle ferveur émeut soudain sa phrase, et cette seule ferveur suffit à dresser devant nous l'inquiétant personnage, génie brouillon, avec sa flamme, ses allures bizarres, sa séduction et ses coups de théâtre, le grand homme, le saint de Port-Royal.

Mais peut-être n'est-il aucune âme qu'elle sache aussi bien comprendre et peindre que la sienne. Ici surtout elle fuit la complaisance ; elle est juste et stricte. Elle connaît ses faiblesses et ses erreurs ; on ne peut dire qu'elle ignore ses qualités, dont, il est vrai, elle rend à Dieu tout le mérite. Il est vrai aussi (elle le sent, elle le dit) que Dieu l'a choisie pour accomplir ses desseins. Ah ! l'on ne peut douter que la Providence ne s'intéresse à Port-Royal. Et par les voies les plus diverses ; écoutez la Mère Angélique : « Il n'est jamais arrivé qu'aucun parent de nos filles se soit mêlé de nos affaires, ce qui nous a été une grâce particulière. Et je crois que Dieu en fit mourir un tout au commencement de nos affaires, parce qu'il nous eût pu faire beaucoup de peine, quoiqu'il eût bien de l'amitié pour nous. » Mais quoi de plus naturel que cette conviction, quand on a bâti Port-Royal !

Ce qui nous frappe avant tout à la lecture de ces

mémoires, c'est la force que nous sentons chez Angélique Arnauld : une force à qui, pendant quelques années, elle se confie les yeux fermés, qui la porte, qu'elle éprouve, qu'elle revendique bientôt et affirme, à qui elle adhère, et qu'elle s'efforce de développer selon les lumières qu'elle reçoit.

❖

Le 5 juillet 1602, une gamine d'à peine onze ans s'installe comme abbesse à Port-Royal. Ainsi en a décidé la tribu auvergnate des Arnauld, qui, pour obtenir de Rome les Bulles nécessaires, n'hésite pas à vieillir de sept années la fillette. Port-Royal aussi bien va devenir un fief des Arnauld. L'une des professes menant une vie scandaleuse, ils l'en font sortir ; ils écartent de même toutes les personnes qui leur paraissent dangereuses. L'ordre revient dans la maison, un ordre de bienséance : on y célèbre convenablement les offices, puis l'on se promène et l'on joue, l'on reçoit et l'on rend des visites. N'en demandons pas davantage à la petite Abbesse : elle aime le monde, la religion lui déplaît ; si elle reste à son poste, c'est qu'elle craint de se perdre, et qu'elle sent le grand honneur que Dieu lui fit en l'appelant à ce poste. Au demeurant, pour faire pénitence, elle compte sur sa vieillesse.

Mais il ne suffit pas aux Arnauld d'avoir délégué l'une de leurs filles à Port-Royal ; il faut que l'enfant s'y montre digne des siens. La mère d'Angélique, apprenant les licences que se permet sa fille, s'en afflige et, tout en larmes, la presse de se reprendre. Angélique s'attendrit et promet de vivre selon la retenue souhaitée. Elle ne le fait pas seulement pour sa mère ; elle le fait surtout par sens de l'honneur, sachant bien qu'il n'est d'honneur « qu'à vivre selon sa condition ». Là-dessus, elle se met à lire les *Vies* de Plutarque, tombe malade chez ses parents, revient à l'abbaye et découvre un livre pieux ; c'est alors qu'elle entend, une nuit, le sermon du Capucin, qui la convainc du bonheur de la vie religieuse. D'autres Pères la viennent voir et la persuadent de réformer la maison. C'en est fait ; elle a trouvé sa voie, son devoir, et le sens de sa vie. Elle appelle à son côté sa sœur Agnès ; elle fait du monastère la maison de la paix et de la pauvreté. Elle en interdit l'accès aux séculiers et, le 25 septembre 1609, malgré la douleur qui l'étouffe, refuse d'ouvrir à son père lui-même et ne le reçoit qu'au guichet du parloir. La colère du père s'apaisera bientôt ; dépassé par sa fille, il voudra la rejoindre ; il l'aidera de ses démarches et de son argent.

Ce n'est point pourtant qu'elle se plaise à Port-Royal. A présent que son œuvre est en bonne voie, elle se sent prête à de nouveaux efforts, elle rêve d'autres conquêtes. L'âme ardente de la Mère Angélique ne sera jamais de celles qu'endort le succès. L'abbesse quitte Port-Royal pour réformer la maison de Maubuisson ; elle rencontre saint François de Sales, lui ouvre son cœur et souhaite d'entrer dans la congrégation qu'il a fondée. François disparaît ; l'abbesse quitte Maubuisson et revient à Port-Royal ; le nombre des sœurs y est monté à quatre-vingts : c'est qu'Angélique les accepte sans dot ; c'est aussi, dit-elle, que Dieu, par sa bonté, a voulu sauver ces filles. Il est vrai que bientôt, par une égale bonté, et par le moyen du paludisme, Dieu en rappelle « quinze au ciel, qui moururent en deux ans, et toutes très heureusement, comme on peut le voir sur le registre mortuaire ».

Cependant la Mère Angélique, alarmée par ces morts, cherche à Paris une nouvelle maison pour le monastère. Elle la trouve et l'achète. On s'y installe d'abord à l'étroit ; on loge dans les greniers, on dîne « les unes après les autres au réfectoire », et l'on emprunte, pour édifier les bâtiments nécessaires. A ce moment entre en scène l'évêque de Langres, Sébastien Zamet, qui va exercer sur la Mère Angélique une double action. Il lui apparaît d'abord comme « un homme tout plein de zèle, de mortification et de vraie dévotion ». Faute d'un autre directeur, elle s'en remet à lui. Mais il transforme l'esprit de Port-Royal ; il y introduit le luxe et la mondanité, le relâchement en même temps que les folles pénitences. La Mère Angélique, qui, d'elle-même, a renoncé à sa charge d'abbesse, devant ces nouveautés regarde et se tait. On n'en sent pas moins sa réprobation, et l'évêque un jour lui reproche de nuire à ses desseins. « Mais, répond-elle, je ne dis rien. » Il réplique : « Votre ombre nous nuit. » Peut-on rêver d'un plus bel éloge ? De quelle force, de quel rayonnement dans l'ombre ne témoignent pas ces mots ! Au reste, l'évêque a d'autres desseins : il parvient à fonder la congrégation du Saint-Sacrement, et la Mère Angélique, dont il s'est servi, encore qu'il la veuille évincer, entre au nouveau monastère, comme supérieure, en 1653. Ni le siège ni les conditions de cet établissement ne sont faits pour lui plaire : la maison est située dans le quartier du Louvre et cherche à séduire les filles de la Cour. Mais enfin, une nouvelle fois, il s'agit d'une œuvre qui réclame tous ses efforts ; et voici qu'elle rencontre l'abbé de Saint-Cyran : c'est pour lui qu'elle se gardait.

Nous connaissons l'indépendance d'Angélique Arnauld. Elle a su se dérober jusqu'à présent aux influences trop étroites. Elle balançait l'une par l'autre, d'autant plus méfiante que tentée. « Je n'ai jamais rencontré personne, écrivait-elle à saint François de Sales, auquel je pusse prendre une confiance entière et ensuite y avoir une entière soumission. » Elle s'en accuse ; elle avoue que, si elle cherche un avis, elle le demande à ceux qui peuvent favoriser ses désirs, que, donc, elle s'adresse tantôt à l'un, tantôt à l'autre, et qu'ainsi elle ne se conduit que par elle-même. A quoi le bon saint répond qu' « il n'y a point de mal à chercher sur plusieurs fleurs le miel qu'on ne pourrait trouver sur une seule ». Certes ce directeur, en qui elle pût avoir une pleine confiance, elle a cru le trouver en François de Sales. Mais le saint est mort ; ce n'est point l'évêque de Langres qui l'a remplacé. Elle attend, elle cherche, elle se réserve ; elle trouve enfin. A peine a-t-elle rencontré Saint-Cyran, elle reconnaît en lui le directeur qu'elle a toujours attendu.

Saint-Cyran est l'ami d'Arnauld d'Andilly, frère aîné d'Angélique. Ce n'est pas tout (admirons encore le cheminement de la Providence, qui du mal sait faire naître le bien) : Saint-Cyran est aussi, à cette époque, l'ami de l'évêque Zamet, qui le recommande à l'abbesse. Elle est d'abord frappée par sa science ; mais peu de temps lui suffit pour reconnaître sa sainteté. Elle le presse de la secourir ; il répond par de sages conseils. Quand on attaque le pieux écrit de la

Mère Agnès, le « Chapelet secret », Saint-Cyran déclare, en parfait connaisseur, qu'il n'y a rien là que d'orthodoxe. Chaque dimanche, pendant trois ans, il vient prêcher au parloir. Comble de bonté : il accepte enfin d'entendre la confession générale des sœurs.

Et pourtant la Mère Angélique est la dernière à se confesser. Elle hésite jusqu'au dernier instant, dans l'angoisse et les langueurs. Elle redoute ce qu'elle aime et désire. C'est qu'il s'agit pour elle d'un engagement définitif. Davantage : ce qu'elle appelle et craint à la fois, ce qu'elle a toujours cherché et dont l'approche la met dans la gêne, c'est, elle le dit, « la mort de sa volonté, de son discernement et de son propre sens ». Mais c'est par là qu'Angélique Arnauld crée le vrai Port-Royal et s'y incorpore.

La *Relation* s'arrête aux événements de 1638. Saint-Cyran, sur l'ordre de Richelieu, est emprisonné à Vincennes. Une longue lutte commence. A travers les diverses phases de cette lutte, la figure de la Mère Angélique ne cesse de s'affirmer. Elle ne nous apparaît jamais plus simple, plus ferme, plus rayonnante qu'à sa mort, telle que Racine l'évoque dans les plus belles pages de son *Port-Royal*.

UN NOUVEAU « GIONO »

Depuis quelques années, quand Jean Giono publie un roman, il l'appelle « chronique ». Je ne sais quel sens exact il attache à ce mot. Car l'on ne peut dire qu'il se fasse le chroniqueur d'un temps et d'une société. Sans doute songe-t-il plutôt à une façon de conter et de mettre en scène ; dans ses nouvelles œuvres, les récits, les rapports, les témoignages prennent en effet une extrême importance. Mais l'esprit même de ces œuvres me semble assez particulier. Jadis, les romans de Giono : *le Chant du Monde,* par exemple, ou *Batailles dans la Montagne,* tendaient à créer un mythe, et nous frappaient d'abord par leur caractère d'épopée lyrique. Ses personnages se trouvaient si intimement liés à la nature qu'ils s'y effaçaient quelque peu : si je pense au *Chant du Monde,* c'est avant tout un fleuve qui m'apparaît, puis un entrelacs d'aventures humaines et de saisons. Certes, dans les nouveaux romans de Giono, la nature est toujours présente (rappelez-vous l'arbre et la neige dans *un Roi sans Divertissement*) ; mais elle y tient moins de place, elle n'est plus le premier personnage, elle sert de décor ou d'appui ; les hommes au contraire n'y cessent de grandir, au point qu'ils suffisent à l'intérêt de l'œuvre. Mais comme le tempérament de l'auteur le pousse à l'énorme, au gigantesque, au monstrueux, c'est à ses personnages humains et à leurs passions qu'il va imposer ce caractère. Le héros du *Roi sans Divertissement* est un monstre ; l'héroïne des *Ames fortes*, moins étrange, moins haute de couleur, ne laisse pas d'offrir une part de monstruosité. Que si enfin l'étrangeté du personnage ou de l'aventure ne parvient pas à remplacer la puissance épique et lyrique des anciens romans, l'auteur se trouve conduit à chercher de nouveaux effets dans la construction de l'œuvre.

Son dernier roman, *les Ames fortes,* est un dialogue, qui va du plus minutieux réalisme à la parfaite extravagance. C'est la nuit, dans un village ; quelques femmes sont venues veiller un mort ; l'une d'elles, Thérèse, a quatre-vingt-neuf ans ; les autres sont de vingt ou trente ans moins vieilles. Elles s'installent, font du café, mangent des « caillettes ». Tout cela, nous l'apprenons par leurs propos. Car elles ne cessent de parler ; elles parlent du mort (très peu), de la veuve (mais elle dort), des cierges et des vieilles coutumes. Puis elles parlent des héritages, et chacune en a gros le cœur. C'est qu'on a beau faire, on est toujours volé. Voilà deux frères : l'un, cent fois, parcourt des kilomètres et des kilomètres pour aller voir son vieux père ; l'autre, l'aîné, notez bien, l'aîné de sept ans, n'a que deux pas à faire, lui. Et, le père mort, il faudrait partager moitié moitié ! Partager la vigne, partager la grange ! Et avec un homme qui nous a emprunté une ceinture de flanelle ! *Mais ce n'est rien. Attendez, vous allez voir. Je n'ai pas fini.*

Je n'ai encore rien dit. Et alors, je me suis mise à leur sortir en pleine figure des choses !... Il y avait de quoi avoir honte, je vous assure. Et l'affaire des billets de cinq mille, et celle du baptême de son petit-fils, et le coup de la foire de la Saint-Michel, et la bouteille de bière pour la fête, et la fois où je l'avais chargé de faire réparer une montre ; et où était passée cette grosse corde, grosse comme mon poignet, presque neuve et d'avant-guerre, et qui avait plus de cinq mètres, oui, justement, celle qui était pendue dans mon hangar, oui, celle qu'on m'a volée, oui, c'est exactement celle-là que je voulais dire. Il n'aurait pas le front de prétendre que... Je vous ai vu. Oui, je l'ai vu. Je te dis que je l'ai vu. Ça a beau être ton frère, je l'ai vu et lâche mon bras, tu ne m'empêcheras pas de lui dire ses quatre vérités...

Rien de plus naturel que ce bavardage ; il amuse, il a de la verve et de la saveur. Bien sûr, nous ne savons pas où il nous mène ; à chaque anecdote, nous croyons que le roman commence ; puis une autre surgit, qui est plus longue ; une autre encore, dont on attend la fin, mais qui dure. Cette fois nous sommes partis.

C'est la vieille Thérèse qui parle. Elle raconte son mariage. A vingt-deux ans, Thérèse servait dans un château. Firmin, son amoureux, apprenti-maréchal, voudrait bien l'épouser ; mais les parents de la fille s'y opposent. Et s'il l'enlevait ? Bon, elle accepte. Une nuit, ils s'en vont, avec treize francs en poche. Ils font à pied vingt-cinq kilomètres ; puis une voiture les conduit à Châtillon, chez le fameux Gourgeon, maître-maréchal. Firmin est « compagnon passant dévorant du devoir » ; Gourgeon s'appelle « Dauphiné l'appui du devoir ». C'est dire que les fugitifs trouvent le meilleur accueil ; ils rient et sanglotent, mais, en attendant le mariage, ils vont vivre en toute innocence. Si bien que nous nous croyons en pleine idylle — idylle un peu vieillotte, un peu usée, mais non sans charme.

Nullement. L'une des femmes de la veillée interrompt Thérèse. C'est bien joli, ce que raconte la vieille ; mais on connaît l'histoire ; et l'histoire, la vraie, n'a que peu de rapports avec cette romance. D'abord Firmin était un coureur. Et la vertu de Thérèse, quelle plaisanterie ! Au reste, ce n'est pas à Châtillon, c'est à Lus, qu'ils ont séjourné après leur fuite ; c'est là qu'on les a vus : et « ils faisaient la bombe ».

La vieille Thérèse sourit, murmure que ce n'est pas impossible, puis reprend son histoire. Et nous, d'abord un peu surpris, nous pardonnons l'erreur : un si grand âge peut avoir ses oublis, ou sa coquetterie. Donc les amoureux parviennent enfin à Châtillon ; Firmin trouve un emploi dans une forge, Thérèse dans une auberge. Mais bientôt toute leur attention se tourne vers un drame de la ville. Un bourgeois, M. Numance, est conduit à la ruine par sa femme, qui a fait des dettes. Une femme étrange, aux yeux de loup, toujours vêtue d'une amazone et d'un petit chapeau à plumes. Et pour qui ces dettes ? Pour un amant, sans doute, un duc, peut-être un Italien, peut-être cet homme qui descend un soir à l'auberge... Décidément, le roman se dessine : ce sera l'histoire d'une mésentente conjugale, telle qu'elle apparut aux yeux de Thérèse.

Pas du tout. Nouvelle interruption ; nouveau rappel à l'ordre et à la vérité. Et c'est l'interruptrice qui poursuit elle-même l'histoire ; c'est elle qui va conter à Thérèse la propre vie de Thérèse. Une pauvre vie, une existence de victime ! Ce Firmin n'était qu'une gouape. Comme il ne savait rien faire, il s'est servi de Thérèse, il l'a menée vivre, enceinte, dans une cabane à lapins. Aussitôt toute la ville s'apitoie, et surtout madame Numance, qui leur donne un pavillon dans sa propriété. Voilà Thérèse au comble de ses vœux, car elle adore sa bienfaitrice. Madame Numance et son mari, qui ne sont que folle bonté et dévouement, s'entendent à merveille ; ils n'ont pas d'enfant : Thérèse sera leur fille malgré la présence de l'abject Firmin...

❖

Arrêtons-nous un instant. Nous sommes inquiets. L'œuvre a perdu presque toute vraisemblance. Elle nous avait conquis par le naturel du récit. Mais nous sentions bien, depuis quelque temps, que la seconde narratrice « faisait son romancier ». Quelle adresse ! Quelle connaissance des âmes ! Et comment peut-elle nous exposer, non point seulement les aventures, mais les plus subtils sentiments de Thérèse ? Davantage : les exposer à Thérèse elle-même ? J'étais près de fermer le livre ; puis j'ai songé que l'auteur, tôt ou tard, se justifierait. Il ne se justifiera point. Il redoublera d'invraisemblance, du moins dans le procédé. Mais précisément cette invraisemblance va devenir si forte, si éclatante, que nous l'accepterons comme l'un des caractères de l'œuvre. Il pourra même arriver que les personnages s'expriment sur le mode lyrique dont Giono est de longue date coutumier, qu'ils célèbrent les saisons, qu'ils mettent leur vie en proverbes ou en couplets : mieux vaut encore cet arbitraire, penserons-nous, qu'une demi-décence.

Aussi bien, poursuivons pendant quelques pages notre lecture : nous ne pourrons plus la quitter. Nous sommes saisis par cette peinture touchante d'un double amour : maternel et filial. Sans doute, c'est un amour que, de temps en temps, nous trouvons un peu trop exemplaire, trop romanesque ; nous y croyons peu ; mais nous aimons bien que l'auteur y croie. Ah ! voilà un auteur que n'a pas gâté l'existentialisme. Et comme il est agréable de retrouver un traître dans un roman ! Je parle de l'ignoble Firmin, qui manœuvre dans l'ombre, tend ses pièges et soudain : « Je dois cinquante mille francs, dit-il à sa femme ; demande-les à ta bienfaitrice, ou tu ne la reverras plus. » Et madame Numance, avec un tendre, mais lucide sourire, se laisse dépouiller ; on la chasse de sa maison, elle devient folle, son mari meurt. Quant à Thérèse, quelle pitié ! Il nous reste, voyons... près de cent pages. C'est une histoire passionnante ; l'auteur semble encore hésiter entre Octave Feuillet et Bernanos. Attendons la fin.

La fin ? Eh bien, nous aurions dû nous méfier. L'auteur s'est moqué de nous, l'auteur nous a fait « marcher ». Car c'est un nouveau et dernier coup de théâtre. La vieille Thérèse parle à son tour, ou plutôt elle commence à chanter : « *J'allais me promener. Je me disais : « Les serpents se réveillent dans la terre. Ils sont en train de se désengluer les dents. » Je rencontrais l'aubépine fleurie qui fait perdre la tête. Et l'arbre sec qui sifflait. Je me disais : « L'eau est noire, les montagnes sont débouchées. » Je tenais un sou dans ma main. Je me disais : « Si tu entends le coucou, voilà de l'or. » Le ciel donnait aux poules des poignées de grêle. Je m'abritais sous les buis. C'était un vin, ce feuillage, surtout remué. Puis je repartais et je me disais en respirant profond : « Il faut de l'air frais pour l'odeur des buis. » En effet, au bout de cent pas, elle était douce-amère comme une cire de ruche. Les fayards en mue se frottaient contre le vent comme les ânes contre le mur. Je me disais : « Est-ce déjà l'alouette ? Ou qu'est-ce que c'est qui grince ? Une charrette dans les chemins, là-haut ? » C'étaient les branches.*

Fidèle à sa méthode, si Giono nous déconcerte d'abord par cette intrusion du langage poétique, il le fait accepter en le prolongeant sur plusieurs pages, puis en le rappelant de loin en loin. Thérèse reprend donc son histoire, et lui donne un nouvel éclairage, un sens nouveau. En vérité, son mari n'était qu'un pauvre garçon. C'est elle qui a manœuvré, préparé le piège, amené le désastre. C'est elle qui plus tard trahira son mari, le rendra infirme en le frappant, et le fera tuer par son amant. Car elle est une âme forte, et rien ne compte pour elle que l'exercice de sa force.

❖

Si j'ai raconté tout au long ce roman de Giono, c'est que j'ai voulu en rendre sensibles la composition, les procédés, les effets de surprise et de rebondissement. Tel m'en semble en effet le véritable intérêt. L'œuvre fermée, nous sommes mal convaincus ; peu vraisemblable en elle-même, l'histoire l'est encore moins par suite de la technique employée ;

l'on peut même dire que cette technique la détruit enfin. Car, à notre tour, nous avons bien appris le jeu ; quand l'auteur s'arrête et déclare : « Cette fois, c'est la vérité », nous sommes portés à poursuivre, à introduire une nouvelle voix et un nouvel éclairage, qui contrediront les précédents, avant d'être eux-mêmes contredits... Il ne va pas sans péril pour un romancier de jouer avec son sujet, et avec son lecteur : l'unique personnage devient le romancier, et le vrai sujet : la façon de construire le roman. C'est le cas de Giono et des *Ames fortes*.

Nul doute que Jean Giono ne tente aujourd'hui de se renouveler. Nous ne retrouvons plus guère dans son nouveau livre l'éclatante vision, ni la richesse verbale (ni la fréquente emphase) de ses épopées paniques. L'œuvre toutefois n'en est pas devenue plus intime. C'est une œuvre curieuse par sa démarche, par ses gestes, par sa « gratuité ». Mais précisément c'est une œuvre trop extérieure, encore qu'elle parvienne à créer une atmosphère assez dense, et qu'elle suggère, en les esquivant, certains thèmes romanesques.

LE TEMPLE
ET LES MARCHANDS

Je ne m'étonne point que Marcel Jouhandeau, dès ses premiers livres, *la Jeunesse de Théophile* et *les Pincengrain,* ait connu des admirateurs fervents : il y révélait une figure et des qualités peu communes. Ce qui peut nous surprendre, c'est que son œuvre, qu'il n'a pas cessé d'étendre et d'approfondir, n'ait que si peu, pendant si longtemps, développé son audience. Je sais bien qu'elle semble s'édifier en retrait de l'époque ; elle n'en est pas un miroir ; elle ne prend point parti sur les problèmes de l'heure ; elle ne prétend pas apporter une doctrine aux jeunes générations. Tout entière construite autour d'un homme, elle est, de cet homme, l'expression et la légende, l'abri, la prison et le temple. C'est en quoi elle peut revêtir un caractère d'obsession, dont la grandeur ne va pas sans quelque apparence « monstrueuse ». Je sais bien aussi que cette œuvre, par son esprit comme par son art, offre parfois au lecteur certaine résistance ; c'est le cas de *M. Godeau intime,* par exemple, ou de l'*Algèbre des valeurs morales,* qui comptent parmi les plus beaux livres de l'auteur. Mais que d'autres livres : nouvelles, récits, confidences, dont la grâce ou l'émotion, dont la forme, dont les thèmes auraient dû toucher le lecteur le plus revêche ! Au demeurant, je crois que Jouhandeau peut se louer de n'avoir été longtemps soutenu que par un petit nombre de fidèles. Une gloire trop brusque a bien ses dangers ; j'en vois aujourd'hui quelques exemples.

Mais enfin, à soixante-trois ans, voici que Jouhandeau connaît l'approche de la gloire. Le petit temple où il officiait en présence de quelques élus voit s'avancer de nouveaux disciples, des curieux, jusqu'à des reporters. On photographie le grand-prêtre, son épouse et, comme il dit, sa ménagerie domestique. Puis, sur trois colonnes, on reproduit ses propos. Ce sont les plus simples du monde : car que peut apporter le renommée à un homme qui est sa propre gloire, sa gloire tenace et douloureuse ?

Ces nouveaux admirateurs, si avides qu'ils soient, ne manqueront point de pâture. Marcel Jouhandeau nous annonce sept livres ; mais déjà, au roman qu'il vient de nous donner : *la Faute plutôt que le Scandale,* il ajoute un recueil de nouvelles et de propos : *un Monde*, et un journal intime : *l'Imposteur*. Bien plus, cet *Imposteur* paraît aux éditions Grasset, dans la collection des « Cahiers Verts » où il succède à la *Relation* de la Mère Angélique ; depuis quelques semaines, de grands placards nous préparaient à l'événement : « *Marcel Jouhandeau entre aux Cahiers Verts* ». C'est la consécration. J'y songe : quelle modestie, chez l'éditeur habituel de Jouhandeau, de remettre ainsi son fidèle auteur, à l'instant de la gloire, entre les mains d'un éditeur rival ! Il n'est plus aujourd'hui que l'édition pour nous donner des exemples si touchants. « Je vous ai baptisés d'eau, disait saint Jean-Baptiste ; lui, il vous baptisera du Saint-Esprit. » (Marc, I, 8.)

❖

Rien de plus simple que l'intrigue, dans *la Faute plutôt que le Scandale*. C'est presque la simplicité de *la Princesse de Clèves*. Une femme n'aime pas son mari, mais elle lui reste fidèle bien qu'elle aime un autre homme ; le mari mort, cette femme, par crainte de la faute et par haute conscience de l'amour, repousse celui qu'elle aime et qui la sollicite. Mais ce n'est pas l'intrigue, à proprement parler, qui nous intéresse dans le roman de Jouhandeau ; disons plutôt le thème : celui de l'amour dans un cœur très humble et très noble. L'intrigue, si simples qu'en soient les grandes lignes, nous paraît d'ailleurs, çà et là, un peu confuse. Jouhandeau n'est pas romancier, et je doute qu'il cherche à l'être ; n'exigeons pas de lui une charpente solide, un constant souci de varier et d'aiguiser l'intérêt, une habile répartition de scènes et de dialogues, d'ombres et de lumière. Surtout, n'attendons pas de lui qu'il s'efface derrière ses personnages, et leur laisse une pleine liberté d'accent et de pensée. De ses personnages, il choisit les traits essentiels, qu'il accuse, dont il développe l'effet et qu'il charge d'un sens exemplaire. Ils sont *ses* personnages ; non point des copies de l'auteur, mais des êtres dont il assume la responsabilité, des êtres qu'il se propose, en les stylisant, de rendre plus vrais qu'eux-mêmes. Il les introduit dans son temple, leur répartit les défroques de mendiant, les tabliers de boucher, les robes de sainte, voire les parures de gentilhomme (qui, semble-t-il, n'ont jamais cessé d'avoir pour lui un certain prestige). L'office commence, et c'est toujours l'office de la passion. Une jeune fille se baisse pour ramasser sa bague de fiançailles ; surgit un inconnu, qui se baisse aussi, ramasse la bague et la lui passe au doigt. Lentement, ils relèvent la tête, se regardent, et c'en est fait : la passion est née, le chant s'élève, la tragédie commence, qui n'auront de cesse que dans la ruine, la demi-folie et la mort. Que ces deux héros n'espèrent pas trouver une diversion ; l'auteur est là, qui mieux qu'eux-mêmes connaît leur destin et ne les lâchera plus qu'ils ne l'aient accompli. Libres quand ils se baissaient, se relèvent-ils : ce sont deux victimes, que le prêtre, dans une fumée d'encens, conduit à l'autel, tandis que l'orgue exalte leur tragique destinée. Vont-ils se perdre dans un nuage romantique ? Non pas ; ils appartiennent tous deux à Chaminadour, cité tout ensemble charnelle et spirituelle. Aussi bien, près d'eux, l'auteur a-t-il soin de placer quelques figures toutes terrestres : un mari noceur, une belle-mère perfide, un fils débauché et cynique — et l'on ne cesse d'entendre la rumeur de la ville aux aguets.

Tout ce qui, dans ce livre, est incantation, chant et montée du drame, offre une belle venue et nous émeut. Jouhandeau nous semble moins à l'aise quand il nous explique son héroïne, quand il analyse et commente le débat qui la déchire. Je ne le crois pas heureux non plus, lorsque, à la fin du livre, il accumule les événements et les figures secondaires. Nous rêvions d'une ligne plus sobre, d'un chant plus continu et plus pur. Marcel Jouhandeau est assez riche pour n'avoir point à craindre le dépouillement.

S'il recourt à une multiplicité de faits et de personnages, il parvient mal à les articuler. La structure de son livre correspond à celle de sa phrase. C'est une phrase qui épouse sa pensée, qui en suit les hasards et les découvertes, qui se crée à mesure qu'elle va ; linéaire, sans articulation conjonctive, sans puissante architecture, elle juxtapose un élément à l'autre, corrige, accuse, repart, multiplie les incises, joue de l'inversion et du trait final ; ainsi, précise dans le détail, parfois un peu enchevêtrée dans l'ensemble, toujours fidèle à l'accent intérieur, elle tisse enfin un réseau serré, elle vit, elle a une âme, elle est vraiment la phrase de Jouhandeau. Mais les mêmes caractères qui font la saveur et le prix de la phrase, s'ils s'appliquent à tout un roman, ne vont pas sans lui nuire ; l'œuvre prolifère plutôt qu'elle ne se compose, et l'on dirait qu'à la fois elle s'embrouille et se disperse. C'est pourquoi, malgré les belles parties de ce roman, je lui préfère certains récits d'arêtes plus vives, comme *Tite-le-long, le Parricide imaginaire* ou *l'Oncle Henri* — pour ne point parler des nouvelles.

❖

On trouve de tout dans *Un Monde* (qu'il le faille ou non) : courtes nouvelles, scènes, portraits, croquis, traits de mœurs, mots surpris au vol... On y trouve Paris à côté de Chaminadour, des comtesses, des danseuses et des servantes, des professeurs, des ecclésiastiques et des trafiquants, une folle, un ou deux saints et quelques criminels, des uniformes conquérants et des étoiles juives, et bien entendu l'auteur au cœur de son monde. L'auteur a dépouillé ses carnets ; il mêle en une gerbe massive les fleurs rares aux fleurs des champs. Mais il va de soi que la fleur la plus commune, dès que Jouhandeau la cueille et nous la montre, devient une fleur d'autel. Il se l'approprie ; je veux dire qu'il se la rend propre. S'il rencontre une folle, et la même dont Giraudoux fit « la folle de Chaillot », il ne la laissera point qu'elle n'ait avoué son appartenance au royaume de Chaminadour. Et de fait :

« *Avant de partir, dis-nous au moins qui c'est, ton père.*

— *Si je vous le disais, vous ririez de moi.*

— *Dis-le nous quand même.*

— *Je ne l'ai vu qu'une fois à la gare du Nord. Il est tout petit. On le dit très riche et tout-puissant. Peut-être bien qu'il m'en veut d'être plus grande que lui. Mais je sais que je suis sa fille, ça me repose. Un ange m'a soufflé dans l'oreille, quand j'étais au bord de l'Yonne, que je suis la sœur de l'enfer et du ciel, et que mon père, vous pouvez bien rire maintenant, c'est Dieu. Je suis venue à Paris pour le voir ; je ne l'ai vu qu'une fois à la gare du Nord. Il est tout petit.* »

Mais c'est par là que ce recueil, qui prolonge les *Chaminadour*, les *Images de Paris* et *l'Arbre de Visages*, est l'un des livres qui nous montrent le mieux la démarche et l'art de Jouhandeau. Nous devinons son point de départ, nous voyons comment il transforme sa matière, comment il lui insuffle son esprit, comment, par l'intime union du décor, des personnages, de l'anecdote et des propos, il crée une sorte d'image dramatique. Ce double sens du tableau et du drame est chez lui si aigu, si avide, que le moindre prétexte lui suffit pour déployer sa force créatrice. Un « fait divers » par exemple, deux lignes d'une feuille départementale, un mot surpris ou rapporté. Parfois la mise en scène grince un peu, mais par la volonté de l'auteur, qui sait bien, quand il lui plaît, prendre une tout autre allure, une voix tout autre, une voix qui devient un chant ; ainsi dans cette page d'une montée si délicate et si pathétique :

Le marquis de P..., septuagénaire, me raconte qu'il avait consenti, un jour de printemps, par faiblesse (il avait trente ans et elle dix-huit), à s'apercevoir de l'existence d'une chambrière du château, jolie ma foi, vierge sans doute, et qui l'adorait, mais rien n'avait pu la faire entrer avec lui dans cette sorte de familiarité, d'égalité que crée d'ordinaire au moins le plaisir entre amants. A sa seule approche, elle tremblait de tous ses membres et le vit-elle un jour sans autre ornement que ceux de la nature, il espérait n'être enfin qu'un homme pour elle : non, du moment qu'il la toucha, elle se trouva mal. Bien plus, à la minute même où il la comblait, où elle aurait dû tout oublier, il l'entendait lui faire en grande cérémonie et à la troisième personne cette question : « Monsieur le marquis me permet bien de lui dire bonjour ? » et quand il ne se connaissait plus et qu'elle n'eût plus dû se connaître, elle n'eut pas d'autre façon de se donner ni de lui exprimer sa reconnaissance ou son amour qu'en lui lâchant dans l'oreille et avec sa permission, au lieu du grand cri qu'il attendait, un tout frais, tout petit, calme, et si timide : « Bonjour, monsieur le marquis » que jamais de sa vie, à son dire, il n'avait été et ne fut depuis plus ému par personne.

Tant de scènes et de tableaux trouvent ainsi leur unité par la présence de l'auteur, par sa voix et son art. Je ne dis point que nous n'en soyons pas quelquefois inquiets. Il arrive que nous nous demandions ce qui, sans l'auteur, subsisterait de ces personnages. Nous sentons la contrainte qu'il leur impose, soit qu'il leur prête un langage çà et là un peu trop proche du sien, soit qu'il les pousse et les plie au mot, au trait final, soit encore que, sur deux anecdotes, il reconstitue superbement un destin. — Mais quoi ! Chaminadour vaut bien une messe, fût-ce une messe noire.

❖

Donc Marcel Jouhandeau « entre aux Cahiers Verts », ou, si l'on veut, les Cahiers Verts sont enfin « entrés » dans l'œuvre de Jouhandeau. C'est de quoi on ne saurait trop les louer : car *l'Imposteur* n'est pas l'un de ses moindres livres.

L' « imposteur », c'est Jouhandeau lui-même, tel du moins que le définit son épouse, Elise *l'iconoclaste*. Nous parvenons cette fois au plus secret du temple. Devant nous, côte à côte, se tiennent Elise et Marcel. Côte à côte, non : dès quatre heures du matin, Marcel est à sa table et travaille (il y a là d'admirables pages ; je crois que l'on n'a jamais mieux évoqué, avec plus de simplicité, de ferveur et de noblesse, le travail d'un écrivain). Derrière lui, dans le lit conjugal, Elise rêve à ses locataires, à son éclatant passé, à saint Augustin ; ou soudain, furieuse, saute du lit pour éteindre la lumière de l'escalier. Deux figures, qui ne quitteront plus nos Lettres : la puissante, l'éclatante figure d'Elise ; la subtile et profonde figure de M. Godeau. Deux époux, l'un à l'autre enchaînés ; et, du silence à l'explosion de rage, du fredonnement aux pleurs, de l'extravagance à l'enfantine simplicité, toute la comédie dramatique où de tels époux se trouvent entraînés. « Elle me torture, elle me brise, elle me tue », songe M. Godeau. Mais le lendemain : « Au fond, tout au fond, je n'aime qu'elle absolument, et comme elle est. » Elise un jour le menace d'une hachette ; mais, pour qu'il n'ait pas froid dans son travail, elle lui fabrique une dalmatique, une chape, une armure, un vrai sarcophage. « Elise ne déçoit jamais », dit Marie, leur amie commune, de sa voix la plus légère.

Il n'est sans doute jamais très facile d'être la femme d'un écrivain ; mais quand l'écrivain, dès le départ, choisit dans sa femme la croix dont il a besoin, quand il ne cesse de l'observer et d'en nourrir ses livres... « Monsieur fait ses livres, dit Elise, pendant que je travaille. Et pendant que je travaille pour lui, Monsieur, dans ses livres, me tourne en dérision. » Mais Elise, elle le proclame, ne lit pas les livres de M. Godeau. Au reste, elle écrit ses mémoires, et l'on jugera. En attendant, d'où vient que M. Godeau, chaque jeudi, depuis des années, déjeune en ville ? « Ce sont des amis... », explique Marcel. Elise ne veut pas connaître de tels amis. Et d'où viennent ces fleurs qu'un domestique, régulièrement, apporte à M. Godeau ?

« Ce sont des admirateurs... » Elise éclate : « Tu mens comme tu respires ! » Et Marcel, troublé : « Mentir ? On tire seulement, comme on peut, la vérité par la queue. » Un instant après, pensif et plein d'onction : « Est-ce mentir que d'avoir une âme pour chaque âme ? »

Mais si nombreuses sont les âmes auxquelles il se prête charitablement, qu'un jour, Elise l'iconoclaste, la sacrilège, déchire tous les portraits de M. Godeau, toutes les images de l' « imposteur ». Et l'âme de M. Godeau s'en trouve elle-même déchirée, abattue, prête à la mort. S'il s'est d'abord insurgé, il reconnaît que tout ce qu'Elise a pu dire et faire est justifié. « Je suis, dit-il, l'Imposteur. »

J'allais dire qu'il le proclame. Non point que je mette en doute sa blessure. L'injure d'Elise touche à une part trop intime, trop fondamentale de sa vie, de son âme et de son œuvre, pour qu'il n'en souffre pas cruellement. Mais dans l'acceptation de l'injure il trouve une dignité nouvelle, une nouvelle assise qui va lui permettre de se dépasser. Et déjà le voici qui songe : « La merveille serait seulement que, dans le voisinage du néant, je retrouve les secrets de la sainteté, et que, par les fissures terribles qu'Elise elle-même a creusées dans ma face, une lumière fuse qui l'amène à résipiscence et l'oblige à m'adorer. » Soyons en paix : l'office n'a pas cessé, le culte se nourrit des outrages.

Au demeurant, à ces lignes de Jouhandeau, les dernières de l'œuvre, il est permis de juxtaposer les premières : « Pour supporter sa propre histoire, chacun y ajoute un peu de légende. » Ne cherchons pas à savoir quelle part de légende Jouhandeau ajoute à son histoire. L'aventure spirituelle qu'il retrace, qu'il *représente* dans ses livres, si particulière, si étrange qu'elle soit, ne laisse pas d'être humaine, et ces livres sont ceux d'un grand écrivain.

FIGURE DE JULIEN BENDA

Il n'est pas aujourd'hui d'écrivains dont il me semble plus difficile de parler que de M. Julien Benda. Non point que sa pensée, son langage ou sa figure soient hermétiques. Son langage est clair ; sa figure, nette ; et sa pensée, d'une articulation sans mystère. M. Benda appelle une exacte justice ; mais comment la lui rendre ? Qu'il soit fort satisfait de lui-même et de son œuvre, voilà qui de nos jours n'offre rien de bien rare ; qu'il dise et répète : « Je m'estime », il en a le droit, et je n'y vois pas moins de dignité, de courage même, que de complaisance. Aussi bien tout cela se mêle-t-il à une charmante candeur, celle qu'il nous montre par exemple dans son voyage d'Amérique, quand il note, sur le paquebot : « La mer est là, éternelle, ignorante de ces bruits qui m'appellent. Je la retrouverai... », ou plus tard, à New-York, dans son lit : « Je me transporte au milieu de la mer que je viens de quitter, je la vois dans la nuit solitaire et noire. Cette fois elle est à moi, car tous ces gens l'ont oubliée. » Si Julien Benda n'efface pas encore en nous le souvenir de René, sachons rêver sur cette image qui réunit la mer et le philosophe, dans une même notion d'éternité. De même, quand M. Benda dit ou pense : « Spinoza, Kant et moi », qui peut s'en offusquer ? D'autres ne se font point faute de penser, voire de dire : « Gœthe et moi », « Pascal et moi », ou « Dieu et moi ». Nous ne goûtons pas moins Eleuthère lorsqu'il évoque ses conquêtes amoureuses, la discipline de sa vie, l'abstinence qu'il observe à l'égard du tabac, ou la noblesse de son comportement dans les ascenseurs de New-York. Nous lui savons gré enfin d'apporter à Nietzsche un vivant démenti, à Nietzsche selon lequel tout homme qui ne se moque point de lui-même ne peut être un penseur ; Julien Benda est un penseur qui ne se moque pas de lui-même ; quoi qu'il fasse, il ne cesse de penser ; et si, par exemple, dans sa « traversée du lac Champlain, entièrement gelé », il laisse à d'autres les futiles plaisirs du voyage, le philosophe peut du moins écrire : « Je pense à cette immensité avant qu'il y eût des hommes... J'y pense longtemps. »

J'ai parfois rencontré M. Benda, avant la guerre, dans le bureau de la *N.R.F.* Il nous expose qu'il n'y venait que par malentendu et s'y sentait étranger. De même sans doute à Chatenay, quand il voulait bien faire de la maison de P. le sanctuaire de son travail, et prodiguait à notre ami les bénéfices de son commerce. Je mesure aujourd'hui le scrupule de cet « étranger », qui s'appliquait, avec tant de patience et de désintéressement scientifique, à observer et comprendre les singularités locales. Il est bien vrai, comme il le rapporte, que sa fidèle présence dans les fascicules de la revue suscitait parfois certaines réactions. Le public a ses faiblesses : on vénère la beauté pure, mais on lui préfère une aimable femme. N'importe, la *N.R.F.* s'obstinait et n'était plus que pureté. Que si, à présent, Julien Benda s'en prend à l'ancien directeur de la revue, ce n'est point pas ingratitude ; c'est que l'exercice de la cléricature a de cruelles exigences.

Pour moi, j'aimais à lire, j'aimais à rencontrer M. Benda. J'aimais son ardeur contenue, ses traits où l'intelligence devient frémissement, ses beaux yeux pensifs, soudain vivement éclairés. Si je me hasarde à dire qu'il me faisait songer à un chat, c'est que j'ai pour cette noble race une vieille et profonde déférence. Il m'y faisait penser jusque par ses mains, molles et secrètement retenues quand il les offrait, et sous le velours prêtes à griffer. Pour peu que la conversation eût trait à l'un de ses sujets familiers, il ne dédaignait point d'y prendre part. Il y montrait une éloquence ardente et précise, un peu rauque. Il lui arrivait même de prêter l'oreille, une oreille, aux raisons de l'adversaire, quitte à reprendre, à creuser et affirmer son idée. Plus souvent encore, lassé de la frivolité littéraire, c'est en lui-même qu'il poursuivait son propos, à l'écart des groupes, l'œil vague, sur les lèvres une moue d'amertume, de dédain ou de triomphe : Eleuthère, l'homme libre, dans l'éternelle présence de Descartes, de Kant et de Spinoza. Un jour, nous le vîmes arriver, qui souriait et se frottait les mains en délicat chanoine. « Je viens de faire un mot, dit-il, dont je ne suis pas mécontent. » Un de ses amis, dont le père était mort, avait consacré au défunt un livre de souvenirs. « Oh ! ce n'est qu'un simple mot, poursuivit M. Benda, qui connaît Oronte. Voici : Il faut battre le père quand il est encore chaud. » Une autre fois... Mais j'en viens à l'une des plus sombres pages que l'on puisse rêver. Nous avions remarqué que Julien Benda appliquait sa curiosité de philosophe aux objets les plus divers. Sur une table, quelqu'un posa l'une de ces boîtes cubiques d'où, à peine ouvertes, surgit un diablotin. M. Benda l'aperçut et, tout en parlant, la toucha du doigt, puis s'éloigna, revint, toujours parlant, prit la boîte, déclencha le ressort... Il y eut un instant de silence qui valait une vie. Personne n'osait rire, ni même regarder M. Benda. « A ma place, dit-il enfin, Maurras se serait fâché. » Un tel empire, davantage : ce don de la Grâce qui fait infailliblement trouver, dans les grandes circonstances, un mot historique : c'en était trop ; l'admiration et le repentir courbaient nos têtes, tandis que Julien Benda, poussant jusqu'au bout la générosité, tentait, mais vainement, de faire rentrer le diable dans sa boîte. J'étais jeune : que cela me soit une excuse.

❖

Il ne se trouve rien là qui ne soit à l'honneur de Julien Benda, ou qui, du moins, ne tende à préciser le charme qu'il peut avoir. Mais on dirait que toutes ces qualités, et quelques autres, n'ont de prix à ses yeux que dans la mesure où elles lui permettent de mépriser le reste de l'humanité. S'il nous conte qu'à New-York, dans un ascenseur que manœuvre une femme, il se découvre, c'est pour ajouter que les autres hommes ne le font point. S'il nous dit qu'il se garde du tabac, c'est pour décréter que toute personne qui fume sans une décision expresse de sa volonté entre dans « un esclavage assez abject ». Parle-t-il de la simplicité de sa vie, c'est pour l'opposer aux prétentions de ses confrères. De son célibat ? c'est pour écraser l'imprudent écrivain qui a femme et enfants. Il ne lui suffit pas de sentir, de connaître, de proclamer ses mérites : ces mérites seraient pour lui sans attraits s'ils n'impliquaient en même temps l'indignité d'autrui.

Tout cela n'est rien, ou n'est que peu de chose. Et quand M. Benda s'en prend aux écrivains fameux de l'époque, quand il stigmatise leur parade, leur démagogisme, leur ton d'adjudant (c'est Alain) ou de penseur de cour (c'est Valéry), nous voulons croire qu'il n'entre pas dans son cœur la moindre envie, et qu'il montrerait moins d'âpreté, d'obstination et de hargne, s'il ne pensait par là servir une grande cause. Au demeurant, ce constant besoin, pour un solitaire, de s'affirmer contre autrui, ce constant recours, cette sorte d'esclavage : un tel spectacle paraît assez étrange et presque dramatique. C'est en vain que Julien Benda s'enorgueillit de sa « solitude », il ne peut se passer des hommes ; il les guette, il les appelle du pied ; en vérité, il n'est jamais seul. Il a besoin de revues, de journaux et de conférences ; de trompettes, sinon de lauriers. Au temps que j'évoquais, comme il s'étonnait un jour qu'un écrivain pût encourir le sot accueil de la critique, je lui proposai de faire désormais paraître tous nos livres sans nom d'auteur, et sans titre qui pût « raccrocher » ; je ne sais si j'eusse longtemps persévéré dans mon projet ; du moins étais-je sincère ; M. Benda changea de propos. Assez courageux pour accepter une gloire secondaire, assez noble pour la préférer à une gloire fausse, il est encore trop humain pour s'y résigner en silence. L'avidité, la déception et la colère se mêlent en sa voix. Quelque autel qu'il s'érige en lui-même, comme ce philosophe est loin de la paix, de la simplicité et de la sereine assurance des maîtres qu'il invoque ! Parcourons ses *Cahiers ;* voici qu'il fait une conférence et qu'il en rappelle le succès ; voici que de jeunes écrivains le supplient de diriger leur revue. Mais que sont les acclamations d'un auditoire qui, le lendemain, les répète pour un « faiseur de pirouettes » ? Quant aux lettres, quant aux demandes d'appui, quant à toutes ces manifestations de la faiblesse, à quoi bon y répondre ? Soudain un aveu, qui nous touche : « Ma vie d'écrivain est une constante humiliation. » Qui nous touche, ou plutôt nous toucherait, si nous ne lisions la suite. Car d'où vient cette humiliation ? C'est que, précisément, après avoir fêté Julien Benda, on fête un baladin ; c'est que le journal qui vient de publier, en première page, un article de Julien Benda, le jour suivant accorde la même place à « une petite femme à la mode » ; c'est que, dans une revue, un catalogue d'éditeur, un article de critique, le nom de Julien Benda voisine avec celui de sots et de coquins. Que de petites misères pour un grand philosophe !

Il est vrai que le philosophe ajoute : « Je reprendrais volontiers à mon compte le mot de César Franck à ses élèves, le conjurant de *se pousser,* de ne pas continuer de se laisser éclipser par des gens qui ne lui viennent pas à la cheville : *Pourquoi voulez-vous que je m'agite : ils sont quelques-uns en Europe qui me font la place que je mérite : la première.* » Sans doute ; mais il nous semble percevoir dans le comportement de M. Benda, dans ses œuvres, dans le présent Journal, une légère agitation. Je parlais de « petites misères ». Non ; je crois bien qu'il y a chez M. Benda une secrète, mais assez dure misère. C'est par là qu'il m'apparaît le plus humain.

❖

Décidément, tout ce que j'écris tourne à la louange de M. Benda. J'en suis heureux, moi qui ne savais comment parler d'un tel personnage, dans la crainte d'user des mêmes armes dont il se sert férocement. Car chacun sait comme l'on est vite entraîné. Si Benda traite Alain d'adjudant (je ne crois pas que ce soit un éloge), il appelle un nouveau Léon Daudet, qui le traitera de « clerc de lune ». S'il écrit (avec raison) : « Définition d'une certaine littérature actuelle : La revanche de Trissotin », un adversaire répliquera que l'arme a deux tranchants, et Trissotin plus d'une défroque, même s'il se croit Alceste ou Molière. Bref, il n'est rien de ce qu'écrit M. Benda, qui ne prenne une allure provocante. M. Benda n'est que défi. Mais c'est-à-dire qu'il n'est qu'appels. — La belle chose que la charité !

Toutefois, nous n'en sommes qu'aux approches, aux menues pages de l'œuvre, aux menus traits de la figure. Julien Benda nous convie à pousser plus loin. Répondons à ses vœux. On peut prendre, disais-je, certain agrément à la complaisance de M. Benda envers lui-même, et l'on doit comprendre d'où viennent la maligne violence et l'acharnement de ses attaques. Que Julien Benda soutienne une cause à laquelle il s'endentifie, rien de plus naturel ; qu'il le fasse aveuglément, qu'il y mette de la partialité et de l'injustice, on peut le concevoir et même l'admettre. On admettra plus difficilement le persiflage et l'insolent mépris qui sont les armes courantes du philosophe et qui appuient ou remplacent ses arguments. Et l'on n'admettra point la haine où il se laisse maintes fois entraîner.

M. Benda proteste que, pareil à Richelieu, il n'a d'autres adversaires que ceux de la Cité. Mais à peine vient-il à parler de tel d'entre ses adversaires, c'est bien une colère haineuse qui s'empare de lui. Au reste, il ne se fait pas faute de justifier, d'exalter la haine ; ne confondons point, dit-il, la haine noble et la basse haine. La haine de M. Benda ne peut être basse, il va de soi ; mais elle est la haine. On le voit de même, dans son nouveau livre, tandis qu'il s'emporte contre un appel du R. P. Riquet, justifier la vengeance, la noble vengeance, et la noble délation, et la noble inquisition, et la noble terreur. On l'entend regretter qu'il n'y ait pas eu en France plus d'exécutions, blâmer Valéry d'avoir « voulu détourner le cours de la justice », alors que l'intérêt de la France n'était plus en jeu. Le clerc et défenseur de la sainte cléricature se transforme en fanatique. S'il consent que l'écrivain puisse s'exprimer, c'est pour lui dire aussitôt que l'on étouffera sa parole, dès l'instant qu'elle menace le pouvoir établi. Si on l'avertit que son intolérance pourrait se tourner contre lui, le jour où ses adversaires arriveraient au pouvoir : « Nous comptons bien, menace-t-il, par notre action, faire en sorte qu'ils n'y soient jamais. » Puisque le temps du poteau est, hélas ! révolu, c'est le règne de l'exil et de la prison que réclame Eleuthère.

M. Benda cite avec satisfaction un mot d'André

Gide : « Benda, dit Gide, n'a aucune sympathie. Il veut bien ajouter que c'est une force et qu'elle est grande. » Je ne sais si c'est là une vraie force ; je ne voudrais pour rien au monde échanger contre elle ma faiblesse. Mais il est exact que M. Benda ignore la sympathie ; ce serait peu : il a le mépris et la haine de l'amour. Il le considère comme une tare, comme une dangereuse perversion. C'est l'amour, dit-il, qui a perdu la civilisation, l'amour bêlant pour la femme, pour la famille, pour le prolétaire, pour le malheureux, pour la communion humaine. C'est l'amour aussi qui a corrompu le christianisme : le Christ, cité par Julien Benda, n'étant que le Dieu implacable de la justice et du combat. Nous commencions à nous douter que tant de guerres, d'exactions et d'injustices sociales ne pouvaient venir que d'un excès d'amour.

❖

Donc Julien Benda se flatte d'ignorer la sympathie ; il n'en a point pour les choses, ni pour les bêtes ; il n'en a point pour les hommes : qu'il s'agisse de sa classe, la bourgeoisie, de ses confrères ou même des humbles. C'est ainsi qu'il prend à son compte, à propos du paysan, le mot ignoble d'Erasme : « la bête sans cornes ». Eprouve-t-il de la sympathie pour lui-même ? Il s'estime, il se plaît, il n'est pas loin de se vénérer. M. Benda n'a point de sympathie ; mais il a de la ferveur, des cultes passionnés, et du courage.

« Je m'estime », nous dit-il. Mais lisons la suite : « Je m'estime pour avoir formé certaines idées que je crois nobles. » Je ne doute pas un instant que cette conviction ne soit à la base de son estime. Je ne doute pas non plus qu'elle ne soit fondée. Et quand il ajoute : « Je ne m'en estimerais pas moins si ces idées n'avaient jamais connu de réalisation terrestre », il exprime ainsi l'essentiel et le meilleur de lui-même. Cette fois, à notre tour, nous ne lui ménagerons pas l'estime. Car si M. Benda se laisse emporter par son orgueil, par ses haines, par la romantique fureur de son rationalisme ; si le penseur à tout instant cède au plaisir de la pointe et mêle le sophisme à la sagesse ; s'il reste enfin un esprit critique beaucoup plus qu'un philosophe : j'admire son désintéressement initial, la rigueur qu'il peut montrer, le courage dont presque toujours il fait preuve, son obstination même, et sa dignité réelle à travers ses égarements.

Je l'ai jadis entendu, à l'issue d'un débat public, reconnaître que son adversaire avait raison ; il en était surpris, inquiet, un peu morfondu, et, le lendemain, il avait trouvé un nouvel argument ; n'importe ! Né de la bourgeoisie, s'il méprise cette classe, il n'en déclare pas moins qu'il lui appartient par sa naissance, ses habitudes et ses goûts. Il se tient, je crois, en coquetterie à l'égard des communistes ; et, de tel de leurs tribuns, il vante l'attitude ; toutefois il écrit : « Comme, parmi ceux qui entendent faire quelque chose, les communistes sont encore ceux dont le triomphe me paraît le moins mauvais, j'admets leur critique partisane, quitte à lui vouer, au nom de l'esprit, mon mépris le plus total. » On dira que le clerc fait trop subtilement la part de Dieu et celle du Diable ; n'en demandons pas trop ; M. Benda n'ignore point que le Diable en demande davantage.

Nous retrouvons dans les *Cahiers d'un Clerc* les

projets de constitution mondiale que Julien Benda a conçus pour le bonheur de l'humanité. Ils offrent, dans un autre esprit, la précision chimérique des projets de Fénelon. Mais le monde va vite ! Et puis comment ne serait-on pas reconnaissant à Benda de vouloir faire du français la langue commune de l'Europe ! Il est vrai que notre langue se voit en même temps menacée d'appauvrissement : elle doit en effet marquer le triomphe de la science sur la littérature, de la raison sur le sentiment, « voire, dans un sens à préciser, sur l'art ».

Ce triomphe, à vrai dire, se dessine déjà quelque peu dans la nouvelle œuvre de M. Benda. Julien Benda sait écrire, et même il l'a su avec art. Il est maintes pages de lui, par exemple dans les *Dialogues* et le *Délice d'Eleuthère*, qui ne m'ont pas moins charmé par leur habile saveur que par leur fermeté. Je crains qu'il ne pousse aujourd'hui à l'excès le mépris des séductions trop séculières. Il est à la fois plus sec et plus négligé ; un peu froid. Il écrit trop, et trop vite. Il se réveille pourtant, soit dans l'éloquence partisane, soit dans une ironie fort bien équilibrée, comme dans sa peinture du « *Figaro*, institution nationale ». Il retrouve enfin toute sa vertu, quand, refusant de parler de l'existentialisme, il en fait le procès par le simple exposé des raisons de son refus : page dense, d'une ferme lenteur, à la fois sinueuse et fortement construite, sans éclat, mais pleine des flèches qu'il lance, la voix calme, les yeux baissés.

Champion de la raison pure, Julien Benda s'en prend, une fois encore, aux éléments subjectifs et irrationnels qui corrompent à ses yeux la littérature moderne. Ce n'est pas ici le lieu de répondre à ces attaques ; beaucoup d'entre elles, aussi bien, me semblent parfaitement justifiées. Comment ne point applaudir Benda quand il dénonce le pathos et l'emphase, les jeux gratuits du verbe, la complaisance dans l'hermétisme, le souci constant de l'effet et de la « modernité » ? L'ennui est qu'il passe toute mesure dans ces attaques, qu'il en fait d'autres, où nous ne pouvons le suivre, qu'il nous propose enfin comme unique remède un pur intellectualisme. Ecrivains, nous ne sommes certes pas de pures intelligences : acceptons les éléments « impurs » de notre art.

Si de même on se réjouit de voir Julien Benda saluer certaine classe d'œuvres françaises, celle des *Provinciales,* des *Variations* et de *l'Esprit des Lois ;* si l'on aime qu'il rappelle leur importance et leur nécessité, il n'éclaire que trop sa lanterne quand il s'en prend à l'art des *Essais* et que, citant les *Provinciales,* il néglige les *Pensées.* Entre l'intellectualisme et la poésie, entre la raison et la sensibilité, la littérature française n'a pas choisi ; c'est sa vertu essentielle que de les unir en ses plus hautes heures.

❖

Eloges et réserves, opposition et sympathie (oui, sympathie : que ce soit son « châtiment ») : comme il est difficile de s'en tirer avec M. Benda ! C'est bien là son triomphe, ou plutôt celui de sa figure. Mais peut-être M. Benda a-t-il pris de sa figure un tel souci, qu'il a desservi son œuvre et la cause qu'il voulait défendre. Il n'a que trop bien réussi son personnage. Du moins, admirons-le une dernière fois, tandis que, sur le paquebot qui l'emmène vers le Nouveau

Monde, dans un coin, à l'écart des vaines agitations des hommes, il pense, il juge, et jette le croquis d'une statue idéale : *La salle de bal. Ces gens dansent comme chez eux. Ils ignorent totalement que derrière ces rideaux c'est la nuit noire, la mer perfide ; que là-haut sont des hommes graves qui commandent des manœuvres, plongent leurs yeux dans le brouillard pour qu'ils s'amusent en toute sûreté. Moi, je pense à ces choses. C'est ma loi de philosophe. Chacun est à son poste.*

UNE NOUVELLE FABLE DU MONDE

Le poète du *Forçat innocent*, de *la Fable du Monde* et d'*Oublieuse Mémoire*, l'un des plus purs et des plus émouvants de notre époque, est en même temps l'un de nos plus exquis prosateurs. Rappelez-vous *l'Homme de la Pampa, le Voleur d'Enfants* et *le Survivant* ; rappelez-vous surtout ses deux livres de contes : *l'Enfant de la haute Mer* et *l'Arche de Noé.* Voici un troisième ensemble de contes ; il a pour titre *Premiers Pas de l'Univers ;* vous en devinez les thèmes et l'accent ; vous attendez que Supervielle apporte, dans ses contes mythologiques, la même innocence, la même fraîcheur, le même don d'émerveillement que lorsqu'il chante, dans ses poèmes, son univers le plus intime. Précisément, ce poète qui est à la fois le patient et le spectateur de sa vie, qui ne cesse de s'étonner et de se meurtrir, qui découvre, dans l'instant le plus normal, dans le sentiment le mieux connu, un caractère de légende et de fantastique : vient-il à reprendre les vieilles fables, il s'y meut à l'aise, tout lui devient naturel, c'est la simplicité même. Ah ! dans une maison d'Auteuil, d'un côté de la table à l'autre, sous une lampe, l'espace qui sépare deux époux peut sembler fabuleux ; leur silence ou leurs paroles, la fixité de leur présence, l'âme qui n'a rien dit malgré vingt ans d'aveux : voilà qui peut sembler étrange et d'une fantaisie baroque. Mais si les bêtes et les arbres accourent au chant d'Orphée ; si un bûcheron, pour avoir aimé une dryade, se sent pousser un pied de bouc ; au milieu du cercle familial, si une jeune fille s'élève dans les airs avec un bruit de frelon : il faudrait avoir un esprit singulièrement retors pour en être surpris et n'y point donner une pleine adhésion.

Supervielle, dans l'un de ses contes, nous décrit en bon historien la création du monde. Les animaux tombent un à un du ciel ; mais quelques-uns sont encore incomplets.

« *Il paraît que j'aurai une trompe, dit l'éléphant, frais arrivé. Ça partira du front et traînera par terre.*
— *C'est beaucoup pour un nez, dit le renard.*
— *C'est exactement ce qu'il me faut, riposta l'éléphant.* »

Mais bien entendu ! Et cette constatation de l'éléphant, le poète la fait à son tour, et nous-mêmes la faisons après lui, qu'il s'agisse d'une trompe, voire d'une seconde ou d'une troisième (pourquoi pas ?) d'une dame bien pensante qui met au monde trois moutons, ou des nymphes qui surgissent dès qu'on arrose le pied d'un arbre. En vérité, tout est à sa place ; c'est là l'univers exact du poète, c'est-à-dire, dans son apparente gratuité, le plus logique.

Jadis on reprochait à Chagall d'en prendre trop à son aise avec les lois de la nature. Si je parle de Chagall, c'est que Supervielle me le fait souvent évoquer, par sa fantaisie, sans doute, mais ausssi par sa tendre et malicieuse innocence. On disait au peintre : « Ce veau, tout de même, ce veau perché sur un toit. et plus gros que le toit ! » Ou bien : « Cette poule toute verte, passe encore ; mais verte et servant de monture à une jeune fille ! » On ne le dit plus guère aujourd'hui, et j'y vois deux raisons, trois peut-être. C'est d'abord que l'on est heureux (j'entends les cœurs simples) de voir un tableau « qui représente quelque chose », de quelque façon qu'il le représente. Et puis l'on s'est habitué. Et puis c'est devenu vrai, selon la règle qui veut que la nature imite l'art. Je ne dis pas que l'on voit irrécusablement des veaux sur les toits, ni des écuyères sur des poules, non, pas encore ; mais déjà, regardant un toit dans la campagne, un petit toit de ferme, l'idée, l'image du veau se présente naturellement. On se dit : « C'est la place d'un veau ; vraiment d'un veau, car il s'agit d'une bête capricieuse ; d'un gros veau, parce que la personnalité de cette bête est plus importante que l'âme composite et régulière d'un toit ; d'un veau bleu légèrement teinté de rose, parce qu'ainsi l'exigent le gris des murs et le blanc des nuages ; et d'un veau tout béat, parce qu'il s'est rapproché du ciel, notre commune patrie. » — Prenez, dans les contes de Supervielle, les traits qui peuvent paraître le plus ingénieusement inventés : toute l'invention se borne à retrouver, à restituer, à réparer, ou, si l'on préfère, à comprendre et à aimer.

Cet accord entre l'écrivain et sa fable, cet accord où la tendresse se mêle à l'humour, me semble le plus précieux élément de ces contes. Rien ne m'émeut plus dans les poèmes de Supervielle que sa « bonne volonté ». Je veux dire cette application anxieuse, ces scrupules, cette pudeur, et tout ensemble cette nudité avec laquelle il s'offre au monde, écoute, interroge le monde, tente de le surprendre et de l'apprivoiser sans lui faire perdre son indépendance. De là parfois, mêlé à l'harmonie la plus fluide et la plus sûre, un accent si grave, ou presque rauque, soudain brisé. Ne cherchons point cet accent dans ses fables. Le fabuliste joue ; mais le fabuliste est resté poète ; il a gardé le don de sympathie, le même pouvoir d'animer, et de re-créer le monde.

Il le crée d'abord par sa phrase, qui est lente et dense, et à qui chaque mot apporte, comme la trompe au bon éléphant, un attribut naturel. C'est une phrase pleine de bonhomie et d'apparente hésitation ; elle corrige une belle attaque par une chute ironique ; offre-t-elle une image précieuse, le poète sourit, tousse, nous regarde, et continue. Elle joue du fausset et des feintes gaucheries. Elle a ses plaisantes manières, voire ses coquetteries décentes : par exemple cette forme d'une noblesse ingénue et scolaire, que l'on appelle, je crois, infinitif de narration, et qui convient à ravir au sérieux d'un historien. Bref, on ne peut dire qu'elle soit mécontente d'elle-même ; mais elle le montre avec tant de bonne grâce, qu'elle en prend une nouvelle saveur.

Il arrive, sans doute, que l'auteur nous semble un peu trop complaisant ; le fait est rare ; mais j'en veux citer un exmple qui me paraît édifiant pour tout écrivain. Tandis que je lisais un de ces contes : *la Veuve aux trois Moutons,* je me heurtai à un passage ; celui-ci : *La mère ne parlait que de son pays. France par-ci, France par-là et en avant la Bourgogne, la*

Picardie, la Champagne et l'Alsace-Lorraine. Les familles françaises ne feraient jamais assez de sacrifices, etc. Cela me parut un peu gros pour la fine qualité de l'œuvre. Car rien jusqu'alors ne laissait prévoir cette manifestation. Et je me disais : « Comment, à la seconde lecture, Supervielle ne s'est-il pas corrigé ? » Là-dessus, prenant une plaquette où le conte avait déjà paru voilà quelques années, je m'aperçus qu'elle ne contenait point ce passage ; c'est en se relisant pour la nouvelle édition, que l'auteur l'avait ajouté.

❖

Mais suivons-le tandis qu'il pose attentivement ses pas dans les premiers pas de l'univers. C'est par Orphée qu'il commence sa Genèse ; Orphée est son introducteur, son intercesseur, comme Virgile l'est pour Dante. *Jusqu'à lui, le vent dans le feuillage était sans voix, la mer lissait ses vagues dans le plus grand silence, la pluie tombait sans murmure sur les toits, et on parlait beaucoup du mutisme des torrents et des cascades. La nature attendait son premier poète.* Le poète est celui qui fait parler, celui qui délivre les âmes par le chant. Ne craignons pas que Supervielle alourdisse le symbole. L'un des agréments de ses contes, c'est qu'ils ne sont presque jamais symboliques. Qu'il y ait çà et là quelque allusion, un clin d'œil, cela va de soi ; et libre à nous de tirer de chacun d'eux un sens profond. Mais pour l'auteur : la fable elle-même, la fable sans morale, voilà ce qui importe avant tout. Il n'a de vrai souci que la création poétique de son conte. Davantage : je crois qu'il n'est jamais plus heureux que dans la pure évocation, ou dans l'histoire « qui n'est pas une histoire ».

Voyez-le dans son *Orphée ;* il respecte la légende, il suit à peu près le récit des *Géorgiques ;* c'est dans le détail qu'il invente ou transforme ; c'est aussi par l'accent. De même, quand il raconte la création des animaux, puis de l'homme, on ne peut se montrer plus orthodoxe ; si les menues particularités de cette création ne figurent pas dans la Bible, c'est qu'il s'agit précisément de petites choses ; mais rapportées, en témoin, par Supervielle, elles ont un grand air de vérité. De même encore, lorsqu'il nous expose l'origine des nymphes : *A certains endroits, généralement aux pieds des arbres, il arrive que l'herbe pousse plus fine et plus drue, l'eau reflète l'azur avec plus d'éclat, de tendresse et l'air même ne se pose qu'avec précaution. De là, satyres et aegipans, véritables sourciers pour divinités forestières, viennent flairer la place : une nymphe s'y prépare. Et le fait est que si l'on regarde avec attention, l'on voit sous quelque flaque, mêlés à la terre sans jamais s'y salir, un bras, une épaule adorables. La tête n'apparaît que plus tard, quand le corps tout entier est prêt à la recevoir. Et à peine achevée, la nymphe de se dresser et de regarder alentour comme si elle cherchait une compagne.* On avouera que jamais le principe de la crédibilité, cher à Paul Bourget, ne fut mieux appliqué.

Une histoire « qui n'est pas une histoire », ou qui l'est à peine ? Celle-ci par exemple. C'est un petit bois dans un coin de France ; à chaque décès dans la région, surgit un arbre nouveau ; un jour, deux amoureux disparaissent : ils ont dit qu'ils allaient se tuer parce que l'on s'opposait à leur mariage ; une semaine se passe sans que le petit bois se peuple davantage ; mais le huitième jour, on peut compter deux nouveaux arbres, deux jeunes bouleaux. C'est tout et cela suffit, et c'est charmant. Je songe à un ancien conte de *l'Enfant de la haute Mer,* tout aussi simple : celui du garçon qui chaque matin traverse Paris pour porter à sa grand'mère un bol de lait. Il n'est personne qui, dans la simplicité, sache mettre plus de secret que Supervielle.

Il me paraît moins rare de ton et d'invention quand il veut bâtir une véritable histoire, comme il fait dans *un Puissant de ce Monde,* où l'on trouve certain mécanisme, et plus de bizarrerie que de saveur. Mais d'un extrême à l'autre, on peut découvrir dans ces contes toute une gamme d'affabulation. Après *Orphée,* voici le *Minotaure,* c'est-à-dire l'histoire d'un pauvre monstre, honteux de lui-même, repoussé à la fois par les hommes et par les bêtes à cornes, et réduit à se nourrir d'enfants. Cette interprétation d'un mythe est moins grandiose que celle de Montherlant dans *Pasiphaë* ou de Suarès dans *Minos.* Moins plausible ? c'est à voir. Et voici Jupiter qui enlève Europe, tandis que Junon parcourt l'Olympe en criant comme chaque matin : « Fidélité ! » Et les amours du même Jupiter et d'Io ; l'enfance de Castor et de Pollux ; les tourments d'une Amazone ; l'histoire de Vulcain, le plus humain des dieux (c'est partout cette humanité que Supervielle veut découvrir), Vulcain le déshérité, qui trouve une nuit, dans son lit, la plus belle des déesses, et le poète, s'adressant, sur une solennelle rupture de ton, à tous les infirmes, les timides, les douteux de tout âge : *O vous tous,* s'écrie-t-il, *qui que vous soyez, pensez à Vulcain le difforme rentrant la nuit dans sa chambre qu'il croyait vide, et n'oubliez pas que, si les dieux sont morts, c'est toujours le temps de l'Espoir immortel.*

❖

On peut déjà pressentir la diversité de ces contes. Ils se répartissent en trois cycles. Au cycle mythologique, le plus vaste, succède celui de la Bible ; et le ton du conteur évolue : là, plus averti et plus pimpant, ici plus tendre, comme il l'était dans *l'Arche de Noë*. Le troisième cycle, c'est, si l'on veut, celui des temps modernes, ou plutôt de la féerie moderne. Mais enfin, si diverse que soit l'inspiration, le livre ne manque point d'unité. Il arrive que, d'un groupe à l'autre, deux histoires se répondent. Mieux encore : on reconnaît à travers les trois cycles les mêmes thèmes essentiels. Je ne sais si l'auteur s'en est rendu compte. On dirait presque une obsession. Le plus constant de ces thèmes, c'est celui de la monstruosité, celui de la solitude du monstre. Je l'ai signalé dans *le Minotaure* et dans *Vulcain ;* il apparaît dans *la Veuve aux trois Moutons, Cerbère, le Modèle des Epoux, la Géante*... Il prend au reste divers accents ; il est assez cruel dans *le Minotaure* et les *Moutons ;* avec *Vulcain,* c'est l'espoir ; avec *le Modèle des Epoux,* la souriante apologie : car d'où vient l'entente de ce couple ? de la monstruosité du mari, gratifié d'un pied de bouc. Avec *la Géante* enfin, c'est la résignation, mais non sans quelque amertume : cette géante aime un homme ; aussi longtemps qu'il reste petit, elle ne peut en être aimée, elle se sent monstrueuse ; à peine devient-il un géant, elle ne l'aime plus.

Sous la fantaisie de ces fables, reconnaissons le thème fondamental qui anime toute la poésie de Supervielle, et qui la rend si humaine, si pathétique : le thème de la solitude et de l'appel, de l'étrangeté des êtres l'un pour l'autre et chacun pour lui-même. A la solitude de l'homme s'ajoute celle du poète. Le poète est Orphée, qui délivre les âmes par le chant, mais qui, par le même chant, les éloigne de lui et crée sa fatalité : *Il se mit à chanter une chanson si triste, qu'il n'y avait plus de place au monde, après elle, pour Eurydice.*

EN COMPAGNIE D'AUDIBERTI

L'autre jour, aux Champs-Elysées (je ne parle encore que des nôtres), j'ai rencontré Jacques Audiberti. Je sortais d'une banque, il y entrait : « Décidément, me dit-il, nous vieillissons. » Là-dessus, nous sommes allés dans un bar voisin ; un peu de soleil dans une salle fraîche, un croissant, une tasse de café : rien de plus propice aux souvenirs. Voilà longtemps que je connais Audiberti. Quand je l'ai rencontré pour la première fois, il était encore journaliste ; il était *tourneur*, c'est-à-dire qu'il faisait la tournée des commissariats pour y recueillir les faits divers. Mais il venait de publier un livre de poèmes : *Race des Hommes,* d'une éclatante richesse verbale. Lors de cette première rencontre (c'était à la *N.R.F.*), il me parut assez troublé ; la veille, il avait consullé une pythonisse, une vraie, celle que Briand, me dit-il, consultait jadis sur la politique étrangère. La bonne dame ne connaissait rien d'Audiberti ; s'étant recueillie, elle commença par lui dire : « Vous êtes inquiet... pour un de vos proches... pour une femme... une jeune fille... votre fille qui vient d'être malade. » C'était exact. Elle poursuivit : « Je vous vois, le soir, chez vous ;

vous écrivez... des lignes inégales. — Ce sont des poèmes, murmura le patient. — Peut-être. Vous vous arrêtez ; dans la marge, voilà que votre plume fait de longs traits. — Ce sont des dessins. » De fait, Audiberti se plaît à dessiner, comme Victor Hugo, Remizov ou Jean Cocteau ; et même à peindre, comme Henri Michaux, Raymond Queneau ou jadis Max Jacob. « Mais, demanda-t-il, l'avenir ? — L'avenir ?... » Il y eut un long silence ; puis l'on entendit, de très loin, comme chez Victor Hugo, voler les destinées. « L'avenir, dit enfin la devineresse : cela brille, cela fait du bruit. — De l'or ? — Non, des lauriers des couronnes, des mains qui applaudissent, des académies, la gloire. »

Après cela, qui douterait des prédictions ? Parmi les écrivains de ce temps, Audiberti s'est affirmé comme l'un des plus originaux. Il a publié quatre recueils de poèmes, sept romans et deux livres de « propos ». Il suffit d'une strophe ou d'une phrase pour que l'on dise : « C'est de l'Audiberti ». Il s'est imposé au théâtre, jusque sur les scènes officielles. Il fait partie, en attendant mieux, de l'académie Mallarmé. Si, venant de province, vous demandez une chambre à l'hôtel Pompelane (comme il l'a baptisé) : « Pas de bruit, pas de chien, pas de femme, surtout la nuit, vous prévient le gérant ; la nuit, M. Audiberti travaille. » Il travaille aussi pendant le jour : il n'est que d'entrer dans la brasserie voisine ; tout au fond, cet homme qui écrit avec fureur, tantôt sombre, soudain illuminé et souriant aux anges de sa Riviera natale : « C'est M. Audiberti, » chuchote le garçon.

Devant moi, au bar des Champs-Elysées : « Nous avons le même âge, me dit Audiberti. Nous allons avoir... — Oui. » Il soupire, puis reprend : « Le bel âge pour un homme, l'âge souverain, la vraie jeunesse, c'est quarante ans. — Oui. Enfin, quarante, quarante-cinq... — C'est ce que je veux dire : quarante, quarante-cinq, quarante-sept... » Mais, pris d'un scrupule : « Tout de même, fait-il, vous croyez que c'est la même jeunesse que... — Naturellement ! — Naturellement. Mais, je veux dire, la même jeunesse en tous points, vous me comprenez ? — Parbleu. Voyons, qu'est-ce qu'il y a ? Vous avez des doutes ? » Il rêve un peu : « Ah ! dit-il, quand je me retrouve dans mon Antibes ! — Eh bien, retournez-y. — Je ne peux pas. Trop de travail. Et puis j'y ai été l'an dernier, j'y ai fait mes « cent jours », comme Napoléon. — Vous n'en êtes pas à Sainte-Hélène. — Non ! Non, parce que, voyez-vous, Napoléon et moi, ça fait deux. Napoléon s'est trompé ; il n'a pas voulu être de son temps, marcher avec son temps. Moi, au contraire ; mais lisez mes *Cent Jours.* »

J'ai lu *Cent Jours* tandis que, précisément, je descendais à Antibes, patrie d'Audiberti. Tout au long du Rhône, filait une armée de voitures. Ou plutôt deux armées : l'une, belge, l'autre, suisse, dans le remous desquelles vacillaient quelques autos françaises. Jusqu'à Valence, le sort du combat fut en suspens. Mais, dès Montélimar, la Suisse triomphait ; elle conquit Avignon, brûla Beaucaire, annexa Aix et Cézanne, et de Cannes à Menton vint enfin savourer sa victoire.

Antibes toutefois fut épargnée : double hommage à Picasso et à notre poète. Non pas Antibes tout entière, mais la vieille ville et sa demi-enceinte, les ruelles charmantes, le chemin du rempart, le palais Grimaldi où les dessins, les toiles et les belles faïences de Picasso ont détrôné l'Empereur.

❖

UNE PROFESSION DE FOI [1]

« Il faut détrôner l'Empereur, répète Audiberti dans *Cent Jours*. Il faut être du présent, de l'esprit présent, de la langue présente. Quoi ! au nom d'un art français, allons-nous entrer en croisade contre les Algonquins ? (Les Algonquins, ce sont les Anglo-Américains). Les Algonquins dominent le monde ; ils sont la force, le jour et la vie. Donc, soyons Algonquins, quittes à les battre avec leurs propres armes. Je ne veux plus m'embarrasser des *qui* et des *que* de nos phrases à perruque. J'écrirai mon algonquin. Le mot est dieu. Suffit d'avoir quelque chose à dire. Allons-y, pour le grand brassage universel.

« Vous dites : la poésie. La poésie quoi ? Le bibelot de l'infini ? Les bons poètes qui se promènent *sous le bras de leur livre? Virgile, torchon de collège et prophète? J'y souscris. Mais, let me repeat it, ce qui passe mal, c'est le saucisson,* 983 *francs le kilog,* 135 *grammes, faire le compte, tout de suite, sans se tromper, la queue est là, dans l'épicerie, prête à gueuler. J'ai bien connu Fargue ; il n'avait rien écrit, que de l'écriture. Sa vie était vraiment une espèce de mort, plantée de cigarettes. Je l'ai un peu*

1. Tout ce qui se trouve imprimé en italique est extrait de *Cent Jours*.

veillé dans les premières heures de la nuit de sa mort proprement dite. J'essayais, cette nuit-là, de fabriquer, lui et moi, un dialogue historique secret des grands « piètes ». Ce n'était qu'un macchabée comme il en fut tant. C'était d'une honnêteté, d'une simplicité parfaite. Fargue mort avait l'air un peu amer.

« Poésie de salon ou de bibliothèque. Moi, Audiberti (Jacques), je cherche ma poésie dans tous les coins d'Antibes. Je prête l'oreille : « *Nous avions convenu avec Minette et François qu'on se trouverait « aux abords, mais j'ai dans la pensée que le petit l'a « retenu. Les enfants c'est toujours pareil, on n'a pas « la liberté.* » Hé bien, ça se tient, c'est écrit dans l'air, *ça se virgule, ça se cadence. Y a même la « pensée », comme dans Kierkegaard et, comme dans Marie-Antoinette, la « liberté ». C'est la conversation humaine, pratiquement infinie, l'éparse, vulgaire et continuelle matière de référence de nos romans et sonnets, lesquels romans et sonnets, toutefois, font comme s'ils ne mangeaient pas de ce pain-là, comme s'ils sortaient de la cuisse.*

« Et tenez, ce cher Picasso, quel exemple ! *Picasso, événement sociologique... peinture éructée comme ça vient dans la lyrique allégresse, raccordée à l'intimité végétale et solaire du monde, primitive, primaire... Si vous savez sentir, vous savez dessiner — sentir, cracher, bouffer... Une gouache au quart d'heure. Qu'est-ce que ça coûte ? Une gouache, une céramique. Le sprint. Peindre et potifier le plus vite possible pour que la mort, amenuisée, polie, ne trouve pas le joint... Le sang est tiré, faut le boire, faut boire jusqu'à la dernière goutte le sang de la vie, et le restituer sous la forme de peinture, pharmacie, charcu-*

terie, philosophie... N'imaginez pas que je suis aigre si je propose que Picasso emprunte leur lance aux sapeurs municipaux afin d'inonder la Ville d'un crachat d'aquarelles à gros débit définitif. La fonction de ce peintre n'est-elle pas de prouver, d'une manière notoire et avec pompe, qu'une activité humaine peut n'être pas davantage concertée en raison et prudence, et, qui sait ? moins encore, que la croissance décorative des pierres du rempart ?

« Un monsieur maigre à cheveux gris. On me dit : « C'est Braque. » *Ce monsieur Braque, lequel ne m'inspire absolument rien, ni pour ni contre, regardait le Port, la Mer. Il était là pour çà. Malgré toute ma bienveillance, j'éprouvais de la fatigue, vraiment, à penser que ce regard aurait des suites... Je ne peux plus héberger, fût-ce un instant, dans ma tête, tous les bons zigues qui ont préféré le truc de peindre en galerie au boulot de peindre en bâtiment.* »

❖

Eh bien ! non, Audiberti ne parvient pas encore pleinement à écrire, ni même à penser, en algonquin. Gardons-nous de répondre à sa tirade. Il y répond le premier, et dans la tirade même, par sa fantaisie, par un humour qui ne va pas, çà et là, me semble-t-il, sans certaine amertume. Et il y répond d'un bout à l'autre du livre. C'est le plus vivant et le plus drôle qu'il ait écrit. Un poète en liberté, un homme aussi. Cent jours de l'homme et du poète. En cent jours, Napoléon conquiert et perd la France ; bonne leçon pour Audiberti : sans quitter Antibes, il y conquiert son passé, l'heure présente et sans doute quelques heures de l'avenir.

Il règne librement sur son livre. Regardez-le : empereur, bandit corse, curé des Pouilles, Tarzan, comte Mosca, maître-maçon, journaliste, joueur d'accordéon, Cyrano (le vrai), Tartarin et même la Tarasque — ce ne sont là que quelques traits de sa figure. Ecoutez-le : la voix martèle les mots, profère sourdement, freine ou déchaîne un rauque lyrisme, et tire d'un soupçon d'asthme une vertu pathétique.

Précisément, son livre n'est pas écrit ; il est parlé. Parlé à la diable, vous le pensez bien, mais avec la licence la mieux avertie ; si le poète s'enivre, c'est d'eau de Vichy champagnisée : l'ivresse véritable, il la porte en lui. Quelle richesse de langage ! Quelle étonnante invention ! Au regard d'Audiberti, Queneau nous frappe par son respect du dictionnaire. Il est vrai qu'Audiberti a soin de dire son mot à Littré, « auteur d'un dictionnaire inutile et gigantesque ». L'ingrat ! ce dictionnaire, il le connaît par cœur. Qu'il ne le nie pas ! Je l'ai vu maintes fois, à la Bibliothèque Nationale, nous l'avons tous vu, entre les quatre tomes du Littré, comme un hercule entre ses poids. C'est bien ce qui lui permet de l'enrichir aujourd'hui, sous couleur de parodie ou d'algonquisme. Et ses images ! Elles foisonnent, rutilent, s'élargissent aux proportions de la mer, soudain se déchirent sur un trait cocasse : « Ce n'est pas la mer à boire », grimace le poète.

Donc, à travers Antibes, le nez à l'affût et l'âme au vent, le poète déambule. Dans son premier roman, *Abraxas,* il faisait de l'Espagne, sans y avoir mis le pied, une peinture exemplaire. Mais traiter Antibes, sa patrie, son lieu de séjour, son lieu de travail, avec la même précision dans la légende que Grenade ou les plateaux de Castille, voilà le tour de force. A Antibes, il retrouve son « enfant », comme il dit, son « unique fils », c'est-à-dire lui-même au temps de son enfance ; mais sa fille aussi, qui n'est pas une fiction, et l'épicier Souque, le plombier Mezzatappa, son ami Toussaint ; et son père, mort en 1943, un père qui s'exprime par la table tournante et qui montre pour sa tombe, trop négligée, le même souci que naguère pour sa maison. Souvenirs, anecdotes, faits divers, tableaux d'histoire, allégories, tout se mêle ainsi dans *Cent Jours,* tout se fond en une sorte de divagation passionnée. Ce que j'aime avant tout dans l'œuvre d'Audiberti, c'est son accent généreux. On ne trouve chez lui rien de pincé ni de retors. Aussi bien, si diverse que soit cette œuvre, et même si confuse, elle jaillit d'une même source, elle traduit une même obsession : la sexualité. Et de la sexualité, elle épouse toutes les formes : éclatante, solaire, panique, algonquine, soudain grave, douloureuse, presque tragique. Voilà bien l'unité fondamentale et la puissante saveur du livre, de tous les livres d'Audiberti. Je parle de sexualité, non pas d'érotisme ; nul mot douteux dans cette œuvre — nul mot, veux-je dire, qui laisse le moindre doute !

Il est rare qu'un roman d'Audiberti soit d'un intérêt soutenu. Un départ éclatant nous saisit ; puis l'écrivain se lasse, ou se perd. Dans *Cent Jours,* comme il ne s'agit pas d'un roman, mais d'un vagabondage, Audiberti se trouve plus à l'aise. Un peu trop à l'aise, peut-être, un peu trop insoucieux de son livre et de son public. Cela se déchaîne, cela miroite, cela grouille ; cela se répète aussi. Cent jours, c'est beaucoup, même pour Audiberti, qui d'ailleurs quitte Antibes, regagne l'hôtel Pompelane, à Saint-Germain des Prés, et termine son livre en plein délire philosophique. (Dieux d'Antibes et de Saint-Germain, préservez-nous des poètes qui cherchent la philosophie hors de leurs vers !) Si l'on se prête encore à cette marée verbale, bientôt, assourdi par la rumeur, ébloui par le soleil, on sent approcher une légère somnolence.

La peinture au jet de pompe, que célèbre Audiberti, ne manque pas d'agréments ; je la trouve féconde et nécessaire. Mais d'abord il y a chez Picasso plus de subtilité et de calcul que ne lui en reconnaît notre poète. Et si Picasso a visité la récente exposition de « Monsieur Braque », nous connaissons trop la modestie et la générosité des peintres, pour douter que celui-là ait salué dignement son rival. Je ne souhaite certes pas à Audiberti une rigueur qui gênerait sa fougue ; mais de l'œuvre entière, il en est comme de chaque phrase : c'est une phrase qui prolifère naturellement, dont on admire la verve, le pittoresque et la couleur, mais qui trouverait plus de force et d'efficacité dans une plus ferme structure.

Voilà que je sermonne Jacques Audiberti, comme si, d'avance, il n'était pas gagné à mes raisons. A Paris, l'autre jour, il m'a dit qu'il venait de se renouveler. Il s'est proposé d'écrire un roman, mais, cette fois, un vrai roman, simple, familier, réaliste à souhait : la nature même. Cela se passe en Italie, à Milan ; le gouverneur de la province, homme comblé, rencontre une orpheline, pauvre, laide et muette, qui devient sa maîtresse. Comme elle habite chez sa tante, il va parfois l'y rejoindre. Humble logis ; la tante est là, on cause, on boit du sirop. Mais comment apprendre à la tante la liaison des amants ? Voici : le gouverneur écrit un livre où il transpose son histoire. Le livre paraît, la tante l'achète, et commence à comprendre. Mais, à son tour, comment faire comprendre au gouverneur qu'elle a compris ?... Je m'arrête ; l'automne prochain, vous pourrez lire ce roman. Pourvu que l'on y reconnaisse Audiberti ! [1]

1. Ai-je besoin de dire qu'on l'y reconnaît mieux que jamais ? *Le Maître de Milan* est sans doute, depuis *Abraxas*, le meilleur roman qu'il ait écrit.

UN HÉROS DE NOTRE TEMPS

Je ne veux point parler du héros, du temps, ni du fameux livre de Lermontov ; mais bien de l'un des héros que notre époque s'est choisis, d'un écrivain qui ne fut jamais aussi lu ni aussi glorieux qu'à présent, du plus frais de nos classiques, du plus pur de nos intercesseurs. Chacun l'a reconnu : c'est le marquis de Sade.

Quoi qu'ait fait Apollinaire pour la gloire de Sade, il se trouve aujourd'hui suspect de modérantisme. Nous avons vu paraître, au cours de ces dernières années, une douzaine d'études qui rivalisaient d'attention et presque toujours de ferveur. On réédite les œuvres du Marquis ; on en retrouve que l'on croyait perdues. L'an dernier par exemple, sous le titre *l'Aigle, mademoiselle,* M. Gilbert Lély publiait vingt-deux lettres inédites, qui sont fort curieuses. Et voici qu'il rassemble pieusement en un gros livre toutes les recherches, tous les écrits de Maurice Heine, qui consacra le meilleur de sa vie à la connaissance et à la diffusion de Sade.

Charles du Bos se plaignait un jour que l'on ne crût plus au Diable. A défaut du Diable, le dernier

Génie du Mal nous restait, le seul qui gardât une odeur de soufre. En l'exaltant comme on fait aujourd'hui, je ne sais si l'on ne va pas lui retirer une part de ses sortilèges infernaux. Il n'est pas encore inscrit au programme de la licence ; mais on l'explique, on l'humanise, on découvre en lui le précurseur de certaine philosophie et de certaine sensibilité moderne. Pierre Klossowski, dans *Sade, mon prochain,* le compare à Nietzsche, à Kierkegaard et à Kafka. Les surréalistes saluent en lui un grand ancêtre. Gilbert Lély nous le montre comme une sorte de prophète sacré, de saint martyr : « Voici, s'écrie-t-il, la symphonie arrachée aux enfers. Le souffle de l'acharnement d'un héros d'amour se mêle aux voix alternées d'Ariel et de Falstaff. La geôle se revêt d'idoles ineffables. Dans la ténèbre des murailles éclate un langage futur. » Plus discret, Jean Paulhan pencherait pour une simple béatification : « C'est, nous expose-t-il, l'un des deux grands peintres de la pudeur » qui soient apparus au dix-huitième siècle. Il ajoute : « Est-il sadique, je ne sais ; mais masochiste, à coup sûr. » Encore doit-il recourir à tout son art dialectique pour donner à ces deux propositions une légère allure de paradoxe.

❖

En 1805, à l'hospice de Charenton, vit un homme de soixante-cinq ans, obèse, les yeux encore vifs malgré leur fatigue, qui se montre, rapporte Charles Nodier, affable jusqu'à l'onction, poli jusqu'à l'obséquiosité, et parle avec respect de tout ce que l'on respecte. Il habite, avec une vieille amie, une chambre agréable, devant la verdure. Il y reçoit, tient table ouverte (sa belle famille paie sa pension). Pour se distraire, il organise un théâtre, dirige la troupe où les pensionnaires de l'asile se mêlent aux comédiens officiels, fait jouer ses œuvres et convie aux premières le tout-Paris de l'époque. Au mois de mai, le noble et charmant vieillard rend le pain bénit et fait la quête à l'église paroissiale. Voilà le monstre, en sa vingt et unième année de détention, le fameux auteur de *Julie*, de la *Philosophie dans le Boudoir* et des *Cent vingt Journées de Sodome*.

Remontons de quelques années. La Révolution vient de lui ouvrir les portes de la prison ; il s'y trouvait depuis dix ans, par les soins d'une famille soucieuse de sa propre dignité. C'est là qu'il a composé ses œuvres les plus virulentes. Libre enfin, et paré des prestiges d'une geôle arbitraire, secrétaire, puis président de la section des Piques : pour lui qui a dénombré toutes les violences et les perversions, décrit, légitimé, exalté la dépravation, la torture et le meurtre, quelle merveilleuse occasion d'appliquer ses préceptes, et de réaliser ses rêves ! Non, il mène une vie toute normale, forme une liaison qui durera jusqu'à sa mort, instruit et élève le fils de son amie, cherche en vain la gloire au théâtre et se débat dans des ennuis d'argent. On amène devant lui, comme traîtres à la Nation, ses beaux-parents, qui l'ont mis et maintenu en prison, contraint au divorce et presque ruiné : le citoyen Brutus Sade les fait rayer de la liste d'épuration et leur donne un certificat de civisme. Il compose un poème et un discours sur la mort de Marat ; mais doit-il juger un officier qui favorisa la fuite des émigrés : « J'approuve votre conduite, dit Sade : voici 300 livres et un passeport en règle. » Si bien qu'on l'emprisonne de nouveau, cette fois sous l'inculpation de modérantisme. Etre Sade et vertueux, c'est bien mériter la prison. Au reste, il doit presque tout à la prison ; voyez-le quand, de nouveau, la chute de Robespierre le délivre : un homme sans allure, geignard, souvent mesquin, un étourneau, un agité, un coléreux qui s'en prend à la malhonnêteté du temps et à l'outrecuidance du peuple, un pauvre bougre dépassé par les événements, un spectacle assez lamentable.

Mais ses crimes, ses folles orgies, ses manifestations *sadiques* ? Nous n'allons pas faire de Sade un petit saint. C'était, du moins dans sa jeunesse, un libertin, un roué, ardent, prompt, impétueux, plein d'élégant cynisme et de superbe, fort de ses droits de grand seigneur et d'esprit libre, non sans quelque ingénuité peut-être, mais prêt à beaucoup risquer pour assouvir ses obsessions. Donc il séduit, enlève et déprave sa belle-sœur ; il fouette des filles publiques, mi-contraintes, mi-consentantes, ou leur donne des bonbons à la cantharide. Il n'est chez lui que dans les mauvais lieux ; aussi fait-il un mauvais lieu de sa maison : sa femme (figure assez équivoque dans son ardeur conjugale) devenant la gardienne ou, si l'on veut, l'ange gardien du harem. J'allais oublier le trait final : Sade, à l'occasion, est inverti. Toutes ces qualités pouvaient suffire, sans doute, à lui assurer une place de choix dans une société pourtant fort gâtée ; mais reconnaissons qu'il n'eût point pris cette souveraine figure de héros du mal sans la légende, sans la prison et la persécution, sans la sotte accusation de folie, avant tout : sans l'œuvre qu'il composa.

❖

L'œuvre de Sade sert de revanche à sa vie. Simple amateur avant la prison, c'est la captivité qui rassemble, aiguise et déchaîne ses forces. Il s'assouvit par ses livres en même temps qu'il se venge. Seul, enfermé, impuissant, il convoque tout l'univers dans sa prison, fait du cachot un immense lupanar et dresse contre la société qui l'opprime la machine de guerre la plus audacieuse. Quand il se retrouve libre, comment s'étonner de sa modération ? Ce qui le portait, ce qui le pressait, il l'a exprimé, il s'en est presque dépouillé. Et c'est un homme déjà vieux, perclus, épuisé tout ensemble par la prison et la folle dépense de son esprit.

A vrai dire, si l'on juge un écrivain par sa forme, Sade est presque toujours un assez piètre écrivain — très inférieur, par exemple, à son ennemi Restif. Non point toutefois dans certaines de ses lettres ; car il en est d'étonnantes, les plus directes, les plus intimes, comme celles que vient de publier M. Gilbert Lély ; elles nous saisissent par le ton et l'allure, par la force et l'ampleur du rythme, par l'invention du mot et du tour, par le dramatique mélange des plaintes et des cris de fureur, de l'ironie et de l'insulte. Convenons aussi que certaines pages de *la Philosophie dans le Boudoir* ne manquent pas d'aisance. Mais rien de plus ennuyeux que ses œuvres d'imagination. Le conteur même des *Crimes de l'Amour* ou de la première *Justine* n'a rien qui le distingue parmi vingt conteurs de son époque. Rien, ne soyons pas injustes : ce ton ambigu, à la fois patelin, sentimental, moralisateur et désinvolte, cet air forcené, cette secrète jubilation tandis qu'il entasse les épisodes scabreux, oui, c'est déjà Sade. Mais sa phrase n'a ni grand charme, ni grande efficacité. Elle n'a rien ou presque rien de voluptueux. C'est que le marquis de Sade peut apparaître comme un moraliste, un philosophe, un savant (lui, qui fonda la psychopathie sexuelle), comme un poète (lui que chérissaient Swinburne, Baudelaire et Lautréamont) ou même, hélas ! çà et là comme un prophète ; mais il n'est nullement un écrivain érotique comme fut Nerciat, ou Crébillon, ou le plus grand de tous, l'auteur des *Liaisons dangereuses.*

Et l'on peut bien dire aussi qu'il n'est aucune de ses grandes œuvres qui ne lasse et ne rebute l'attention. Reste que Sade n'est vraiment lui-même que dans le paroxysme, les dénombrements, les répétitions, les accumulations, les invraisemblables surenchères, dans cette froide et haletante violence, dans ce monstrueux entassement d'ordures, à qui l'on ne saurait refuser un caractère tragique.

❖

Un jour que Juliette, l'héroïne favorite de Sade, se promène à travers la campagne, elle découvre dans une hutte une famille heureuse. Le paysan s'absente ; quand il revient, tous les siens ont péri dans la maison en flammes. Et Juliette, l'incendiaire, le guette et s'enchante de cette douleur. Mais comme elle se vante de son haut fait auprès d'une amie. « Vous avez, dit l'amie méprisante, oublié le meilleur : il fallait accuser le paysan et le faire rouer. » Ne refusons pas à l'auteur de *Juliette* son titre de génie du mal, ni rien de ce qu'un tel titre comporte d'éclatant, de sinistre et de misérable.

La tentative de Sade peut sembler d'abord celle d'une libération de l'instinct et d'une revanche de la nature. Dirigée contre la civilisation judéo-chrétienne, elle est moins celle d'un athée que d'un ennemi de Dieu. Elle est proprement satanique. Comme la malédiction à la grâce, comme l'enfer au ciel, le cachot de Sade répond, dans son abjection et sa haineuse révolte, à la cellule de Pascal.

On donne communément à cette tentative, pour clé et pour base, la cruauté. C'est la réduire, et, me semble-t-il, en altérer le sens. Et cette cruauté même, ce sadisme, encore faudrait-il en montrer la complexe nature, les affinités, les équivalences. Il ne s'agit pas là seulement d'un goût d'imposer la souffrance, par où l'on affirmerait son pouvoir ; il y entre aussi une haine de la vertu, de la beauté, de l'âme, et, par suite, un goût d'avilir, de tout ramener à la boue, tout et l'âme enfin.

Mais ce n'est là qu'un premier terme. Il ne suffit pas d'abaisser et de détruire la victime étrangère. L'âme du bourreau réclame son propre abaissement, sa déchéance, son abjection, et s'y vautre pour un suprême plaisir. Ici se rejoignent pleinement le sadisme et le masochisme. Déjà le bourreau ne pouvait jouir de sa victime que s'il en imaginait, s'il en partageait dans sa pensée les souffrances. Mais en s'abaissant, en se détruisant, il devient à la fois bourreau et victime. (Qu'est-ce au reste que le masochisme, sinon un sadisme qui se prend pour victime ?) Et que l'on examine Sade jusque dans sa vie : cet homme qui, une première fois emprisonné pour une vilaine aventure, se jette, à peine libre, dans une aventure plus scabreuse ; qui, pendant la Révolution, quand il ne peut rien gagner qu'au silence, publie *la Nouvelle Justine, Juliette* et *la Philosophie dans le Boudoir* ; et qui, à l'heure où Bonaparte accède au pouvoir, lance contre Joséphine le pamphlet le plus outrageux — cet homme ne semble-t-il pas d'un bout à l'autre de sa vie, avec un mélange de provocation et de dérobades, de conscience et d'aveuglement, appeler sur lui la persécution ?

Mais enfin cette fureur d'avilissement, de torture et de destruction n'irait pas si loin si elle était purement bestiale. Cette haine de la vertu, de la beauté et de l'âme comporte nécessairement un amour égal. Satan ne peut se passer de Dieu. Le mal se vide de sens et de jouissance, s'il ne rend pas hommage au bien. A l'extrême pointe de son déchaînement, Sade garde sa conscience et sa rigueur. S'il tend vers sa propre destruction, il le sait, il le veut, et domine cette destruction. Ausssi s'efforce-t-il de la justifier : Je ne fais que suivre la nature, dit-il (avec autant d'aplomb que Rousseau) ; j'obéis à ses vœux, je suis avec elle en parfaite harmonie. « Ce n'est que par des forfaits, dit Juliette, que la nature se maintient et reconquiert les droits que lui enlève la vertu. » Mais qu'est-ce donc à dire, sinon que, dans les voies les plus étranges, Sade, à sa manière, reste fidèle au spiritualisme ; qu'il fonde son action sur une morale (le mal se substituant au bien, dont il emprunte l'exigence), et que, même chez Sade, l'âme se refuse à disparaître ?

On peut voir en Sade l'extrême avatar d'une classe qui avait perdu toute justification ; mais ausssi, à plus d'un titre, le précurseur et le philosophe, sinon d'un monde, du moins de forces qui rarement osent s'avouer ; et plus encore la terrible incarnation d'une tendance fondamentale de l'homme. On est, je pense, assez prémuni contre les excès de Sade pour ne point se voiler la face à son seul nom. « Si quelque esprit fort, écrit M. Klossowski, se fût avisé de demander à saint Benoît Labre ce qu'il pensait de son contemporain le marquis de Sade, le saint eût répondu sans hésiter : C'est mon prochain. » Pour le reste, comme dit Paulhan : Sade a payé.

Et même il paie encore, le pauvre Marquis, en proie aux hagiographes, aux initiés, aux médecins, aux philosophes, aux littératenrs, aux caveaux de Saint-Germain-des-Prés, demain, qui sait ? à la Sorbonne.

« *COUVREZ CE SEIN* »

J'ai trouvé en rentrant de vacances quelques numéros de *la Gazette de Lausanne*. Sur chacun d'eux on avait écrit au crayon rouge : « Voir page 5. » Je me suis reporté à cette page et j'ai vu.

J'ai vu que je dépassais les bornes de la critique littéraire, que j'étais une cause de scandale et, pour tout dire, un « homme dominé par des obsessions sexuelles ». J'ai d'abord été un peu surpris, je l'avoue, et même assez penaud. J'ignorais tout de mon accusateur, M. de Mestral-Cambremont ; il n'avait, dans le privé, aucune raison de m'être hostile. Qu'il parlât selon toute la sincérité de son âme, je ne pouvais donc en douter. Qu'il eût raison ? Ah ! on se connaît si mal. « Obsessions sexuelles » : à présent que j'y songe, je crains... je commence à croire...

Là-dessus, j'ouvris les numéros suivants de *la Gazette*. Voilà que des lecteurs voulaient bien m'y défendre : mes chroniques ne les avaient pas scandalisés ; s'il y avait scandale, disaient-ils, le scandale était dans l'accusation. Bon, je reprenais pied, lentement. Mais une dernière sentence éclata, et celle d'un pasteur ! « Sans souscrire forcément » aux termes de l'accusation, M. le pasteur Burnand louait l'accusateur de « sa protestation courageuse ». — La cause était jugée.

Reste à la faire entendre. Ce que je ne ferai pas pour moi, qui ne manque point d'autres distractions, mais pour mes charitables défenseurs, et pour les droits d'une critique, dont j'ai toujours cru qu'elle s'adressait à d'honnêtes gens.

❖

M. le pasteur Burnand me reproche... Non, c'est trop dire ; il connaît les nuances, il ne me reproche pas « forcément » ; il regrette, voilà tout, et d'une façon générale ; d'une façon qui toutefois peut comporter des applications particulières ; enfin il déplore (nous y sommes) de voir mis « en vedette, avec un intérêt visible, des hommes qui défendirent ou pratiquèrent le désordre des mœurs. » Quels hommes ? J'ai parlé, dans mes dernières chroniques, de madame de Sévigné, de la Mère Angélique Arnauld, de Julien Benda... Ce ne peut être à eux que songe M. Burnand. Hélas ! j'ai parlé aussi du marquis de Sade ; ne cherchons plus : voilà mon crime.

Il faut commencer par une belle déclaration. Je n'ai aucune tendresse, quoi qu'en pense M. de Mestral-Cambremont, pour les livres obscènes, grossiers ou simplement douteux. Chaque fois qu'il m'est arrivé, dans *la Gazette* même, de parler d'une œuvre où l'on pût reconnaître ce caractère, je l'ai dit, et j'ai marqué ma réserve. Si je ne le faisais par goût intime, je le ferais par souci d'un art qui ne peut que perdre à ces exhibitions. Je ne confonds point une forte santé, celle de Rabelais par exemple, avec un érotisme énervé ou une pornographie plus ou moins commerciale.

J'entends bien M. le pasteur Burnand lorsqu'il ajoute : « La manière la plus discrète de marquer à leurs excès une désapprobation légitime est de laisser dormir dans l'oubli les noms de ces hommes-là. » Singulière politique ! De quel sommeil, de quel oubli parle donc M. Burnand ? Depuis quelques années, peut-être n'est-il aucune œuvre qui ait éveillé autant d'attention que celle de Sade. On ne cesse de la rééditer — grand Dieu ! jusqu'en Suisse ; des critiques l'étudient longuement, qui comptent parmi les meilleurs de notre époque : un Maurice Blanchot, par exemple, ou un Paulhan. Qu'il y ait là une mode, je le sais bien, encore que ces critiques n'y apportent nulle complaisance. Plus qu'une mode : un signe des temps. Et qu'on le déplore, ce peut être à bon droit. Mais faut-il s'en taire ? Ce serait trop facile. Le rôle, le devoir d'un critique est de n'esquiver aucune œuvre qui lui paraisse importante, quitte à marquer pleinement ses réserves ou son opposition. Je l'ai fait. Parlant de Sade, je n'ai point dissimulé le caractère monstrueux de son œuvre. Quant à la valeur morale que j'attribue à son influence, le seul titre de ma chronique : *un Héros de notre Temps,* me semblait suffire à éclairer l'âme la plus ingénue (je me suis trompé ; j'abandonne à jamais l'antiphrase). Je n'ai point recommandé la lecture de Sade pour les veillées de famille ou les divertissements de patronage. Bref, pas un instant, je n'ai abusé mon lecteur sur une œuvre que je peignais comme un « monstrueux entassement d'ordures ». Si je n'ai pu le convaincre là-dessus, si, malgré mon avertissement, il a voulu voir de ses propres yeux : j'admire cet extrême scrupule.

Mais j'ai dit et je maintiens que Sade a pris de nos jours, qu'il prend entre deux guerres, une terrible importance ; que la misère de sa vie et la monstruosité de son œuvre offrent un caractère assez tragique ; et qu'enfin, si monstrueux, si damné que soit un homme, il faut avoir une bien belle conscience pour oser dire : « Il ne m'intéresse en rien. »

Après cela, que M. de Mestral-Cambremont me reproche d'avoir employé les mots *masochisme, invertis* et *pédérastes,* j'ai trop d'estime à l'égard de *la Gazette* et de mes lecteurs pour entreprendre de me « justifier ». Pourtant je voudrais bien répondre à la bonne foi de M. de Mestral, comme à l'attention qu'il me porte. Faisons un accord : qu'il me passe *masochisme,* qui n'est pas un mot trop abominable, qui même a sa petite pointe de spiritualité ; en retour, je lui cède *invertis* et *pédérastes ;* je dirai dorénavant, comme saint Paul : « ces hommes qui, abandonnant l'usage naturel de la femme, se sont enflammés dans leurs désirs les uns pour les autres, commettant homme avec homme des choses infâmes, et recevant en eux-mêmes le salaire que méritait leur égarement. » (*Epître aux Romains,* I, 27).

A ma charge, il me faut ajouter ceci. J'aime mieux dans une œuvre un excès d'audace qu'un excès de timidité. Au demeurant, c'est avant tout le naturel que je goûte ; tel mot qui me choque chez un écrivain me semble chez un autre à sa place. Diderot écrit dans *le Neveu de Rameau :* « — Ces jours-là, pour un liard, je baiserais le cul à la petite Hus. — Hé ! mais, l'ami, elle est blanche, jolie, jeune, douce, potelée ; et c'est un acte d'humilité auquel un plus délicat que vous pourrait quelquefois s'abaisser. » C'est Diderot, et c'est fort bien. Mais il va de soi que, dans un sermon de M. le pasteur Burnand ou dans une lettre de M. de Mestral-Cambremont, ce mot cru, cette grosse plaisanterie, ne seraient pas exactement à leur place, et même nous affligeraient un peu.

Il est une pruderie plus néfaste que la licence et la grossièreté. C'est que d'abord elle les appelle, par réaction. C'est aussi qu'elle en vient à tout soupçonner, à tout salir. Elle est proprement une obsession ; elle prend assez vite un caractère obscène. — Mais changeons de sujet.

❖

Je veux parler du dernier roman de M. Julien Green : *Moïra.* On sait que Julien Green, depuis de nombreuses années, écrit et publie un *Journal.* Il ne s'agit pas exactement d'un Journal intime ; l'auteur n'est pas homme à renouveler l'entreprise de Rousseau, à se « montrer dans toute la vérité de la nature ». Bien plutôt il nous séduit par la discrétion de sa voix et la pudeur de son trait. Il écrit le journal de ses méditations, de ses lectures et de ses rencontres ; il n'est point chroniqueur, mais il évoque les grands événements, tels qu'il peut en surprendre autour de lui la manifestation, et tels qu'il s'en trouve lui-même atteint ; il transcrit les propos qu'il vient d'échanger avec un ami ; il nous confie son émotion devant un spectacle de la rue ou devant un paysage ; parfois il nous parle de ses livres et de ses projets ; parfois même il essaie de faire le point à cet instant de sa vie et de sa pensée. Ce journal forme ainsi une œuvre à laquelle on ne ménage pas l'estime ; s'il a quelque monotonie et garde une tenue un peu froide, s'il nous émeut ou nous saisit trop rarement, il nous apporte certain éclairage sur l'œuvre du romancier. Et M. Green est avant tout un romancier.

Mais l'on peut se demander si l'auteur du *Journal* ne nuit pas au romancier. Je ne songe pas seulement au temps et à l'effort que réclame ce *Journal,* et qui sont dérobés au roman (de fait, les romans de Green sont devenus plus rares) ; mais surtout il me semble que la matière même dont l'écrivain nourrit son journal, au moins en partie, il en prive son œuvre de romancier. Il me semble que les romans de Julien Green ont quelque peu perdu en frémissement, en plénitude et en résonance.

Moïra est certes un bon, un excellent roman. On le lit d'un bout à l'autre avec intérêt, et un intérêt qui ne cesse de grandir. L'auteur, une fois de plus, sait créer une atmosphère qui corresponde à ses personnages, qui les prolonge, qui même fasse corps avec eux. Cette atmosphère, il sait l'emplir de trouble et de menaces. Il sait, comme toujours, donner au moindre détail une vertu romanesque. Il conduit habilement son intrigue et montre un sens très sûr de la progression dramatique. Il use enfin d'une langue mesurée, sans éclat ni vives particularités, un peu molle, un peu flottante peut-être (une langue de rêve et de brouillard), mais non pas sans délicatesse ni sans modulation. *Moïra* est donc une œuvre fort bien réussie. Mais si l'on songe à *Adrienne Mesurat,* à *Léviathan* ou à *Minuit,* on sentira ses limites. Il lui manque cette liberté, cette vibration intime, ce sens de l'angoisse et de la meurtrissure, il lui manque cette qualité poétique, où nous reconnaissions le meilleur de Julien Green. C'est un roman qui semble conçu et écrit en marge du *Journal,* et qui en souffre.

En marge du *Journal* et sur un sujet dont l'auteur du *Journal* a pu se dire : « Voilà un beau sujet. » Un sujet qui se présente ainsi, il est assez périlleux de le traiter. Il l'était particulièrement pour Julien Green, dont le propre est de trouver, de créer son sujet à mesure qu'il va.

C'était un beau sujet, n'en doutons point, l'un des plus classiques — j'oserai dire, sans la moindre malice, l'un des plus édifiants. *Moïra* est l'histoire d'un puritain qui traque le péché, sans savoir qu'il le porte en lui, qui y tombe et se venge de sa chute par un crime. Aux Etats-Unis, dans une ville du Sud, le fils d'un fermier vient suivre les cours de l'Université. Joseph est un beau garçon aux cheveux fauves, pur, vigoureux et farouche. Chaque pas qu'il fait dans la ville, chaque personne qu'il rencontre, chaque propos qu'il surprend : c'est une occasion de scandale. Veut-il louer une chambre ? L'hôtesse, souriante et fardée, est une Jézabel. Il lit une pièce de Shakespeare : quels sont ces mots ignobles, ces scènes d'amour, ces obsessions sexuelles ? Et tous ses camarades, autour de lui, dans leurs paroles, dans leurs actes, dans leurs rires, reproduisent cette ignominie. — Non pas tous, Dieu soit loué ! voici un garçon qui échappe à la honte commune ; il vit à l'écart et veut être pasteur. Joseph aussi se sent appelé : il dénoncera le mal qui l'entoure, il stigmatisera les pécheurs. C'est en vain que son ami murmure : « Il faut gagner les âmes par la douceur » ; Joseph s'indigne : il faut user du fouet et du fer avec un monde réprouvé.

Et pourtant il sent déjà l'atteinte du mal. Il lui a suffi de rencontrer une fille impudique : le feu se déchaîne en lui. Joseph redouble d'austérité, de violence et d'imprécations. Un soir, pourusivi jusque dans sa chambre par la fille sans vergogne, il se maîtrise encore ; mais veut-elle partir, il cède au démon, il la contraint et l'entraîne dans sa frénésie. Au matin, quel réveil ! « J'ai froid », murmure la jeune fille. « Tu as froid ! » Sur la tête de la femme, il jette une couverture, et la maintient, et pèse de toutes ses forces, jusqu'à ce que le corps reste immobile.

C'est, on le voit, un sujet éternel. Il était bien difficile de le renouveler, et je ne crois pas que Julien Green y soit tout à fait parvenu. Mais il ne l'a point diminué. Davantage : il y apporte un souci d'équilibre et de compréhension, dont nous mesurons le prix. Il n'a pas écrit une satire. Joseph, jusque dans ses outrances, n'est jamais ridicule. Et même il nous émeut presque toujours. Il peut être odieux, mais nous ne méconnaissons point sa noblesse. Son crime est à la mesure de sa vertu. S'il est enfin une leçon que nous propose ce livre, c'est celle que précisément répète l'ami de Joseph, et que Joseph, comme plus d'un autre, refuse : « Ne jugez point. »

COMMÉMORATION DE BALZAC

On vient de célébrer le centième anniversaire de la mort de Balzac. On l'a célébré de toutes façons : par des discours, des articles, des études, des biographies, par des rééditions et même par la publication d'œuvres inédites. Et je suis bien sûr que le public l'a célébré à sa façon propre, qui est la meilleure, en charmant une part de ses loisirs à reprendre la *Comédie humaine*. Bref, un siècle après sa mort, Balzac est plus glorieux, plus lu et plus aimé qu'il ne fut jamais.

J'ai fait comme tout le monde : j'ai célébré cet anniversaire en me replongeant dans l'immense *Comédie*. J'ai d'abord repris une œuvre que je connaissais mal, une œuvre, elle aussi, inachevée, mais de puissante envergure : *les Petits-Bourgeois ;* elle contient d'admirables scènes et s'annonçait comme un des grands romans de Balzac. Et puis, une nouvelle fois, j'ai relu le *Père Goriot*.

Enfant, c'est par le *Père Goriot* que j'ai abordé la *Comédie humaine*. Je ne suis pas un Balzacien effréné. Le hasard des vacances suffit là-dessus à mon plaisir. Mais enfin, bon an mal an, je lis ou je relis une dizaine de « Balzacs ». Certains ont pu me sembler plus étranges que *le Père Goriot,* parfois même plus puissants. Mais aucun d'eux ne m'est resté plus cher. Dans l'œuvre énorme de Balzac, si je ne devais choisir qu'un seul roman, c'est celui-là que je retiendrais.

Je le retiendrais à la fois pour son ordre composite et pour sa figure singulière. Car il rassemble les éléments essentiels de la *Comédie humaine,* et ne s'en affirme pas moins, au cœur de l'ensemble, comme une œuvre unique.

Que l'on songe aux faibles dimensions de ce roman : comment ne serait-on pas saisi par sa complexité ! C'est une profusion de personnages, de thèmes, d'intrigues et d'événements. Le Père Goriot à lui seul, par la force tragique de sa passion et de son infortune, eût pu soutenir l'intérêt de l'œuvre. De même Rastignac, qui trouve sa parfaite expression dans les deux cents pages du *Père Goriot* comme Rubempré dans les trois tomes des *Illusions perdues.* Mais ces deux héros ne suffisent pas à Balzac ; près d'eux il fait surgir le demi-dieu de la *Comédie humaine,* Vautrin le forçat. Et voici les deux filles du vieillard, leurs maris et leurs amants ; la brillante comtesse de Beauséant, le marquis d'Adjuda-Pinto qui l'abandonne, les belles dames qui épient l'abandon. En face de cette élégante société, l'humble tribu d'une pension : tenancière, étudiants, petits bourgeois, employés et domestiques...

Même diversité dans le ton et le mouvement de l'œuvre. On rit, on chante, on plaisante à longueur de soirée ; on conspire et l'on tue ; on rougit d'un silence ou d'un regard ; on pleure de jalousie, on meurt de détresse. Un père renie sa fille ; un chat (un « chatorama ») vide à moitié le bol du vieux Goriot ; lettre de province : deux sœurs envoient à leur frère toutes leurs économies, pour qu'il fasse figure dans la capitale. Fête à la pension : bordeaux, champagne, cassis. « Au nom de la loi ! » Vautrin se dresse. Vautrin ? Jacques Collin, dit Trompe-la-Mort, dit le Banquier du bagne. Un bal se prépare ; un mari monnaie son infortune ; un père se couche aux pieds de sa fille pour les baiser ; une femme prend un nouvel amant ; une autre, trahie, se dispose à l'exil. A l'arrière-plan, le roi de France appose sa signature au contrat de mariage de marquis d'Adjuda. Deux filles renient leur père. On enterre le vieux, on l'enterre tant bien que mal. A présent, des trois héros du livre, l'un est en prison, un autre dans sa fosse, et le troisième, près de la fosse, regarde Paris : « A nous deux maintenant. »

❖

C'est assez évoquer la folle richesse de ce livre. D'où vient qu'il offre pourtant une si cohérente architecture, une apparence si simple et presque familière ? Certes, il n'allait pas sans danger de réunir dans ce court roman trois figures aussi puissantes que celles de Goriot, de Vautrin et de Rastignac. Admirons que ces figures, loin de se gêner ou de se confondre, se fassent mutuellement ressortir et, par leurs traits, par leur sens, comme par leur éclairage, concourent à l'équilibre de l'œuvre. Elles correspondent à trois âges de la vie : la vieillesse, la maturité, la sortie de l'adolescence ; elles expriment trois attitudes à l'égard de la société : la résignation, la révolte, l'inquiet et frémissant appel ; elles sont enfin traitées, nous allons le voir, de trois façons distinctes.

Parmi ces figures, celle du père Goriot est, il va de soi, la plus poussée. Elle l'est par les moyens habituels à Balzac ; il faut que le personnage aille jusqu'au bout de lui-même, qu'il s'identifie à sa passion et prenne une valeur de symbole. Chacune de ses actions l'éclaire davantage, chacun de ses mots l'exprime plus fortement. Ah ! nous n'avons pas à craindre, chez Balzac, de nous tromper sur un personnage. Il ne s'agit pas de mesure ni de vraisemblance, mais d'une vérité légendaire ; si un geste, un acte, une parole nous laissent incrédules, d'autres surgissent aussitôt, plus violents, plus significatifs que jamais ; là où un léger grossissement nous inciterait à la réserve, une superbe outrance parvient à nous convaincre. C'est que le romancier se confond alors avec le poète tragique. Aucune liberté pour le héros, nulle possibilité de retour, d'hésitation ni même de clairvoyance. Il doit accomplir son destin. Il s'enfonce frénétiquement, bascule et tombe dans sa mortelle passion. Regardez cette loque : est-ce un saint, est-ce un monstre ? C'est un homme qui aime tant sa fille qu'il lui procure et lui paie un amant, qu'il interroge l'amant sur les bontés de la fille, qu'il bave de joie dans l'ombre chaude du couple. C'est l'anéantissement dans la passion, et cela devient la Passion selon saint Honoré, qui lui-même appelle son héros le Christ de la paternité.

Vautrin n'est pas seulement un personnage ; il est

aussi un mythe. Et l'on sait l'extrême importance que revêt ce mythe dans la *Comédie humaine*. Mais Balzac s'est bien gardé de lui donner ici libre champ. Vautrin, dans le *Père Goriot,* n'apparaît qu'au second plan ; on nous le montre à l'un des instants de sa vie, en l'un de ses avatars ; il disparaît au reste, sur un coup de théâtre, pour laisser s'accomplir la tragédie du vieillard. Non point qu'il soit une simple figure épisodique ; il garde ses ténébreux prestiges : ceux de la malédiction et de la révolte, ceux du bagne et de Sodome. Il n'est pas exactement « une force qui va » ; mais une force qui pense, calcule et s'émeut, qui brûle dans une implacable lucidité. Davantage : il est l'un des agents et l'une des figures du destin. S'il quitte la scène, il reste présent par son influence. Et nous le retrouvons jusque dans la dernière parole de Rastignac : « A nous deux maintenant ! »

Entre Vautrin et Goriot se tient Eugène de Rastignac. Faut-il dire, comme du jeune Hercule, entre le vice et la vertu ? Aux yeux de Rastignac, Vautrin peut faire figure de héros du mal ; mais le père Goriot, tout innocent, tout généreux qu'il est, ne le frappe pas moins par son asservissement sénile et sa misérable folie. Ici, la victime ; là, le conquérant ; entre les deux, un beau garçon sensible, qui rêve de conquêtes. Vautrin l'effraie ; mais il en devine le génie et, malgré lui, il l'admire. Il s'attendrit sur le vieillard, mais cela ne va point sans quelque mépris, sans une sorte de répulsion dans la pitié. De l'un à l'autre il balance ; il se cherche, il a des scrupules, il porte un conflit. Si du moins il pouvait concilier ses tendances généreuses et son jeune appétit ! S'il pouvait conquérir par la tendresse ! Mais non, il lui faut choisir. Il doit élire sa destinée ; ainsi fait-il devant la tombe de Goriot ; c'est alors qu'il devient Rastignac, l'un des princes de la *Comédie humaine*. Du début à la fin de l'œuvre il suit, dans son registre, la même évolution que le Néron de Racine. Entre deux figures puissamment affirmées, il est une figure qui s'élabore. Reconnaissons le génie du peintre qui, par la technique nouvelle qu'il emploie ici, assure tout ensemble la variété et la composition de son roman.

❖

Voilà donc fermement installée, au centre du livre, cette inquiétante trinité. Tous les autres personnages n'ont de raison d'être que dans la mesure où ils en favorisent le rayonnement. Si ces personnages se répartissent en deux groupes, selon qu'ils relèvent de la pension Vauquer ou des salons mondains, le père Goriot et, plus encore, Rastignac, d'un groupe à l'autre établissent la liaison. Si même le second de ces groupes comporte à son tour deux petits mondes : le monde des filles Goriot et celui de la comtesse de Beauséant, Rastignac les unit doublement, qui d'une part est poussé vers Delphine par la comtesse, puis qui introduit Delphine chez la noble Dame.

Mais que Goriot et Rastignac se partagent ainsi entre la pension Vauquer et les salons, tout se resserre enfin autour de la pension, et l'on peut dire que le roman y trouve son unité de lieu. Une petite, une abjecte pension, avec ses murs suintants, son odeur de moisi et ses larves : quel cadre étrange pour ces aventuriers du cœur ou de la volonté ! C'est là précisément l'un des caractères fondamentaux de l'œuvre. Il est inoubliable. Chaque fois que nous songeons au *Père Goriot,* nous sommes saisis par ce resserrement d'un monde, et du monde le plus divers, le plus violent, le plus frénétique, aux limites d'une masure.

A cette contraction dans l'espace correspond d'ailleurs une contraction dans le temps. Tout se passe en quelques mois, tout semble se passer en quelques jours. Mais dans un temps si réduit quelle accumulation d'événements, et surtout quelle immense durée des personnages ! Peintre des destinées, Balzac, qui, dans *le Père Goriot,* n'en choisit qu'un instant ou une phase, parvient à nous en faire sentir le déroulement tout entier. *Le Père Goriot* ne m'apparaît pas moins comme une nouvelle que comme un roman. Il appartenait à Balzac d'unir avec tant de force et de bonheur les deux techniques. C'est de là sans doute que cette œuvre tire sa figure la plus intime et la plus singulière.

❖

Après cela, tout ce que nous pourrions dire sur l'art du romancier et la forme de l'écrivain ne serait point particulier au *Père Goriot.* Chacun sait de reste que Balzac n'est pas un auteur parfait, et qu'il prête plus d'une fois à sourire, par son aplomb, ses naïvetés, ses gros mots d'esprit et ses poétiques modulations. Mais plus souvent encore, s'il nous frappe, s'il nous retient, c'est par la force et le relief de son trait. Aussi bien, le sourire qui peut nous prendre devant une gaucherie de Balzac est un sourire attendri et non sans piété. Nous disons « le bon Balzac », sachant bien qu'il s'agit du grand Balzac. Car rien ne compte enfin dans cette œuvre que son imagination visionnaire, sa puissance créatrice et sa générosité.

CHRONIQUE LIBRE

Je commence cette chronique sans en avoir fixé le sujet. Que l'on ne voie là nulle désinvolture. Ce ne sont point les sujets qui manquent, je ne le sais et ne l'éprouve que trop. Je sais par exemple que Joseph Kessel a publié cette année un vaste roman en quatre volumes : *le Tour du Malheur,* et que je n'en ai pas encore parlé. Quatre volumes, un kilo et demi de papier, deux mille francs de lecture : cela compte. Et quel fracas de publicité ! Si l'œuvre elle-même ne réclamait une chronique, l'effort de l'éditeur suffirait à la mériter. Car enfin un critique ne va pas consacrer son feuilleton à tel recueil de vers, tel essai de débutant, qu'aucun placard n'annonce dans les journaux, et qu'au reste l'on trouve à peine en librairie. Il ne doit parler que des livres dont « on » parle. Certes, il y a beaucoup d'honnêtes gens parmi les critiques (presque tous) ; il y en a même qui ont assez de goût et de loisir pour lire ces poèmes ou cet essai, et pour y reconnaître parfois l'un des apports les plus originaux de l'année. De là, pour eux, des scrupules assez pénibles. Il est vrai que, ces scrupules, les éditeurs s'emploient à les atténuer, en se fermant de plus en plus à une jeune littérature si peu commerciale. Ils ne le font pas eux-mêmes sans ennui, j'en suis sûr, ni sans une louable intention ; s'ils refusent ainsi nos malencontreux débutants, c'est pour leur conserver de prospères maisons d'édition.

Je doute qu'ils changent de politique avec la saison qui s'ouvre. On nous laisse prévoir une crise du papier. Et le livre sera plus cher, qui déjà l'est trop : du moins pour les ressources du vrai public. Bien entendu, on ne peut réduire le nombre des traductions (que serait aujourd'hui notre littérature, si on ne lui proposait tant d'heureux modèles ?) On ne va pas couper non plus dans les séries noire, rouge, verdâtre ou gorge-de-pigeon : c'est le sel de nos jours, et quel soutien dans la gravité des heures présentes ! Il faudra bien se montrer plus sévère à l'égard des jeunes auteurs. Il faudra songer de plus en plus à la chance d'un prix littéraire ou à celle d'un scandale. L'ennui est que, si élevé que soit le nombre des prix, il ne l'est pas assez pour que chaque écrivain devienne lauréat. Quant au scandale, ne soyez pas trop ambitieux ; l'érotisme et l'obscénité sont aujourd'hui si courants dans nos Lettres, que l'auteur est seul à rougir de ses audaces. Vous me direz : « Mais en s'appliquant, en se déclarant ceci ou cela... » Oui, sans doute, peut-être... Ah ! ce n'est pas si facile ! Il ne suffit pas d'être, par exemple, inverti et voleur, et d'avoir au surplus du talent, pour que Jean-Paul Sartre vous consacre cent pages dans *les Temps Modernes*. Je citais l'œuvre de Joseph Kessel ; nul doute qu'elle ne soit audacieuse (dans le sens dont nous parlons) ; drogues, luxure, meurtres, amours anormales, rien n'y manque, ou presque rien ; à tout instant on devine la bonne volonté et même, comment dire, la conscience qu'y apporte l'auteur ; mais je parie que Georges Ohnet, vers 1900, ne paraissait pas moins audacieux. En vérité, voici venir les temps difficiles.

❖

Si du moins, repoussés par les éditeurs, les jeunes écrivains pouvaient se manifester dans les revues... Mais les grandes revues ont les mêmes soucis que les éditeurs : il leur faut ménager le public, le disputer aux hebdomadaires et aux « digests ». Et l'époque est loin, où l'on voyait chaque mois surgir une revue nouvelle, avec la fraîcheur de son titre et l'aplomb de ses manifestes. Quel dommage ! Rien ne peut remplacer les jeunes revues. A chacune d'elles, on sent bien que tout recommence ; cinq ou six garçons, au hasard des rencontres, se sont découvert de merveilleuses affinités ; ils s'unissent, ils se cotisent, ils vont enfin donner à la beauté les traits nouveaux et définitifs qu'elle réclame, et sans lesquels il lui faudrait s'ensevelir dans les musées. Ils sont ardents, sincères, désintéressés. Mais oui, ils sont désintéressés. Ils appellent la gloire, c'est entendu, et leur cœur se gonfle devant ce nom, le leur, pour la première fois imprimé, devant ce texte, qui est leur œuvre, qui est eux-mêmes, et qui soudain se présente à eux sous la même forme éternelle qu'un texte de Pascal ou de Baudelaire. N'importe ; ils aiment, ils défendent, ils servent.

Ils sont indépendants. Ils jurent de toujours mépriser les démarches, les complaisances, les dédicaces trop flatteuses aux critiques et aux membres des jurys. Ils savent que le propre d'un écrivain n'est pas de faire une carrière, mais d'accomplir son œuvre. S'ils voient sortir, d'une maison d'édition, ces voitures luisantes qui portent sur leurs flancs le titre du roman à succès (ce fut cette année *le Tour du Malheur,* ce qui n'ajoute, ni n'enlève rien à cette œuvre), ils refusent d'avance une gloire qui ne serait pas due à leur seul mérite. Bien plus, s'il leur fallait choisir entre la gloire et le mérite, ce n'est pas la gloire qu'ils choisiraient. Bref, une fois de plus, grâce à eux, le monde est jeune, et les Lettres sont la patrie des âmes libres.

C'est, va-t-on dire, un Age d'or que j'évoque. Bien sûr. On ne voit plus guère de jeunes revues (j'en connais deux ou trois pourtant). Le papier, l'impression, le brochage, la diffusion : comment assumer tous ces frais, quand on subvient assez mal à sa propre vie ? Cela me fait songer à une petite histoire, la plus simple du monde, mais qui, dans sa simplicité même, ne me semble point dépourvue de saveur. Je connais un jeune écrivain qui a publié, voilà deux ou trois ans, un beau livre d'essais. Il l'a publié : c'est une chance ; il a reçu de son éditeur dix ou douze mille francs : c'est un miracle. Toutefois, un jour, cette richesse parvient à son terme. Notre garçon, qui n'a pas de fortune personnelle (c'est une faute), s'éprend là-dessus d'une fille pauvre, et l'épouse : cette fois, c'est un désastre. Le jour même du mariage, la jeune femme doit s'aliter ; on l'opère le lendemain, puis on lui impose un an de soins et de repos. Je m'excuse de ces pauvres faits, n'ayant aucun goût pour la complainte. Voilà donc un garçon mis en demeure de gagner une double vie. Il y est bien résolu ; mais que sait-il faire ? écrire, rien d'autre, écrire des essais. C'est ici que mon histoire devient édifiante. Il existe des protecteurs des Lettres. Le garçon dont je parle a le bonheur de rencontrer l'un d'eux, Mécène en herbe, mais trafiquant fort averti, qui le prend comme secrétaire dans sa maison d'exportation. Du coup, le jeune écrivain peut vivre et faire vivre sa femme. S'il ne peut plus écrire, est-ce la faute de son patron ? Le patron a pour lui beaucoup d'estime, et ne s'en cache point : « Ce petit n'est pas pas sot ; il travaille, il fait ce qu'il peut... Mais voyez-vous, les affaires, le sens, l'intelligence des affaires, il n'a pas ça dans le sang ! » C'est une tare.

Revenons aux jeunes revues. Il n'en est plus guère, disions-nous ; les temps s'y opposent. Mais les sentiments que je prêtais à un Age d'or, je suis sûr qu'ils n'ont pas entièrement disparu. Et qu'à Paris ou à Bruxelles, à Bordeaux ou à Lausanne, quelques jeunes gens gardent encore cette foi, ce culte des valeurs désintéressées, c'est beaucoup, c'est presque suffisant — jusqu'à la venue des temps meilleurs.

❖

En attendant, la saison littéraire s'est ouverte. On voit sortir les premiers livres, deux hier, cinq ce matin. Jusqu'à présent, nul roman cyclique, comme ce *Tour du Malheur,* dont il faudra bien que je parle. Je parcours les prières d'insérer : « Un charme étrange, une poésie extraordinaire, une sourde tendresse... Un étonnant cas psychologique... Un tour de force... Un récit cocasse, spirituel, mordant. » Nous serons gâtés cette saison. — Ici, deux épigraphes : l'une de Claudel : « Quelle responsabilité pour nous surtout, écrivains, qui sommes des meneurs d'hommes et des conducteurs d'âmes. Par le fait même que nous sommes éclairés, nous répandons de la lumière. Nous sommes délégués par tout le reste de l'univers à la connaissance et à la vérité. » L'autre, de Sartre : « Bien entendu, tout cela n'est pas si important. Ce monde peut fort bien se passer de la littérature ; il peut se passer de l'homme encore mieux. » Deux positions, mais un résultat commun : la fécondité des deux auteurs. — Encore une prière d'insérer : « Gageons que ce nouvel aspect du talent de J.-A. L. confirmera les espoirs que la critique avait mis en lui. » Je tiens le pari. Le nouveau roman de M. J.-A. L. nous laisse encore sur notre attente ; non qu'il manque d'intérêt ; mais il est complaisant, sans grande vraisemblance, sans fermeté d'écriture ni de composition. On voit se développer aujourd'hui un romantisme de la déchéance, de la veulerie et des faits divers sordides. Cette tendance se réclame parfois de Simenon ; elle pourrait aussi le faire de Kessel. C'est ainsi que l'on renouvelle Dostoïevsky. Allons, je ne peux plus me dérober.

Si j'hésitais à parler du roman de M. Kessel, c'est par crainte d'être injuste. Je n'oublie pas que Joseph Kessel est l'auteur de *L'Equipage,* l'un des premiers romans de l'aviation, et surtout des *Cœurs purs.* Je sais aussi qu'il est bon que certaines œuvres, par leur foisonnement, leur allant, leur vigueur dramatique et même leur brutalité, s'opposent aux excès précieux d'une littérature trop raffinée. Mais, avec *le Tour du Malheur,* ce n'est pas un sang plus riche que M. Kessel apporte à nos Lettres, c'est le flux le plus trouble et le plus faussement littéraire.

On est d'autant plus sensible à l'échec que l'auteur révèle de plus grandes ambitions. Il nous précise que depuis vingt ans et davantage, il songeait à cette œuvre, qui devait être sa « nécessité intérieure », sa « forme de vérité ». Il a voulu faire le roman d'une génération, le tableau d'une époque et d'une société. Mais quelles qu'aient pu être les faiblesses et les tares de cette société, nous refusons de la reconnaître dans le misérable petit monde que nous peint Joseph Kessel.

Je ne tiens pas à jouer les moralistes, et ne reprocherai pas à l'auteur sa matière. La peinture du mal n'est pas moins légitime que celle du bien, ni moins nécessaire ; et certaines œuvres d'édification nous semblent assez abjectes. Mais précisément, tout tient à l'esprit de l'œuvre et à l'art de l'écrivain. Les quatre tomes de Kessel nous apparaissent comme la romance et le mélodrame des « coucheries » forcenées, de l'opium et de la coco, des mauvais garçons et des héroïques escarpes, des trafiquants et des politiciens, d'une « faisanderie » de salons, de villes d'eaux et de bouges. C'est en vain que l'auteur a glissé çà et là une âme pure : cette idylle même, avec ses flatteuses couleurs, nous laisse incrédules. Il n'est dans l'œuvre qu'un seul élément qui semble vrai et qui nous touche : l'admiration éperdue d'un cadet pour son frère aîné ; encore cet élément ne tarde-t-il pas à sombrer, lui aussi, dans la romance. De tout le reste, que dire ? C'est un décor, une parade, un Grand-Guignol ; nous pouvons nous y prêter, comme l'on se prête à un feuilleton ou à un roman du *gang* ;

mais pas un instant nous n'y sentons engagée une vérité humaine. Les coups de théâtre se succèdent et rivalisent d'invraisemblance ; un fils tue sa mère : « Ne cherchez pas, s'écrie l'avocat, ce fils est une victime de la guerre. » On acclame le défenseur, on acquitte le coupable...

Tout cela n'est rien au regard de l'expression. Nous ne réclamions de cette langue ni pureté, ni délicatesse ; il nous eût suffi qu'elle fût neutre, voire médiocre. « Il préférait recourir au dédain qu'à l'envie », dit l'auteur ; et, après tout, c'est fort bien. Mais il écrit, et il le fait à chaque page, et vraiment je cite au hasard : *Il eût voulu dire à sa fille qu'il l'aimait jusqu'à l'agonie, qu'il la suppliait de rester toujours telle qu'elle était en cet instant, dans son innocence et sa simplicité, lui crier qu'il souffrait pour elle une angoisse de mort — mais il ne savait confier son tumulte qu'aux images de piété.* Ailleurs : *Un désir, qui colora l'air en rouge sombre, posséda Richard : retourner à la chambre d'Etienne et l'y frapper, l'étendre, l'assommer, le piétiner, le laisser mort parmi les débris de ses tableaux, de ses meubles et de ses livres. Richard faisait déjà face à la maison et, déjà, s'élançait sous le porche quand la pensée le traversa qu'il allait trouver sur son chemin, dans l'appartement, cette femme... et son fard... son parfum, ses yeux... Et Richard s'arrêta. Cette femme lui faisait trop peur.*

Ce n'est là que monnaie courante. Veut-on de plus audacieuses trouvailles ? *Il connaissait la saveur, aux doigts, de la substance que les femmes dissimulaient sous leurs robes et sous leurs toisons.* Ou bien, dans le même ordre de recherches : *Ses doigts se portèrent vers le trait de peau découvert par la jupe. A peine en eut-il senti l'élasticité, la chaleur, que Richard oublia tout au monde. Sa main remonta vers l'origine de la vie. Un long gémissement traversa le clair de lune...*

Je veux croire qu'au moins, le livre s'est bien vendu.

POUR UN GRAMMAIRIEN

Pérouges est une minuscule cité de Bresse, où subsistent, parmi des ruines et de médiocres bâtisses, quelques vieux palais. Cités mortes, villages fortifiés, bourgades abandonnées sur un haut lieu : la France ne manque point de telles reliques. Promenez-vous à travers les provinces du Centre et du Midi ; voici, au hasard, Blesle, Usson, Saint-Cirq-Lapopie, La Couvertoirade, Gordes en Vaucluse, Cordes, avec un *c*, dans le Tarn, Cucuron le romantique, Puycelsi, et tant d'autres lieux que l'on ne peut voir sans rêver d'y vivre. Là, de nobles pierres vous attendent, des fenêtres à meneaux, des voûtes, de hautes cheminées, le départ d'un escalier monumental, parfois un blason ; il suffit d'assembler, de consolider, de compléter tout cela. C'est ainsi que M. Edouard Herriot est devenu seigneur de Pérouges, ou plutôt baron : puisqu'il succède à Claude Favre, baron de Pérouges, seigneur de Vaugelas, dont, en juillet dernier, il célébrait la mémoire.

Il va de soi que cet anniversaire ne pouvait éclipser celui de Balzac. Je ne sais même si l'on n'en a pas un peu souri. N'importe : c'est l'un des plus français qui soient. On dira : « Un grammairien ! » Mais précisément, un grammairien. Imaginez une France sans grammairiens ! C'est le seul pays du monde qui se passionne encore pour les délicats problèmes du langage. Crise politique, vie difficile, menaces de guerre : rien ne saurait empêcher que ne paraissent chaque semaine, dans nos meilleurs journaux, les rubriques de l'honnête parler. Elles ne sont pas réservées aux pédants : tel médecin de Lunéville, tel notaire de Carpentras réclament ou apportent un avis sur une expression douteuse. L'autre jour, dans un village du Gâtinais, je suis allé chercher du miel ; l'apiculteur, à l'ombre d'un tilleul, étudiait les « Consultations grammaticales » du *Monde ;* j'ajoute qu'il se trouvait en léger désaccord avec M. Dauzat, ce qui l'affligeait. On sait le temps et l'intérêt que donne un Gide à ces questions : il en vient à négliger le cinéma. M. André Rousseaux, dans une de ses chroniques récentes, reproche à Jouhandeau d'écrire mal et choisit dans *l'Imposteur* quatre exemples d'incorrections. Jean Paulhan lui réplique aussitôt, dans *la Table ronde,* que ce ne sont pas là des incorrections, et que, s'il est un parfait exemple de mauvaise écriture, c'est M. Rousseaux lui-même qui ne cesse de le donner, encore qu'il ne se montre pas plus incorrect que le tout-venant des gens de plume. Restons-en là ; nous pouvons déjà surprendre la diversité des grammairiens ; disons grossièrement que les uns s'en tiennent à la lettre (et à la férule), tandis que les autres songent avant tout à l'esprit de la langue. Je ne parlerai guère que de ceux-ci, même s'il leur arrive, comme à Vaugelas, de faire la part trop belle aux tendances d'une époque. On ne peut aimer la langue française sans leur rendre hommage.

❖

Parmi toutes les langues modernes, il n'en est pas, me semble-t-il, qui ait suscité autant d'ardeur et de dévouement, autant d'efforts, de soins jaloux et de scrupules que la nôtre. Sans doute, dès le Moyen Age, elle révèle son génie et permet de pressentir la perfection où peut la porter un art plus rigoureux et plus subtil. Mais elle se choisit à la Renaissance ; elle choisit d'être la plus belle langue des temps nouveaux. C'est un des grands spectacles de notre histoire littéraire, que celui de tous ces écrivains : poètes, grammairiens, traducteurs, humanistes, de Rabelais à Pasquier, de Du Bellay à Henri Estienne ou à Montaigne, qui jusque dans leur désaccord n'ont qu'un souci : défendre, enrichir, perfectionner l'idiome national.

Au regard de ces immenses chantiers, on peut trouver moins grandiose le travail de réforme et d'épuration qu'accomplit le siècle classique. Mais il ne réclame pas moins d'ardeur ; il exprime la même foi ; il témoigne d'un souci plus vif encore d'une forme vraiment française. Pourquoi opposer à ces tendances nouvelles le foisonnement de la Renaissance ? De Rabelais à Jacques Amyot et à Montaigne, l'évolution de notre prose marque un désir croissant de discipline. Veut-on mieux le sentir ? Il n'est que de comparer les deux versions de *l'Institution chrétienne,* que donne Calvin, ce grand prosateur, à dix-neuf ans d'intervalle. Et vers la fin du siècle, un La Noue, un

Du Vair surtout, sont, par la structure périodique de leur phrase, à demi engagés dans le siècle suivant. Ne croyons pas enfin qu'une telle réforme puisse être déclenchée arbitrairement. Celle de l'impérieux Malherbe est amenée par son temps ; elle répond à l'ordre qui suit les guerres civiles, à l'unification de la France, à l'affermissement de la royauté, au nouveau prestige de Paris et de la Cour.

Guez de Balzac rit de Malherbe, qui, d'un gérondif ou de l' « arrondissement » d'une période, fait une affaire d'Etat. On peut rire de Balzac quand il s'évertue sur une cadence. Charles Sorel, dans *Francion*, rit des poétereaux qui se demandent, le cœur serré, s'il faut dire : *Il eût été mieux* ou *Il eût mieux été, de savants hommes* ou *des hommes savants*. Et Molière, s'il ne rit de Vaugelas, rit du culte dont on entoure les fameuses *Remarques*. — On a bien raison de rire : les grammairiens ne se prennent que trop au sérieux. Mais enfin l'action de Malherbe, de Balzac et de Vaugelas s'exercera sur l'ensemble du siècle, parfois regrettable, très souvent heureuse. C'est qu'il ne s'agit pas seulement d'un gérondif ou de l'ampleur d'une période, mais de l'évolution et de la beauté d'une langue. C'est qu'aussi bien le moindre mot que l'on introduit ou que l'on déplace dans une phrase, le moindre son que l'on modifie : la phrase tout entière change de valeur et presque de sens. On dira aujourd'hui : « Ce sont là des vétilles. » Je réponds qu'une page, une phrase de vrai et beau français est une leçon d'art et d'esprit. Ce n'est pas de la grammaire que naît une grande œuvre ; mais il est une intelligence de la langue, dont les grandes œuvres se passeraient malaisément.

Vaugelas vient à son heure. Il précise et corrige tout ensemble l'action de Balzac et celle de l'hôtel Pizani.

On peut reprocher à Balzac d'être pompeux et froid, et même d'être creux. Mais on ne peut contester les services qu'il a rendus à notre langue. Nul ne montre avant lui une telle passion du mot propre et de la clarté. Par la juste mesure qu'il applique à la période, par la fermeté et le nombre qu'il travaille à lui donner, il transmet à Bossuet un instrument auquel rien ne manque, sinon la chaleur du génie.

Le rôle des Précieux n'est pas moins important. Ecole d'élégance et de délicatesse, l'hôtel de Rambouillet agit à la fois sur la langue, sur le goût et sur les mœurs. Et longtemps il le fait sans affectation ni pédantisme. Plus tard viendront les excès et les déformations grotesques. Mais le véritable esprit précieux, c'est celui que sauront maintenir La Rochefoucauld ou Saint-Evremont, madame de Sévigné ou madame de La Fayette, La Bruyère, Fléchier ou Fénelon.

Ami d'Arthénice comme de Balzac, membre de l'Académie naissante, Vaugelas reçoit en quelque sorte la mission d'établir le code du goût nouveau. Il y consacre sa vie et n'y apporte pas moins de prudence que de passion. On le discute parfois : ainsi fait La Mothe Le Vayer ; de même, avec plus de force et de logique, la *Grammaire raisonnée* de Port-Royal, œuvre d'esprit cartésien, que Lancelot écrit et qu'Arnauld dirige. Mais enfin Vaugelas impose ses décisions. « Si *félicité* n'est pas français, annonce Chapelain, il le sera l'année prochaine. M. Vaugelas m'a promis de ne pas lui être contraire, quand nous solliciterons pour lui. » Ajoutons que cet amoureux du bon langage est lui-même un fort bon écrivain : sa traduction de Quinte-Curce le montre assez, qui, trois ans avant les *Provinciales,* apporte un modèle de tenue et de pureté.

On trouve, dans les *Remarques sur la Langue française,* plus d'une assertion hasardée, et même quelques erreurs. Parmi les mots et les tournures condamnés par Vaugelas, beaucoup ont survécu. Mais Vaugelas ne prétend point fixer la langue ; il veut en dégager les principes essentiels : « Je pose, dit-il lui-même, des principes qui n'auront pas moins de durée que notre langue et notre empire. »

Il se défend aussi bien de tout arbitraire. En matière d'élocution, le seul maître à ses yeux, c'est l'usage. Mais non point cet usage que Malherbe étendait jusqu'au peuple. Les temps ont changé. Vaugelas ne songe qu'au *bon* usage, à celui de la cour. C'est ainsi qu'entre l'esprit populaire et l'esprit de la société élégante, il précise la rupture.

Que ce soit là un danger grave, il va de soi. Mais l'effort de Vaugelas se trouve en harmonie avec l'évolution de son temps. On ne peut au reste lui reprocher de n'avoir point un sens très haut de la langue française : « Il n'y a jamais eu de langue, dit-il, où l'on ait écrit plus purement et plus nettement qu'en la nôtre, qui soit plus ennemie des équivoques et de toute sorte d'obscurité, plus grave et plus douce tout ensemble, plus propre pour toutes sortes de style, plus chaste en ses locutions, plus judicieuse en ses figures, qui aime plus l'élégance et l'ornement, mais qui craigne plus l'affectation. » Quelques changements que notre langue ait pu subir depuis Vaugelas, reconnaissons que les caractères qu'il en dégage ainsi sont presque tous des caractères essentiels. Il ajoute : « Il n'y en a point qui observe plus le nombre et la cadence dans ses périodes, en quoi consiste la véritable perfection des langues. » Mais il dit aussi, parlant de la « naïveté » (entendons le naturel) : « J'oserai lui donner la première place parmi les perfections du style. »

En vérité, la langue que défend cet académicien n'est nullement ce que l'on appellerait de nos jours une langue « académique ». Il n'y entre aucune complaisance, aucun ronronnement. Elle combat encore, et, si elle connaît ses premières victoires, elle ne s'en laisse pas amollir.

Nous savons bien ce qui lui manque, ce dont elle fera plus tard la conquête, non sans toutefois céder sur un autre terrain. Mais quoi ! elle va devenir cette création exquise, ce témoignage de haute culture, ce merveilleux moyen d'échanges, que l'Europe presque tout entière, pendant un siècle, adoptera. Et, pour ne point quitter la France, nous verrons par exemple une reine, un jardinier, une courtisane, un ingénieur, un soldat, un diplomate [1] se rejoindre dans le simple et naturel usage d'une forme raffinée.

On va dire peut-être : « Mais les grands écrivains ? Mais les hommes de génie ? » Oui, c'est vrai, nos grammairiens n'aiment pas beaucoup penser à ces gens-là. Vers la fin du siècle, quand règne le P. Bou-

1. Madame de Maintenon, La Quintinie, Ninon de Lenclos, Vauban, le marquis de Nointel.

hours, esprit charmant, subtil, et bon disciple de Vaugelas, on voit Bossuet et Saint-Evremont, Boileau, Bussy et La Fontaine, le tenir en très haute estime ; on voit même Racine lui envoyer le manuscrit d'une de ses tragédies, afin qu'il en souligne les fautes de langage. Et nul doute que le bon Père n'ait lui aussi un sens très fin de notre langue. Quels sont donc les maîtres qu'il nous propose ? Ceux dont j'ai parlé : Bossuet, La Fontaine, Racine ? Il n'en est point question. Mais Conrart et Pellisson, Costar et Patru, d'Ablancourt et Cureau de la Chambre...

Au demeurant que ne se passe-t-il ? Un Racine s'accommode fort bien des remarques de Vaugelas et même de celles du P. Bouhours. Un Bossuet déjà s'y trouve moins à l'aise. Mais que viennent un Pascal, un Retz ou un Molière, le langage qu'ils emploient ne se pique pas d'une stricte observance à l'égard des règles. Et dans la mesure où ils témoignent d'un plus profond génie de la langue, s'ils s'écartent des grammairiens du jour, ils suscitent ceux du lendemain.

VINGT MOIS APRÈS

L'année dernière, j'ai consacré l'une de mes chroniques aux jeunes romanciers de la violence, particulièrement à Hervé Bazin et à René-Jean Clot. Vingt mois après, nous retrouvons ces jeunes mousquetaires ; l'un vient de publier *la Mort du petit cheval,* le second : *Empreintes dans le Sel.* Nous les attendions à ces nouvelles prouesses.

C'est surtout à Hervé Bazin que le titre de mousquetaire semble convenir. Un mousquetaire de la révolte, fringant, audacieux, querelleur. Que de coups d'épée contre la famille, la morale courante et la société ! Quel tempérament farouche, quelle irréductible conscience ! Ravi, heurté, attendri, enthousiaste, le bon lecteur attendait de chaque livre une manifestation plus violente de cette audace. Cette fois, le voici comblé : il serait bien ingrat s'il n'en convenait point. Et comblé de façon singulière : qu'il le reconnaisse aussi. Car enfin, après avoir trouvé dans *Vipère au poing* un fils qui tente de tuer sa mère, dans *la Tête contre les Murs* un voleur, un demi-fou en proie à des brutes ou à des inconscients, qu'espérait-on de l'auteur ? D'autres tares, de vrais crimes (j'entends en peinture) ? C'était méconnaître les ressources d'Hervé Bazin. Il a trouvé mieux : la sagesse et l'ordre, presque la vertu.

On ne l'avait pas compris ; on s'était laissé prendre aux apparences. Et lui le premier ; il l'avoue, il le proclame ; c'est qu'il n'était alors qu' « un petit garçon, un adolescent qui forçait son talent et qui jouait au noir au temps de la Bibliothèque rose ». Sa mère, la fameuse *Folcoche ?* Bah ! une pauvre femme ; appelons-la désormais *la vieille* ou *la veuve :* « Non, vraiment, je ne te haïssais pas, ma mère ! »

Mais cette haine contre la famille et la société, cette haine qui naguère éclatait à chaque page ? — Attention, il faut distinguer. Il s'agit d'une haine, la plus légitime, contre les mauvaises familles et contre les mauvais éléments de la société. Mais quand le narrateur fonde lui-même une famille, quand les éléments sains de la société reconnaissent sa valeur et ses droits, tout change, tout devient non seulement acceptable, mais digne d'éloges.

Mais ce terrible mépris pour l'oncle académicien, pour les honneurs et les prix littéraires ? — Encore une fois, simple question de personnalité et de mérite. Si Hervé Bazin a obtenu deux prix, s'il prétend aujourd'hui au Goncourt, qui oserait l'en juger indigne ? Et n'ajoutez rien, ou il vous dira qu'il parle, qu'il agit « par provocation ». Ce que peut être la fidélité à soi-même, il le sait : non pas un esclavage, mais, quand il le faut, une adaptation. Il sait aussi, il sait enfin ce que doit être la révolte : non pas une bataille contre des moulins, mais une orgueilleuse affirmation de soi-même au cœur du monde. Car tout est dans la manière et dans le ton.

❖

Le ton et la manière d'Hervé Bazin ne m'inspirent aucune sympathie. Quand j'ai parlé de ses œuvres précédentes, j'ai fait des réserves précises : j'y voyais du talent, mais un esprit plus soucieux d'attitudes, voire d'esbroufe, que de sincérité : « Je souhaite, disais-je, que le fauteuil jadis occupé par un oncle académicien ne l'empêche plus de dormir. » Je ne croyais point toutefois que le repos d'Hervé Bazin prendrait si vite une telle assurance.

Quelques tendres âmes ont fêté le retour de l'Enfant prodigue. Je voudrais m'associer à ces agapes ; mais vraiment on fait, du veau gras, une consommation abusive. Rien de plus noble pour un homme, et surtout pour un écrivain, que de dire : « Je me suis trompé. » Hervé Bazin ne peut le dire, parce qu'il ne s'est pas trompé ; il ne peut revenir au bercail : il ne l'a pas quitté. S'il célèbre à présent la famille, le travail et le bonheur, d'où vient que pas un instant il ne nous touche, alors que le plus humble témoignage, fût-il sans qualité littéraire, trouverait si vite une place en nous ? C'est qu'il y apporte la même superbe et la même absence d'humanité, qu'il mettait naguère à célébrer sa révolte.

Que le narrateur nous raconte la vie assez dure qu'il mène à Paris, jeune bourgeois en rupture de ban, nous sommes étonnés par le vide et la sécheresse d'une telle expérience. Des anecdotes, des traits pittoresques, des commentaires désinvoltes ; mais nulle densité humaine, presque nul contact avec le monde qui l'entoure. Rien ne compte pour lui que son histoire et sa figure. Le reste ? « Une petite ardoisière de Trélazé ou une arpète de la Doutre, au passage, pan ! comme le vieux tirait les sarcelles, je ne dis pas non. » — Paule, la vieille putain sentimentale, qui le déniaise, le soigne et vend sa bague pour qu'il puisse épouser une jeune fille ? « Je n'aime pas le mélo ; » Paule est assez payée par l'honneur qu'il fit à sa couche, de loin en loin. — Donc, Monique, la jeune fille, la charmante dactylo qu'il épouse ? « J'entends respecter ma femme dans la mesure où il s'agit de me respecter moi-même. » Au reste : « Le mépris n'est qu'une ressource imparfaite : le respect que nous vouons à un être est une bien pire injure faite à tous ceux à qui nous le refusons. » Et si Monique devient mère, et mère excellente : « elle obéit à cet instinct qu'elle partage avec l'hippocampe, la jument et la corneille. Pas sacrée pour autant, Monique ! Simplement vouée à des exigences fonctionnelles, à une dignité fonctionnelle, si l'on veut. » — Eh bien donc, l'enfant qui naît ? Bien sûr, l'enfant est sacré, puisqu'il est « Jean Rezeau numéro deux » : car « il me déplairait de rester un descendant et de ne pas devenir un ancêtre ». Et l'auteur commente : « Tout cela est très simple, très profane, admirablement simple et profane, comme le bonheur. Excusons le mot, qui vient de m'échapper, comme nous avons excusé le mot *amour*... Il faut bien parler la langue vulgaire si l'on veut se faire comprendre. » — En vérité, même en langue vulgaire, on ne saurait parler de reniement. Il s'agit d'une simple liquidation, ou, si l'on préfère, d'une mise au point. Idées, propos ou positions, rien ne compte enfin, répétons-le, que l'affirmation d'un homme, d'une manière et d'un ton.

❖

Nul doute que le ton d'Hervé Bazin se soit singulièrement affirmé. L'auteur en use à merveille ; davantage, il y adhère. Un ton superbe, désinvolte, amusé, cinglant, cynique, éloquent, familier (on m'entend), çà et là assez déclamatoire, çà et là, grand Dieu ! un peu sentimental, précieux ou gentiment canaille, au demeurant toujours soutenu, dans sa diversité, par une égale assurance comme par un égal souci de l'effet, et même de la provocation. Mais ce n'est plus seulement d'un ton qu'il convient de parler ainsi ; c'est de l'art d'un auteur, et j'en admire les grands progrès. L'écrivain qui se cherchait dans *Vipère au poing,* et qui s'était quelque peu perdu dans *la Tête contre les Murs,* vient cette fois de se trouver.

Je dis : l'écrivain, non pas le romancier, qui reste faible. Hervé Bazin ne parvient pas plus à organiser une action qu'à faire vivre ses personnages ; il conte mal, il ne sait pas nous mettre en confiance, en attente. Non, il n'est pas romancier, et je doute qu'il le devienne. C'est que précisément il ne s'intéresse qu'à lui-même, ou plutôt à sa figure.

Il essaiera donc d'en faire la matière de ses livres. Voilà qui peut suffire pour une parade, brillante, nerveuse, un peu grinçante. Mais je crains que Montherlant, qu'il ne quitte guère des yeux, ne lui donne là-dessus un excès de présomption. Non pas que l'influence de Montherlant s'exerce sur lui sans bonheur ; et même on croit trouver entre eux certaines affinités assez profondes. Ecoutez le monologue du héros, lors des premières confidences de sa fiancée : « Chuchote, petite fille. Ce que tu me racontes n'a aucune importance... Chuchote quand même tout près de mon oreille. Oui, là, plus près. Ne t'effarouche pas : si je t'attire contre moi, c'est pour te rendre la chose plus facile. Malgré le bain, tu sens encore la savonnette. Au fait, que dis-tu ? On a dix-neuf ans. On est bien seulette. Maman est morte, il y a huit ans (commentaires navrés sur cette chance. Mais oui, mais oui, je compatis)... « Une mère... » Je connais l'antienne. Maintenant, par principe, je ne proteste plus, je hoche la tête, j'écoute d'un air pénétré toutes considérations édifiantes sur les génitrices. Restons sublime et sombre : ce genre noir goudronne les routes du succès auprès des dames, car elles sont toutes des génitrices en puissance et entendent vous réconcilier avec la profession. » Et le soir du mariage : « Je m'efface devant toi. Je mets la main sur ton épaule. Je sens bouger ton omoplate. Et je souris, parce qu'elle va *toucher,* ton omoplate, comme celle du lutteur. Ne me débarrasserai-je donc jamais de cette vitalité hostile ?... Malgré la loi et les prophètes qui me donnent ici tous les droits, malgré ta bonne volonté qui se rétracte à peine, j'hésite, j'éternise ces gestes qui ressemblent aux préparatifs de l'exécuteur. Délicatesse ? N'en crois rien. Je te prolonge, ma souris. Je suis tiraillé entre l'envie de te happer et la peur de te détruire. »

Cette veine insolente, cette parade inventive et gouailleuse, qui n'y retrouverait le souvenir des *Jeunes Filles ?* Chez Bazin toutefois, le jeu a moins d'ampleur et d'allure, peut-être moins d'assises. C'est un jeu de « petit coq », si l'on ose dire, et l'on en voit le prix. Bazin, plus court, se rattrape sur la frénésie et le coup de menton. Jusqu'où cette émulation va-t-elle le conduire ? S'il compte dans sa famille un académicien, il ne descend pas des Croisés, ni même de Saint-Cyran. S'il ne nous laisse pas ignorer sa culture, saura-t-il égorger son fils, le jour où le garçon refusera d'apprendre le latin ? S'il nous apparaît déjà comme un moraliste, saura-t-il, lui aussi, écrire un traité de l'honneur et de la chevalerie ? — Mais enfin, quelque jeu qu'il mène, je suis sûr aujourd'hui qu'il y apportera un talent de plus en plus vif ; presque sûr aussi qu'il trouvera, dans la saine partie de la société, un écho de plus en plus flatteur.

❖

Quel dommage que les dons d'Hervé Bazin et ceux de René-Jean Clot ne se trouvent pas rassemblés chez un même écrivain ! J'attendais le nouveau livre de Clot pour triompher définitivement de Robert Kemp [1]. Le livre a paru. Ah ! je me demande si Kemp n'avait pas vu plus clair que moi. Je n'ai point changé d'opinion sur *Fantômes au Soleil ;* mais ce que Robert Kemp y blâmait, et qui me paraissait limité, presque accidentel, en tout cas compensé par le tempérament de l'auteur, vient d'envahir *Empreintes dans le Sel,* troisième roman de René-Jean Clot.

Ce livre contient pourtant les meilleures pages que le romancier ait écrites, les scènes les plus fortes et les mieux venues, les « morceaux » les plus saisissants. C'est surtout au début qu'on les trouve ; nous sommes à Blida, dans la maison d'un dentiste, à qui

1. Voir page 105.

un bridge vient d'être dérobé. Quel est le voleur ? Le fils du dentiste, gamin de quinze ans, qui n'en est pas à son premier coup ? L'enfant proteste, et la mère jette les hauts cris : un père accuser son fils, quel cœur dénaturé ! Si ce n'est l'enfant, c'est donc la femme de ménage, une Arabe ; en vain se défend-elle, on la chasse. Bien entendu, l'enfant est le voleur ; mais il ne lui suffit pas d'avoir volé, ni d'avoir chargé une innocente ; il faut braver la victime. L'Arabe est restée dans la rue, devant la grille de la maison ; derrière la grille, l'enfant l'interpelle, l'exhorte, la sermonne : qu'elle avoue, voyons ! qu'elle rende le bridge ! On ne lui fera pas de mal ; peut-être même lui donnera-t-on une récompense. Engourdie par le soleil, grosse de rage et de détresse, la femme se tait. Le gamin s'exaspère, la menace, l'insulte, la bafoue, et soudain, au comble de la jouissance, sous les yeux de sa mère, jette aux pieds de l'Arabe le bridge qu'il a volé. Je doute que l'on puisse aller plus loin dans le sens et la peinture de la cruauté. C'est une suite de courtes scènes, dont l'intensité dramatique ne cesse de croître. Si monstrueux que soient les faits, ils ne donnent aucune impression d'invraisemblance ; ils sont au reste servis par la fixité du décor et la violence de l'atmosphère.

Sans atteindre à la même réussite, d'autres scènes, çà et là, sauront encore nous frapper. Mais elles se trouvent noyées dans l'ensemble. Seule, la première partie du livre offre une cohésion véritable ; elle se déroule en quelques jours, dans la même petite ville d'Algérie, et concentre toute notre attention sur la lutte du père et de son fils voleur. Parvenus au tiers de l'œuvre, nous quittons Blida pour Paris, et pour un nouveau drame. Non pas un drame différent, dira l'auteur ; mais la source et l'explication du premier. De fait, on nous avertit que René-Jean Clot, « avec une force singulière, a écrit la sombre tragédie de l'hérédité ». C'en est plutôt le mélodrame, qu'il me paraît avoir écrit, sombre et saugrenu tout ensemble, singulier sans doute, singulier dans l'invention des scènes et des personnages, mais aussi dans la gratuité des faits, dans la complaisance du récit et dans les erreurs de la forme.

A Paris, où l'on doit confier l'enfant à des éducateurs religieux, le dentiste fait descendre sa famille dans le médiocre hôtel qu'il habita jadis, étudiant. A peine libre, voilà qu'il gagne les water-closets ; il s'y enferme : il y retrouve sa jeunesse, sa vraie figure, son âme, et se livre, en cent vingt pages, à ses souvenirs. (Si l'auteur a voulu donner au lieu de cette évocation une valeur de symbole, je crains qu'il n'y ait que trop réussi.) Le père fut lui-même un voleur, et le plus cynique, le plus crapuleux. Chez un brave homme qui l'accueillait et lui montrait une précieuse collection, il a dérobé deux montres (la scène est bonne, bien que trop longue, trop appuyée) ; il a dépouillé sa maîtresse, une Polonaise, du seul argent qu'elle possédât... En vérité, au regard du père, le fils est un charmant petit diable. — Un coup de cordon sur la chasse d'eau !

Mais toute l'eau du monde n'effacerait pas un tel passé. Le dentiste à chaque heure le retrouve, dans les nouveaux larcins de l'enfant, dans les rues et les rencontres, dans les soupçons de sa femme, qui le prend en haine et le trompe avec un bouffon. Il se sent traqué, il est malade, il délire. Frappé du typhus, il agonise ; et tandis que son ancienne maîtresse, la Polonaise, pénètre dans la chambre du mourant et lui sourit avec bonté, il rend l'âme en répétant l'incantation des *Nourritures Terrestres* : « Blida, Blida, Fleur du Sahel ! Petite rose ! »

Quelles que soient les intentions de l'auteur (et Dieu sait qu'il en a !) comment pourrions-nous être pris par cet extravagant *mélo* — ou, si l'on veut, cette tragédie de Grand-Guignol ? Et si je ne conteste pas à un romancier le droit de choisir ses thèmes et ses personnages, fussent-ils les plus sombres, comment accorder crédit au monde qu'il met en scène, lorsque nous n'y trouvons, du premier au dernier mot, que deux éléments : l'abjection et la sottise ? La satire elle-même perd toute virulence, à jouer sur une telle uniformité de bassesse.

Il était naturel que l'écriture reflétât les vicissitudes du récit. Nette dans les premières scènes, ou du moins sans excès de surcharge, elle prend une fantaisie de plus en plus douteuse, de plus en plus pénible, à mesure que le délire gagne en frénésie invertébrée. Et même elle devient franchement exécrable. Que l'auteur écrive, à propos d'une vitrine de montres : « aucune ne se ressemblait », nous sourions et sommes désarmés. Je ne retiens pas davantage les fautes d'orthographe ou de syntaxe. De même, je suis prêt à tenir pour une simple distraction les neuf adverbes en *ment* qui se rejoignent en dix lignes, page 375 ; l'ennui, c'est que le livre tout entier se trouve envahi par ces lourdeurs ; c'est qu'à tout instant, on y *articule lentement,* on y *fixe intensément,* on y *réfléchit instantanément,* on s'y *amuse prodigieusement,* on y *sent suprêmement, démesurément, mysté-*

rieusement, voire *imperturbablement.* — Mais je songe beaucoup plus au clinquant, à la prétentieuse verroterie, aux joliesses concertées et ravies d'elles-mêmes, qui parsèment ce roman. Veut-on des exemples ? « *Les ronflements de Clara, sentinelles postées dans le silence comme d'inefficaces levains de haine.... La paille explosait comme une chevelure dérobée à la sagesse des campagnes... Vers midi un cocon de feu cardait sa soie bleue à perte de vue sur un métier de pierres et de poussière... Tout le ciel bleu lui coulait dans les paupières une bague dorée... Ces chants jetaient les cendres du soleil sur ses tempes... Maud cherchait au ciel les premières étoiles comme des cicatrices de brûlures sur le corps d'un mort bien-aimé... C'est à la dernière heure de la nuit que le ciel a rendu son tablier à la terre...* Je cite au hasard, hélas ! Jamais encore René-Jean Clot ne s'était livré à cette orgie de mauvais goût. Et je n'ai parlé que de raffinement poétique. Voici, sans doute, la force et l'audace : *Brusquement elle éprouva le désir de montrer des photographies d'elle-même à Levrel. Ce fut aussi violent que le besoin d'uriner.* — Ce qui, je l'accorde, est moins indécent que d'écrire, comme fait le même auteur : *Il ne savait pas encore qu'il était mort, traînant un cœur fané dans des vases d'or...*

Je n'éprouve pas le moindre plaisir à relever de telles erreurs chez un écrivain en qui j'avais confiance et que je fus l'un des premiers à défendre. C'est qu'il ne s'agit pas là de menues taches, mais d'un vice assez grave pour ruiner définitivement, s'il se répète, l'œuvre tout entière de René-Jean Clot. *Empreintes dans le Sel* est dans son ensemble un livre bâclé et d'une extrême complaisance. Jusque dans ce livre pourtant, Clot témoigne de qualités singulières et même ça et là, je l'ai dit, plus éclatantes que jamais. Attendons encore. Je souhaite qu'il apporte à sa prochaine œuvre moins de présomption et plus de conscience.

VISAGE DE JEAN SCHLUMBERGER

Eveils, de Jean Schlumberger, me semble un des beaux et bons livres de ce temps. On y trouve les meilleures pages que son auteur ait écrites. Ce n'est pas assez dire ; on y trouve l'histoire et la parfaite expression d'un esprit comme d'un écrivain. Et comme il s'agit d'un homme qui fut longtemps associé au mouvement littéraire le plus valable, on trouve encore dans son livre un témoignage fondamental.

Si probes, si discrètes, si patientes, la figure et l'œuvre de Jean Schlumberger s'accordent mal avec les modes énervées, les surenchères et l'insolente publicité qui caractérisent aujourd'hui nos Lettres. Je me demande, il est vrai, si Schlumberger trouva jamais, fût-ce auprès des écrivains de sa génération, le crédit qu'il pouvait attendre. Son œuvre n'est pas austère ; mais flatteuse, pas davantage. Elle ne cherche pas le scandale ; elle ne porte pas une couleur politique ou religieuse ; on n'y perçoit pas cet accent péremptoire qui annonce au lecteur un génie nouveau et définitif. Le cas est grave. Je doute qu'un écrivain ait de solides chances de succès, s'il ne peut fournir à nos grands hebdomadaires l'occasion d'un reportage pittoresque ou tout au moins la matière d'un écho savoureux.

Passe encore si Schlumberger appartenait à l'une ou l'autre des Académies. La seconde, vers 1935, songea, je crois, à le couronner ; mais elle apprit qu'il n'était plus tout à fait un débutant, et passa. Quant à la première, à l'Aïeule, elle parut, voilà quelques années, sur le point de lui ouvrir ses portes ; là-dessus, M. Pagnol, l'auteur de *Marius* — notre Molière — voulut bien combler lui-même le vide dont souffrait l'auguste Corps. On fit donc savoir à Schlumberger que, devant un tel rival... Ce qu'il comprit fort bien, étant, en vrai neveu de Guizot, très averti des saines traditions.

Bon, je suis sûr que Schlumberger n'est point mécontent de sa part. La haute estime dont il jouit, moins tapageuse que la gloire, est moins sujette au caprice. Et sans doute avait-il besoin d'un léger retrait pour développer et mûrir son œuvre. Il l'a senti et s'y est plié très tôt. Il est avant tout l'homme de la conscience ; je l'entends au double sens du mot : il est l'homme qui, de lui-même et du monde, ne cesse de prendre une conscience plus vive, qui résiste à la mythologie d'une époque, qui se méfie, peut-être à l'excès, des aventures du cœur et de l'imagination ; l'homme aussi, qui, en tout domaine, s'efforce de juger ou d'agir selon sa conscience. Voilà d'abord ce qui nous apparaît dans *Eveils*.

Eveils est donc à la fois l'histoire et le fruit d'une formation. N'attendons point de Schlumberger qu'il s'y dénude. Il peut nous faire des confidences ; mais une confession, ce Huguenot, y pensez-vous ! Et ses confidences même n'ont nul caractère d'épanchement. Je ne dis pas qu'il les fasse sans plaisir ; plus d'une fois il s'attendrit, il s'émeut ; et si bientôt il réagit par un sourire, par une nuance d'humour dans l'emploi d'un mot ou dans le balancement de la phrase : cette sagesse pleine de cœur et de vivacité, c'est le meilleur de lui-même. Mais enfin, qu'il évoque son enfance alsacienne ou sa grand'mère, la fille de Guizot ; qu'il nous parle de ses premières rencontres littéraires, retrace les débuts de la *Nouvelle Revue Française* et du *Vieux Colombier,* ou nous montre deux jeunes époux (c'est lui-même et sa femme) dans leurs voyages, leurs découvertes, leurs joies et leur travail commun : tous ces traits sont les siens, sans doute, et c'est par sa présence qu'ils nous séduisent ; ils n'en sont pas moins choisis et dessinés de telle sorte qu'ils prennent une valeur *exemplaire*.

Cela n'était point facile ; il y fallait autant de pudeur que de courage, autant de clairvoyance que de frémissement. Il fallait, dans un long passé, choisir un homme, et faire ce choix sans complaisance, mais non pas sans engagement. Encore l'entreprise eût-elle échoué, si l'auteur n'avait disposé d'un instrument aussi sûr. *Eveils* vient à son heure exacte dans la vie et dans l'art de Schlumberger.

Cet art, qui n'a pas cessé de se dépouiller et de s'enrichir tout ensemble, parvient aujourd'hui à sa plénitude. Le travail de la phrase disparaît devant son bonheur. C'est une phrase toute classique par l'harmonieuse organisation, par l'accord des nuances et du relief, par l'équilibre de l'expression et de la résonance. Elle est classique, elle n'est point froide. Un homme y fait entendre sa voix. Qui ne peut en saisir le timbre particulier, c'est qu'il a l'oreille gâtée par les déclamations du jour (on l'aurait à moins).

Va-t-on souhaiter une musique plus délicate, une grâce plus fraîche, une aisance plus spontanée, ou plus capricieuse ? Mais l'auteur ne prétend point épuiser l'art d'écrire ; il ne songe qu'à donner de lui-même une expression fidèle et décente.

Au demeurant, qu'il y apporte, çà et là, un soupçon de coquetterie, c'est bien possible. Non point qu'il ait alors recours à quelque tournure précieuse ; au contraire, il veut se montrer libre, vert, sans façon : « Je fus estomaqué », dit-il ; ou bien, quand il se compare au maire de La Roque (il s'agit d'André Gide) : « J'étais terriblement boutonné. » — Qui s'y tromperait ? La cause est entendue : nous sommes en bonne compagnie.

Et même, puisque nous parlions d'une illustre compagnie, il me semble que l'auteur d'*Eveils* lui adresse parfois, au cours de son livre, un léger clin d'œil. Le plus léger, bien sûr, et presque involontaire, et qui ne fait allusion qu'aux souvenirs les plus honorables. Quels souvenirs ? Eh ! mon Dieu, ceux, par exemple, qu'évoquait Fléchier dans l'Oraison funèbre de Julie d'Angennes, duchesse de Montausier et fille de madame de Rambouillet : « Souvenez-vous, mes frères, s'écriait-il, de ces cabinets que l'on regarde encore avec tant de vénération, où l'esprit se purifiait, où la vertu était révérée sous le nom de *l'incomparable Arthénice,* où se rendaient tant de personnages de qualité et de mérite, qui composaient une cour choisie, nombreuse sans confusion, modeste sans contrainte, savante sans orgueil, polie sans affectation. » Ce n'est pas de l'Académie française, mais de l'hôtel Pizani, que parlait l'aimable évêque ; mais quoi ! cette cour choisie, cette cour savante, polie et modeste, il n'était aucun académicien, parmi les auteurs de Fléchier, qui ne la reconnût pour la sienne et n'y trouvât ses propres vertus. Aujourd'hui même, il n'en serait aucun, j'imagine. Et telle est bien la patrie commune dont pourrait se réclamer l'auteur d'*Eveils* en ses heures d'extrême sagesse, même si, dans sa mémoire et dans son cœur, la figure de l'ancien maire de la Roque se substitue à celle de l'incomparable Arthénice. De fait, aux vœux de tout honnête homme, quelle patrie idéale, pour peu que l'esprit de Guizot y introduise un surcroît de fantaisie !...

⁂

Je rougis de taquiner un homme dont j'ai pu tant de fois admirer l'indépendance, le courage et la profonde modestie. Voilà bientôt vingt-six ou vingt-sept ans que je connais Jean Schlumberger. Dans *Eveils,* il s'arrête à la guerre de 1914. Quand la *N.R.F.* reprit sous la direction de Jacques Rivière, le rôle qu'y joua Schlumberger ne fut plus sans doute un rôle de tous les instants ; mais il n'en fut pas moins attentif et précieux. C'est précisément une attention, la plus scrupuleuse, et même une attente, qu'un jeune écrivain trouvait auprès de Schlumberger. Nulle complaisance dans son accueil, nul désir de se concilier la jeunesse ; des remarques précises, des conseils prudents, des mises en garde ; mais une confiance, quand il l'accordait, qui valait bien tous les éloges.

Tels furent aussi les scrupules qu'il apporta, un peu plus tard, aux réunions du comité de la *N.R.F.* Ces réunions, instaurées par Jean Paulhan, se passaient tantôt chez l'un, tantôt chez l'autre, mais le plus souvent rue d'Assas, dans l'appartement de Schlumberger. On commençait par une lecture, celle d'un ouvrage en préparation. C'est ainsi que Schlumberger nous lut un jour les premières pages de *Saint-Saturnin.* Puis (après déjeuner) l'on abordait les prochains sommaires de la revue. Cela n'allait point sans discussion. Il me semble que Paulhan mettait toute son innocence à lire les textes les plus subversifs. Parfois Schlumberger se contentait de sourire ; il arrivait aussi qu'il explosât : « Ah ! non, non. » Et, que la discussion se fût établie, je le revois qui pèse l'argument adverse, qui hésite, la main à demi levée, à demi serrée, qui médite ardemment une réponse, qui retient, presse, éprouve un mot dans sa bouche, qui le lance enfin, l'œil vif et clair, et déjà guette la réplique.

Au reste, s'il pouvait se trouver en vrai désaccord, s'il affirmait alors sa position, s'il rappelait à la prudence ou se bornait à un sourire sceptique, il était le premier à reconnaître, le cas échéant, que sa méfiance avait été excessive ; à le reconnaître et à s'en réjouir. Mais tout cela il le dira mieux que je ne fais, quand il nous donnera le second tome de ses souvenirs.

❖

Le dira-t-il ? Même dans *Eveils,* s'il nous parle de lui-même, il le fait avec une discrétion dont nous déplorons parfois la rigueur, encore que nous en goûtions l'élégance. C'est surtout des autres qu'il se plaît à parler. Et là non plus, on ne peut le soupçonner de complaisance, ni d'aveuglement. Ce qu'il ne dit pas d'un homme, il le fait sentir. Tantôt vif, tantôt estompé, son trait n'est jamais satirique ; mais il s'y mêle souvent un très lucide humour, et même le sens d'une fine comédie. Voyez par exemple cette scène de vacances : *Aux vacances de Pâques, les Drouin nous rejoignirent ; Gide également. Leur présence nous valut, d'Orthez, la visite de Francis Jammes, qui organisa une excursion sur la Bidassoa. Assise à l'arrière du bachot, un long voile vert flottant derrière elle, madame Drouin, majestueuse et un peu tremblante, semblait une déesse marine. On déjeuna gaiement sur la berge. Jammes faisait notre joie, et par sa gentillesse, et par ce qu'il nous donnait de comédie. Bien qu'il eût un batelier du nom de Jésus, il n'avait pas encore trouvé son banc dans la barque de l'Eglise. Il était un célibataire élégiaque, que sa muse vouait aux nostalgies. Soudain muet et retiré à l'écart, il s'abîma dans une crise de neurasthénie. Elle dura vingt minutes. « Le voisinage du bonheur, expliqua-t-il ensuite à Gide, me précipite dans la mélancolie. Je n'ai pu supporter la vue du ménage Schlumberger. »*

C'est un simple croquis, mais parfait ; il en est beaucoup d'autres dans *Eveils,* avant tout des croquis de caractère, comme celui-ci :

Parmi ses condisciples qui s'acheminaient tous vers des carrières précises, seul, Gaston Gallimard restait hésitant. D'autres ont décrit l'étrange bohème fami-

liale dans laquelle il avait grandi et qui était propre, tout au moins, à former le goût d'un garçon. Milieu très averti, où l'on collectionnait la meilleure peinture, les belles éditions, et où l'on avait ce vernis de théâtre et de boulevard, spécifique d'un certain Paris. Lui-même, avait été secrétaire de Robert de Flers, ce qui était une préparation à tout et à rien. A vingt-cinq ans, à défaut d'une culture spécialisée, il avait ce flair qui permet de ne pas se tromper sur la qualité d'une œuvre et d'aller droit au meilleur, non pour des motifs raisonnés, mais par une sorte de gourmandise. Pour tirer parti de ses dons, il avait besoin d'un cadre tel que le nôtre, tout comme nous avions besoin d'un collaborateur tel que lui, jeune, désintéressé, prêt à faire le don libéral de son travail et de son temps.

C'est déjà un portrait ; je ne sais ce que le modèle peut en penser ; le modèle réclamerait aujourd'hui une composition plus ample, des couleurs à la fois plus subtiles et plus profondes. Pourtant, il me semble qu'il peut regarder sans malaise cette image d'un garçon de vingt-cinq ans, hésitant, mais infaillible dans son flair et sa gourmandise, désintéressé, voire libéral... (Si Schlumberger passe la séduction, c'est qu'il la juge à bon droit bien connue.)

Gide, on le pense bien, apparaît maintes fois au cours de ces souvenirs. Et voici Péguy, Ruyters, Monfort, et, dans cette galerie littéraire, les trois portraits les plus poussés : celui de Copeau, celui de Marcel Drouin, le beau-frère de Gide, et celui d'un mystérieux « Amos ». C'est là surtout que Schlumberger nous permet de saisir la qualité de son regard ; nous en admirons à la fois l'acuité, le souci de justice et la chaleur humaine. Il n'est guère de faiblesses ou de ridicules, qui échappent à ce regard ; mais il cherche à travers eux un être plus intime, plus stable, plus vrai, qui s'ignore parfois, qui peut-être ne parviendra pas à s'accomplir, mais qui un instant semble appeler à l'aide. Ce qui intéresse le narrateur, ce n'est pas seulement le spectacle d'une vie, mais le sens de cette vie, sa flamme et sa valeur humaine.

Ce goût et ce constant souci de la valeur humaine, cette lucidité, mais en même temps cette confiance : tels sont aussi bien les plus beaux caractères d'*Eveils,* comme de toute l'œuvre de Schlumberger.

LA JEUNE SAISON

Je ne sais si cette saison du roman est la meilleure que nous ayons connue depuis la guerre. Mais c'est, il me semble bien, la plus libre, la plus jeune, donc la plus plaisante. Je ne parle que des vrais ou demi-débutants. Encore, écrivant cette chronique vers le milieu d'octobre, n'ai-je pu lire qu'une douzaine d'entre les nouveaux livres, quitte à feuilleter les autres, qui sont plus nombreux ; et la seconde partie du mois connaîtra sans doute la même abondance. N'importe ; pour marquer une saison, il suffit de quelques œuvres ; voici celles que je retiens aujourd'hui.

Je retiens l'œuvre d'un inconnu : *les Jeux sauvages,* de Paul Colin. Il y a de tout dans ce roman : fraîcheur et cruauté, fantaisie et lyrisme, extravagance et délicatesse. On y trouve un écrivain fort négligé, mais qui maintes fois sait nous ravir. On y trouve des longueurs, des influences, un foisonnement sans contrôle — mais aussi ce tumulte du cœur et de l'esprit lors d'une première création ; ce jeune monde de fantômes, d'adolescents tragiques et voluptueux, d'idées, de problèmes, tirades et déclarations superbes, qui s'abreuvent aux sources les plus limpides, parmi les arbres les plus feuillus ; cette fièvre de tout dire, qui n'en ménage pas moins un secret ; cet accent qui pique et désarme, qui reste en nous ; sous l'aplomb et la grâce consciente cette grâce plus ingénue et plus profonde : tous ces caractères enfin qui nous font accepter les invraisemblances et les artifices de la fable, parce qu'il n'est rien là qui ne nous apparaisse comme l'univers, le jeu et l'expression naturelle de l'auteur.

Ces « jeux sauvages », ce sont d'abord ceux de quatre enfants dans une libre et vraie campagne, parmi des bois coupés de marais. Quatre enfants : deux garçons et deux filles, répartis en deux maisons. François descend des Gane, qui depuis un siècle dominent la contrée ; Jean-Jacques et sa sœur Claude passent les vacances, avec leur amie Denise, dans le château que vient d'acheter leur père, le baron Herber. Que le baron séduise la mère de François et l'emmène à Londres : voilà les enfants livrés à eux-mêmes. Les jeux commencent : jeux de l'âme et du corps, simples jeux de chenapans au début, puis jeux sauvages, jeux graves, jeux tremblants et quasi mystiques. Car si l'on a commencé par assaillir de cailloux les gamins du village, c'est que « ceux qui sont libres sont des princes » et que des princes doivent s'affirmer contre la « canaille ». Les quatre enfants-princes composent une secte ; elle a son temple, qui est la forêt; elle a ses règles, qui sont la révolte et le risque ; ses rites d'initiation : avant tout, la souffrance dominée — et chacun des enfants, tour à tour, est cinglé jusqu'au sang à coups de lanière. Elle a son but, qui est de pénétrer, par la violence, par le recueillement et par l'amour, dans l'intelligence de la vie. Et c'est déjà beaucoup, pour les quatre enfants, que de se sentir unis par une amitié si fervente ; mais quand Denise, un instant, trahit ses compagnons, quand au même instant ils découvrent sa beauté, repoussent la perfide et l'appellent, l'insultent et la vénèrent : c'est pour eux une nouvelle initiation ; c'est un nouveau lien plus puissant, fait de pitié et de colère, de honte et de sensualité.

Toutefois, réduite à ces seuls éléments, l'atmosphère du livre ne pourrait rien nous offrir que ne nous aient apporté d'autres œuvres, sinon peut-être plus d'étrangeté et de frénésie. Car on devine les souvenirs qu'elle éveille : *les Hauts de Hurle-vent, les Enfants terribles,* l'*Alcyon* de Pierre Herbart, *la Mauvaise fréquentation* de Gaston Bonheur, *la Pie voleuse* de Limbour, les dessins de Balthus ; et *le Grand Meaulnes,* il va de soi : un *Grand Meaulnes* au temps du maquis, des chambres de torture et de la nouvelle gloire de Sade. (Ah ! que de chemin depuis le candide Fournier !) Oui, nous songeons plus d'une fois à ces œuvres ; mais ni l'esprit, ni la vibration particulière ni l'attrait des *Jeux sauvages* ne s'en trouvent sérieusement menacés. Dès la première partie du livre, un autre élément s'impose à nous, qui vient corriger le clinquant de la fable ; c'est le sentiment et presque l'obsession de la nature, le don de la peindre et de l'évoquer, le besoin d'en faire, non pas un décor, mais le lieu des révélations, la patrie et la communion des âmes libres. Rien de plus rare aujourd'hui, chez les jeunes écrivains, qu'un tel sentiment de la nature ; rien de plus précieux peut-être dans le livre de Paul

Colin. Vie des bêtes et des plantes selon l'heure et la saison, odeur des marécages, rumeur du vent, sous le pied résistance de la mousse ou éclatement des fênes, vives clairières ou sous-bois aquatiques : autant de pages exquises, heureuses, qui ne sont point de simples descriptions, mais semblent naître comme un chant. C'est dans le sentiment de cette vie universelle que les enfants-princes mènent leurs jeux. Accordés à la nature, si la forêt s'immobilise dans l'attente de l'orage, ils ne sont eux-mêmes qu'attente, appel, anxieuse avidité.

La première partie des *Jeux sauvages* prend la forme d'une chronique : le « Journal de François ». Quand s'ouvre la seconde, dix ans ont passé, au cours desquels chacun de nos héros a mené sa vie particulière. Adolescents, c'est à Paris qu'ils se retrouvent. Non pas tous ; Jean-Jacques, à demi fou de solitude et de révolte, vient d'étrangler sa maîtresse, et les paysans l'ont abattu. A François dès lors d'être le chef du clan et de mener à bien l'aventure commune. Brillant comme il est, riche et beau, paradoxal, plein d'éloquence et fantaisie, au surplus, j'imagine, grand lecteur de Giraudoux : on peut lui faire confiance. Les jeux reprennent, moins spontanés et plus verbeux, mais toujours cruels et, plus que jamais, jeux de princes. A Paris, Claude rejoint François, une Claude avide, mais indomptée, qu'il châtie et repousse, qui cède au premier venu, puis retourne à la solitude, tandis que François séduit et enlève la seconde fille du clan : Denise, ou la parfaite et silencieuse beauté.

Et de nouveau, voici la forêt, la maison des Gane où François vient s'installer avec Denise, le château où Claude Herber vit de souvenirs, de rage et d'attente. C'est la troisième phase des jeux. L'auteur se devait de leur donner une nouvelle frénésie ; il n'y manque point ; défis, insultes, gifles et coups de cravache, chevauchées d'enfer (l'auteur en croupe derrière George Sand, sous les yeux de Laclos), corps à corps haineux où brusquement l'amour éclate : de tout cela surgit, à la fin du livre, une heure d'apaisement. C'est le soir ; les trois amis pénètrent dans la forêt de leur enfance, en évoquant Jean-Jacques, le premier prince, mais le prince condamné, parce qu'il ne savait pas tenir un journal comme François, ni composer un roman comme Paul Colin.

« Composer », c'est un mot bien lourd, s'agissant d'un livre dont le premier caractère est le jaillissement, sinon le caprice. Et l'on a pu voir comment le romancier entend lui aussi, à sa manière, être un prince : le plus libre, voire le plus désinvolte. Il accumule les coups de théâtre et les folles péripéties, se joue de la vraisemblance, coupe l'action par des théories définitives, se jette enfin dans une si romantique fureur, que l'on songe à une parodie et que l'on se prend à sourire. Mais lui-même ne sourit-il pas ? On perçoit plus d'une fois dans son livre un curieux accent d'humour. Il est complice et il est lucide. Il joue, mais c'est son jeu. Il use d'artifices, mais ce sont là des signes. Il ne s'est pas enfermé dans son œuvre ; il y vagabonde en tous sens et nous laisse pressentir sa richesse. De là vient que ce livre, qui eût pu être exécrable, nous plaît à la fois par la vivacité de ses charmes propres, et par l'espoir que nous donne sa tumultueuse ardeur.

❖

Si libre d'allure que soit l'auteur des *Jeux sauvages,* Roger Nimier peut lui rendre des points. A qui ne peut-il en rendre ? Nimier, c'est la fantaisie déchaînée, l'humour, la désinvolture, la satire cruelle ou bouffonne. C'est un esprit plein de bon sens et un joueur extravagant. Veut-on le saisir, il se dérobe : « J'ai dit cela ? Bon, j'aurais pu dire autre chose. Tout cela a si peu d'importance ! » Veut-on juger son œuvre : « Bah ! de la littérature, une si méchante littérature ! » *Méchante littérature* comme on dit *mauvais garçon ;* mais ce mauvais garçon, ce cascadeur plein d'esprit, de drôlerie et de mordant, possède un sens peu commun du mot, de la langue, voire du ton ; si bien que la parade qu'il nous donne est la plus brillante de notre jeune littérature.

Le Husssard bleu, qui vient de paraître, est jusqu'à présent le chef-d'œuvre de cette parade. Que le mot « chef-d'œuvre » n'implique point ici une idée de perfection ! Je ne songe qu'à l'abondance et au brio. Nimier ne rêve pas encore de l'Académie, ni même du prix Goncourt. Je dis bien : « ni du Goncourt » ; quel original ! (je le verrais mieux armé pour le Femina, pour un Femina dernier cri : quoi qu'il puisse faire, et jusque dans ses énormités, il garde tant de grâce ! Ah ! si ces dames laissaient parler leur cœur !) *Le Hussard bleu* offre d'autant mieux l'allure d'une parade qu'il retrace lui-même une sorte de parade : celle des troupes françaises en Allemagne, pendant les derniers mois de la guerre et les premiers de l'occupation. Et déjà l'on devine la nature de l'œuvre : plutôt qu'un roman, c'est une chronique romanesque. La chronique d'une époque ? Si l'on veut ; mais, beaucoup plus, celle d'un enfant du siècle. Je ne veux pas dire que Nimier soit exactement notre Musset. J'aimerais bien pourtant l'alarmer. Car enfin, dans le refus, dans la parodie même du romantisme, on peut découvrir certain caractère romantique... Bien. Attendons ses *Nuits*.

En attendant, l'auteur du *Hussard bleu* cavalcade avec ses troupes (le char remplaçant le cheval), fait son Fabrice à Waterloo et son Stendhal en pays conquis. Pour représenter l'armée française, il a choisi une dizaine de personnages : les uns relèvent d'une vénérable légende, les autres instaurent la légende des temps nouveaux. Parmi les premiers, un tendre colonel et sa maîtresse ; un autre colonel, seul, sec et gâteux ; un capitaine rêveur, pédéraste et lettré ; enfin l'adjudant Casse-Pompon : c'est tout dire. Parmi les autres, deux simples soldats, tous deux engagés : Saint-Anne, l'enfant de chœur, le chérubin, qui trouvera la mort dans son premier amour ; et Sanders, blasé, violent, cynique, et fervent lecteur de Retz, le beau Sanders qui, défiguré dans un combat, n'en reste pas moins le ténébreux amant.

On se plaira sans doute à chercher, parmi ces personnages, ceux qui s'apparentent à l'auteur. Ne parlons pas du capitaine, bien entendu ; écartons les deux colonels, écartons l'adjudant Casse-Pompon, pourtant bien sympathique. Restent Saint-Anne et Sanders. Saint-Anne ? Mon Dieu, tout arrive. Il se peut que jadis Roger Nimier ait eu cette charmante et malicieuse candeur ; peut-être même en garde-t-il des traces, ou du moins la nostalgie (ce serait pour le

Femina une carte sérieuse). Sanders, le chevalier sans foi, le héros en disponibilité, l'homme de la clairvoyance, des coups de tête et de l' « à quoi bon ! » l'homme en marge ? Décidément, la figure de Nimier prend une complexité inquiétante. Laissons ce grave problème de filiation. On devine la position de l'auteur — je ne dis plus sa figure — entre les deux personnages, qui s'appellent au reste, qui se complètent. Et l'on sait bien que l'auteur, quelque sympathie qu'il éprouve pour tel ou tel de ses héros, entend être avant tout le meneur du jeu.

C'est un jeu riche de mots, d'attitudes et de péripéties, un jeu où se mêlent les coups de feu, les viols, les tendres soupirs et les scènes burlesques, le sang et le gin, le Français et l'Allemand, le héros, le traître et tout l'entre-deux, le débraillé et la grammaire, la délicatesse et l'obscénité. C'est encore une fois et plus que jamais le jeu de l'auteur ; et voilà bien le reproche que l'on ne manquera pas d'adresser au *Hussard bleu* — mais un reproche qui devient un éloge, dès l'instant que l'auteur choisit, affirme et réalise son jeu.

Ses personnages défilent tour à tour devant nous, chacun d'eux prend la parole et se raconte ; chacun, par son monologue, éclaire et fait progresser le drame. Et chacun parle à sa manière; le capitaine en pédant, le colonel en colonel, le petit Saint-Anne en innocent futé, Sanders en héros des temps modernes ; quant à Casse-Pompon, je doute qu'on puisse jamais le rejoindre en truculente et précise obscénité. Va-t-on dire qu'à travers cette diversité du ton et du vocabulaire, on retrouve partout l'auteur lui-même, son extrême aisance et son art du langage ? Rien de plus vrai. Nimier l'écrivain n'est pas moins présent sous la riche ordure de Casse-Pompon que dans l'éloquence grammaticale du capitaine. En sans doute l'est-il davantage. Mais n'allons point bouder le virtuose, s'il nous convainc, par cette fidélité envers lui-même, que son jeu lui appartient en propre, et si peut-être il s'y trouve plus engagé qu'il ne le croit, ou du moins qu'il ne le laisse entendre.

❖

C'est aussi un jeu, que semble nous promettre André Bay lorsqu'il intitule son nouveau roman *l'Ecole des Vacances*. De fait, c'est une sorte de jeu que l'on y trouve : celui de la pudeur et de la mort. On n'a pas oublié les deux précédents livres de cet écrivain : un roman, *Intimité ;* un recueil de nouvelles, *Où sont nos amoureuses ?* L'émotion s'y mêlait à la grâce, l'humour à la tendresse, peut-être aussi à certaine amertume nonchalante. Mais ces caractères, qu'on les puisse retrouver dans *l'Ecole des Vacances,* c'est presque un paradoxe, même un défi, s'agissant cette fois d'une histoire si douloureuse.

Pour les vacances, une jeune femme et son jeune mari s'installent dans un coin de Bretagne, au bord de la mer, mettons par exemple à Loctudy. Ce ne sont pas de grands héros, ce sont à peine des personnages de roman ; ils s'aiment et se querellent comme tout le monde : corps jeunes, cœurs un peu assoupis. Cela ne veut point dire qu'ils manquent de mystère ; à peine Jérôme nous est-il apparu, il nous intéresse moins par ses gestes et ses propos, que par tout ce qu'il réserve de lui-même, qu'il pressent et ignore à la fois, qui l'alourdit, qui le rend en quelque sorte étranger à sa vie courante. Mais quoi ! les époux ont emmené leurs deux enfants, dont ils regardent les jeux, dont ils écoutent et répètent les mots drôles. De là des pages charmantes, sans application ni puérilité. Et puis on loue une barque, on s'empêtre dans la voile et dans les rames, on craint un soir d'être chassés en pleine mer par le jusant. Sommes-nous partis pour une chronique de vacances, ironique et sensible, et d'une plaisante intimité ? Mais non, tout ce que nous sentions d'inexprimé dès les premières pages accuse son poids et commence à prendre forme ; c'est une présence et c'est une menace ; nous ne pouvons encore les définir, mais nous sommes sûrs qu'un nouveau personnage est entré dans le jeu et va le conduire en maître. Il semble que les jeunes époux, à l'instant qu'ils s'installaient dans le train de vacances, aient été rejoints par un invisible compagnon, qui les suit en Bretagne, envahit les rêves de Jérôme, alourdit les rames, donne aux amours comme aux querelles du couple, comme aux jeux des enfants, un air tout ensemble précis et lointain. C'est la mort ; le jeune homme la reconnaît tandis qu'il cache à sa femme une première hémoptysie. Il la reconnaît pour son destin, pour son explication, attend d'être seul et s'y livre. On était parti pour la conquête des vacances ; c'est une épopée familière, en treize petits chants, dont chacun s'abrite sous une lettre de l'alphabet. Avec A, tout commence, tout espoir est permis ; mais comment la treizième lettre ne porterait-elle pas malheur, *M,* c'est-à-dire la Mort (que l'on prenait d'abord pour la Mer).

On voit que le jeu n'était pas facile. C'est une danse sur la corde raide, un équilibre entre deux sollicitations : celle de la sombre tragédie et celle de la préciosité. Qu'il y ait çà et là, dans *l'Ecole des Vacances,* quelques pointes précieuses, le mal est léger. André Bay parvient au pathétique dans la mesure même où il s'y refuse ; plus il se montre discret, plus il nous touche. C'est pourquoi je regrette un peu l'éclat final du drame, et non moins les explications que nous donne l'auteur sur son héros ; nous n'en avions nul besoin : nous « sentons » d'autant mieux Jérôme qu'il est moins formulé. Il est vrai qu'ainsi corrigé, le livre d'André Bay eût déconcerté plus d'un lecteur...

N'importe ; *l'Ecole des Vacances* est d'un esprit et d'un accent très particuliers. Par la gravité de son thème [1], la pudeur de ses moyens et la délicatesse de son écriture, cette œuvre mérite d'être lue et aimée. Courageuse et décente, elle n'est pas moins un témoignage humain qu'un roman.

❖

Parlant de Jérôme : « Il a été discret, remarque l'un de ses amis. Il ne désirait même pas que l'on s'aperçoive de sa disparition ; il nous a lâchés comme le soldat lâche sa colonne..., avec l'espoir de passer inaperçu. » Cet abandon, ce lâchage, devant le danger et la misère, ce refuge dans la mort : voilà le sujet qu'aborde aussi madame Béatrice Beck dans son nouveau livre. Toutefois, dans *une Mort irrégulière,* l'homme n'est plus le premier personnage et le centre du livre ; c'est la femme qu'il abandonne.

Béatrice Beck a publié, voilà deux ans, un premier

1. Il me rappelle celui du meilleur livre de Jean Merrien : *la Mort jeune.*

livre, *Barny,* qui n'est nullement passé inaperçu. Je me souviens qu'il en fut question pour le prix de la Pléiade, dont le but, sinon toujours l'effet, était de signaler un talent jeune et original. L'originalité de *Barny* n'avait rien, ou presque rien, que de naturel ; nul souci de mode ; nul autre souci pour l'auteur que d'exprimer fidèlement son petit univers et son histoire ; un tour précis et rapide ; un art du trait, de la scénette aiguë et du mot révélateur ; un sens plaisant d'une sorte de réalité légendaire ; et, dans le ton, je ne sais quoi de vif et de pudique à la fois, de tendre, d'averti, d'amer peut-être, mais aussi de frémissant et de désespérément jeune.

Ces caractères ne nous touchent pas moins dans le nouveau livre de Béatrice Beck. Et même ils nous touchent davantage ; c'est qu'il s'y trouvent décantés ; ils ont moins de scintillement, mais une pureté plus grande ; ils ont un jeu moins libre, mais, par leur discipline, une efficacité plus sûre.

Cette œuvre aussi bien, encore qu'elle soit la suite de la première, montre une organisation plus ferme. *Barny* était la chronique d'une enfance, les mémoires d'une jeune fille : chronique un peu trop dispersée, mémoires un peu trop riches de pointes et de menues gentillesses. *Une mort irrégulière* est un drame. A la diversité des épisodes, à leur échelonnement sur une dizaine d'années, succèdent l'unité d'une histoire et le raccourci d'une crise. Et déjà, si l'héroïne est la même, ce n'est plus elle qui parle ; on parle d'elle. Je ne dis point que ce soit là, pour l'auteur comme pour nous, une optique nouvelle. Que Béatrice Breck écrive « Barny » et non plus « je » : elle ne fait certes pas de Barny un personnage qui lui soit extérieur. Mais elle lui donne à nos yeux une figure tout ensemble plus précise et plus secrète. Nous n'en demandions pas davantage ; avec l'auteur, nous pouvons parler de Barny, héroïne de roman ; mais nous savons bien que Barny nous toucherait moins, si nous ne retrouvions dans son expérience et dans sa vérité celles de l'auteur. Au demeurant, que la troisième personne ait ainsi succédé à la première : c'est peut-être, chez Béatrice Beck, par souci de romancier ; mais surtout, me semble-t-il, par discrétion, par réserve, par pudeur.

Aux dernières pages de Barny, l'héroïne, une jeune fille belge, attendait un enfant. Cet enfant, elle l'avait souhaité, elle l'avait obtenu, par ruse, de son amant : Chaïm Aronovitch, juif d'origine polonaise, à présent sans patrie et militant communiste. Quand s'ouvre le second livre, l'enfant est né, les amants se sont épousés ; mais voici la guerre. Chaïm est mobilisé dans l'armée française ; toutefois, suspect, il se trouve inscrit sur une liste noire. Barny et son enfant vivent dans les Alpes, où les héberge la plus extravagante famille de Salutistes. C'est là que l'on apprend à la jeune femme la mort de son mari. Elle ne peut douter de cette mort, c'est sa seule certitude ; mais comment, mais dans quelles circonstances est-il mort ? Nul ne la renseigne ; on lui fait simplement savoir qu'il n'est pas mort « pour la France ». Sans fortune, sans secours, Barny travaille dans une fabrique, puis dans une école par correspondance, puis se fait modèle. Pour la troisième fois elle demande la nationalité française ; cette fois le secrétaire de mairie s'offre à l'aider : « Mais comme vous êtes gentil ! s'émerveille la jeune femme. — Vous aussi, vous serez gentille. Vous serez gentille ? » Et Barny, fermant sa porte à clé : « Il y a peu d'espoir, songe-t-elle, que je devienne jamais Française. Pourtant je le suis. » Elle apprend enfin, grâce à une bonne âme, comment est mort son mari : par découragement, par dégoût, il s'est tué. « Tu vois maintenant, se dit la veuve, que ta douleur n'était que littérature, comparée au total dénuement actuel. Tu n'as plus le droit de souffrir. Il n'y a eu ni meurtre, ni accident. Même pas mort, en somme. Un simple lâchage. »

Ces dernières paroles, c'est le seul aveu que nous fasse l'héroïne, le seul instant où elle exprime sa peine. Partout ailleurs elle se dérobe, mais d'autant plus émouvante que farouchement discrète : tels sont bien le prix et la vertu de ce livre. On n'y trouve aucune complaisance, plutôt une sorte d'humour douloureux. Comment préciser cet humour, où l'on ne saurait voir une ombre de sourire ? Il est lui-même une forme de la pudeur ; il est aussi une forme de la lucidité, et d'une lucidité qui ne se montre jamais aussi cruelle que lorsqu'elle s'exerce sur l'auteur ; je ne doute pas qu'il ne soit enfin une forme du courage.

Il se manifeste par l'étrange précision des scènes et des silhouettes, par le saugrenu d'une parole, la rapide succession des épisodes, les ellipses, les heurts, les silences même, par l'irruption d'un trait réaliste, trivial ou cocasse dans une scène pathétique, et, non moins, par l'opposition d'une scène plaisante et d'un ton meurtri. Il anime une comédie sans gaieté, mais non pas inhumaine : comédie de fantoches, d'efforts à contresens, de mots, hasards et situations absurdes. Avec les silhouettes de pantins, il est presque trop à l'aise ; mais veut-on savoir l'âpreté qu'il peut revêtir ? Quand l'enfant de Barny apprend la mort de son père, il demande d'abord à la jeune femme : « Tu vas le démourir, dis ? » Et nous songeons un instant : « Est-ce que Béatrice Beck deviendrait sentimentale ? » Un instant seulement, car l'enfant ajoute : « J'aurais si tant mieux aimé que ce soit toi qui sois morte au lieu de papa. » Voilà, tout est rentré dans l'ordre, dans le ton. J'aime bien ce ton. Je fais grand cas de cette œuvre brève, dense et singulière.

❖

Les quatre livres dont je viens de parler offrent un trait commun, qui est pour chacun d'eux un caractère essentiel. Quels que soient dans ces livres l'intérêt de la fable et parfois l'habileté de la mise en scène, ils nous intéressent avant tout par la voix et la personnalité de l'auteur ; par les rapports qu'ils nous permettent de sentir entre l'écrivain et son œuvre, c'est-à-dire peut-être par leur qualité poétique. Il en va tout différemment du nouveau livre de Michel Zéraffa. Romancier, l'auteur de *l'Ecume et le Sel* n'a eu d'autre souci que de construire un vrai et vigoureux roman.

Nul caprice, nulle recherche de séduction par la grâce, la fantaisie ou le jaillissement. C'est une œuvre amplement concertée, trop concertée sans doute, trop volontaire, mais d'une patiente élaboration. L'auteur a su choisir un milieu qui tout ensemble lui fût familier et requît l'attention du lecteur : Toulon, la plage, le peuple des officiers de marine et des ouvriers de l'Arsenal. Il a su choisir l'époque où la vie de ce milieu parût la plus intense et la plus dramatique :

l'Occupation. Il se ménageait ainsi quelques tableaux d'un effet puissant ; non pas d'ailleurs qu'il les ait traités comme des morceaux de bravoure ; ces tableaux s'incorporent à l'action et prolongent le sens de l'intrigue ; loin de n'être que de brillants hors-d'œuvre, le « sabordage de la flotte » et la « libération de Toulon » deviennent les plus fermes et les plus hauts accents de ce livre.

L'auteur a voulu enfin choisir des personnages dont le drame particulier prît une résonance symbolique. Ce qu'il entend nous montrer à travers ses héros, c'est la fin d'un monde et le début d'un autre. Thierry Malapert, issu d'une classe bourgeoise dont il est le meilleur représentant, Thierry, le bel officier de marine, homme de cœur, épris de culture et d'idéal, se voit dépassé par les événements. Marin sans bateau, chef sans troupes, s'il veut participer, lui aussi, aux combats de la Libération, il se trouve « en contact avec des êtres dont il ignore tout, sauf qu'ils sont d'une autre espèce ». Dès ses premiers pas dans le monde en formation, il est abattu par une mitrailleuse ; rien de plus naturel que cette fin : c'est la faillite d'une attitude et d'un sens de la vie périmés. Cependant sa maîtresse, une fille du peuple, monte vers la capitale ; elle laisse à Toulon son enfant, le fils de Thierry ; elle veut peindre, et vivre en femme des temps nouveaux : elle est l'espoir. A vrai dire, je ne crois pas que ce conflit symbolique soit le meilleur élément de *l'Ecume et le Sel*. C'en est plutôt la surcharge et la faiblesse. L'objectivité du roman, l'indépendance et la vérité des personnages, se trouvent ainsi altérés. Je ne dis point que cette ambition de l'auteur ne mérite pas l'estime ; mais il me semble que ses qualités, qui sont réelles et fortes, ne trouvent plus ici leur emploi.

Ces qualités, je les reconnais dans l'aplomb du décor (sinon toutefois lorsque l'action se transporte à Paris), dans la diversité et l'équilibre des plans, dans le réalisme et la concision des scènes les plus humbles, dans la coupe du récit, souvent hardie, parfois brusque, comme si l'auteur, revenant sur son œuvre, en avait supprimé de larges fragments. Je ne suis pas moins sensible à l'épaisseur de la trame ; les personnages de Zéraffa ne sont point isolés ; mêlés à l'époque, à la foule, on en retrouve à travers eux les courants et les rumeurs. Il arrive toutefois qu'ils s'y effacent un peu ; on leur souhaiterait des arêtes plus vives, une présence plus profonde, un mode d'expression moins uniforme. On voudrait aussi que l'auteur, une fois pour toutes, se dépouillât de certains clichés, de certaines phrases redondantes ou faussement littéraires. — Au reste, nous remarquerions moins ces taches, si l'écriture de Zéraffa ne tendait, très souvent avec bonheur, vers la précision et la fermeté.

L'auteur du *Temps des Rencontres,* en nous donnant *l'Ecume et le Sel,* réclame donc une nouvelle attention. Je ne doute point qu'il ne parvienne à conquérir un large public ; et je crois sentir en lui assez de vigueur et de scrupule pour attendre avec confiance les œuvres de sa maturité.

AU TEMPS OÙ L'ON PLEURAIT SUR LES ROMANS D'AMOUR

Le hasard d'une convalescence et celui d'une réédition ont mis sur ma table un livre que je n'avais pas ouvert depuis une dizaine d'années. Ce petit livre, qui fut écrit voilà plus d'un siècle, a pour auteur la duchesse de Duras, et c'est la collection « A la Promenade », chez Stock, qui vient de le reprendre. Comme je dirige cette collection, je voulais d'abord n'en point parler. Mais quoi ! il ne s'agit certes pas là d'une entreprise commerciale ; et ne faut-il pas aider un éditeur, si peu qu'on le puisse, dès l'instant qu'il ne se propose pas d'autre but que de servir nos Lettres ? Au lendemain de la guerre, c'était à qui reprendrait les chefs-d'œuvre classiques, les œuvres rares ou simplement curieuses. Que reste-t-il aujourd'hui de toutes ces tentatives ? La collection des « Cent meilleurs romans », qu'aimait tant Jaloux, me semble languir ; chez le même éditeur, la collection des *Voyages imaginaires* a disparu, qui pourtant avait repris Cyrano, Vatek, Poë, Holberg, Lewis Caroll... De même, aux Portes de France, la charmante collection de « l'Oiseleur » ; de même, je crois, les classiques de Domat et de Bader-Dufour. Qui achète la correspondance de Sainte-Beuve, à laquelle Jean Bonnerot consacre tant d'efforts ? Qui, le *Journal* d'Amiel, dont Léon Bopp avait entrepris la publication, aidé par la ville de Genève, qui en souscrivit, me dit-on, un exemplaire ? Les lettres mêmes de Balzac, si vivantes et si révélatrices, qui viennent de paraître chez Albin Michel, ont-elles trouvé un accueil suffisant ? J'espère du moins que la petite collection des classiques blancs, que présente à ravir la Guilde du Livre, obtient le succès qu'elle mérite. C'est Dominique Aury qui la dirige et qui, avec un goût parfait, écrit la préface de chaque volume. Je crois qu'elle prépare en ce moment un choix de lettres spirituelles de Fénelon ; je l'envie : c'est le meilleur Fénelon, homme exquis et profond, écrivain admirable. J'envie d'autant plus Dominique Aury que moi-même, depuis longtemps, j'avais conçu le même dessein pour « la Promenade ». Mais il y paraît si peu de livres, et j'accepte, hélas ! tant d'engagements, pour les tenir si peu, que mon *Fénelon* eût mis vingt ans à paraître.

Ce n'est pas le petit livre de madame de Duras qui peut le remplacer, encore qu'il soit agréable, piquant et même assez précieux (au double sens du mot). Je dis : le petit livre ; au vrai, il s'agit, en un volume, de deux courts romans : *Ourika* et *Edouard*. Si je les ai glissés dans « la Promenade », je le dois surtout à Joë Bousquet, qui les goûtait fort, qui de sa couche de malade m'écrivit sur eux maints commentaires, et dont enfin une étude est reproduite dans le volume actuel. Lisez cette étude, l'une des dernières œuvres du poète ; elle ne peut remplacer la bonne et claire préface de Jean Giraud, qui la précède ; elle ne va pas sans confusion ; mais elle est pleine d'heureuses rencontres et d'aperçus audacieux.

Au reste, ce n'est pas la première fois que, pour « la Promenade », je me laisse guider dans le choix des livres. Par exemple, si j'y ai repris, voilà une dizaine d'années, les *Mémoires* de Marmontel, savez-vous qui m'avait intéressé à ce petit arriviste sentimental, érotique et moralisateur ? Ce fut un fin amateur d'âmes, ce fut Léon Blum. Et la *Conjuration de Fiesque,* du cardinal de Retz, ce manuel de l'apprenti dictateur, savez-vous qui me suggéra de le reprendre ? Ce fut, en 1940, je crois, Benoist-Méchin (le livre parut cinq ans plus tard, et mon éditeur souhaitait alors une préface de Malraux ; mais je sais bien que Malraux, comme moi, ne se passionne que pour la peinture). Là-dessus, mes lecteurs vont dire que je manque d'initiative. Ah ! pardon ; j'ai de moi-même publié, pour la première fois en France, les poèmes de Sponde (avec quelques erreurs d'orthographe)[1] ; et pour la première fois aussi, ou presque, les *Voyages* de Montesquieu ; et les *Lettres* d'Aïssé, cette fille touchante et délicieuse, que Marivaux eût aimée, si nous aimions qui nous ressemble, mais dont Bernardin de Saint-Pierre et le marquis de Sade vont se disputer le souvenir. J'ajoute que j'ai repoussé l'idée de Paulhan, qui me suggérait de reprendre les poèmes champêtres de l'abbé Delille, et me promettait, en alléguant qu'il est l'auteur des *Fleurs de Tarbes,* une longue préface sur les travaux et les plaisirs de l'agriculture... Mais revenons à madame de Duras.

1. Mais c'est, on le sait, Alan Boase qui a remis Sponde en honneur.

❖

J'hésite un peu. Je sais bien que la plupart de mes lecteurs connaissent madame de Duras, et que je ne peux rien leur apprendre. Qu'ils me permettent d'en user avec eux comme les secrétaires de Sully à l'égard de leur maître, quand, rédigeant ses mémoires, ils lui disaient : « Rappelez-vous, Monseigneur, ce fameux jour où votre courage et votre bon sens habituels vous firent déclarer... » Rappelons-nous donc que Claire Lechat de Kersaint, fille d'une créole et d'un vice-amiral, naquit à Brest en 1777 ; que son père, député à la Convention, fut décapité ; que sa mère en devint folle ; que la jeune fille l'accompagna aux Etats-Unis, puis à la Martinique, puis à Londres, où elle épousa, en 1797, le duc Amédée de Durfort, seigneur de Duras et autres lieux. Rappelons-nous (c'est plus facile) la longue liaison que madame de Duras entretint avec Chateaubriand. Elle avait connu à Lausanne madame de Charrière et Rosalie de Constant ; elle s'était liée avec madame de Staël. A la Restauration, quand son mari, pair de France, fut nommé premier gentilhomme de la Chambre, elle sut être simple dans une existence fastueuse. Elle manquait de beauté, non d'expression, ni même d'attrait. On vantait le charme de sa parole. Au demeurant fragile, de cœur et de corps : « Un souffle me renverse, disait-elle... Une mine fâchée, quelque marque d'oubli, un petit tort de ceux que j'aime, et me voilà démoralisée pour huit jours. » Malade, elle se plut à écrire et, dans sa quarante-septième année (non point dans la cinquante-septième, comme l'écrit M. Giraud : décidément, j'aurais dû revoir les épreuves) elle publia le petit roman *Ourika,* qui fit pleurer tout le monde, même Chateaubriand, que Gérard transposa en peinture, Ulrich Guttinguer en romance, que vanta Sainte-Beuve, et dont enfin Gœthe écrivait : « Ah ! c'est trop. A mon âge, il ne faut pas se laisser émouvoir à ce point », ajoutant pour ses proches et ses serviteurs : « Qu'en trois mois on n'ose me placer un livre là où se trouve *Ourika !* »

Oui, mais auprès de Gœthe et de Chateaubriand, même de Sainte-Beuve, nous sommes des monstres de sécheresse. En lisant *Ourika,* je n'ai pas, je l'avoue, versé la moindre larme ; et de mes lecteurs les plus sensibles, je n'attends qu'une très légère émotion, un soupir, une mine rêveuse. Des cœurs secs, ce serait peu ; mais nous sommes aussi des cœurs ingrats ; nous ne voulons pas nous replacer dans une époque assez lointaine ; nous ne savons pas voir que telle situation, aujourd'hui toute commune, déchaînait alors un merveilleux scandale. Car enfin qu'est-ce que l'auteur d'*Ourika?* C'est en France, sous Louis XVIII, et en atours de duchesse, l'auteur de *Black Boy,* Richard Wright.

J'exagère un peu ; mais que l'on en juge. Ourika est une négresse, dès l'âge de deux ans rapportée en France et confiée aux soins de la maréchale de B. On la protège, on l'aime, on développe son esprit et ses grâces. Mais la voici jeune fille ; dans ce brillant milieu, quel destin peut-elle attendre ? qui peut s'éprendre d'elle et l'épouser ? Sans doute, le fils de sa bienfaitrice se plaît en sa compagnie ; mais c'est pour lui confier qu'il aime une autre femme. Et l'adolescente, à son propre déchirement, se reconnaît elle-même amoureuse, alors que tout, race, couleur et condition, lui interdit d'aimer. Une seule issue : gagner un couvent et mourir — ce qu'elle fait, en fille de cœur.

Dans ce récit, qui d'ailleurs part d'un fait exact, on peut saluer un souvenir d'Aïssé, la petite Circassienne, l'amante du chevalier d'Aydie ; on peut y retrouver aussi les vieux thèmes de Jean-Jacques et de Bernardin : n'arrachons pas un être à la sainte nature ; on peut même y découvrir, furtive et involontaire, une parodie d'*Atala* : de fait, Louis XVIII, qui ne manquait pas toujours d'esprit, appelait ce petit roman « une *Atala* de salon ». Restons-en là pour l'instant, et n'hésitons pas à louer, chez cette grande dame, de délicates et généreuses dispositions. Quant à l'écrivain, il est sans éclat, sans grande invention, non pas sans grâce : c'est vraiment l'époque où de Prudhon on fait un Corrège, et de Corrège un Léonard.

❖

Mais deux ans après *Ourika,* madame de Duras publie *Edouard,* et c'est une œuvre qu'il faut connaître. Il s'agit cette fois d'un vrai roman, non plus d'une image romancée ou d'une gracieuse complainte. L'art de l'auteur est devenu plus subtil et plus riche ; il sait créer des personnages, conduire une intrigue, inventer des épisodes, et n'est pas moins habile dans le souple dessin des figures ou des scènes que dans l'évocation d'une atmosphère. Un chef-d'œuvre : ce serait trop dire ; mais une œuvre originale dans cette lignée qui, de *La Princesse de Clèves,* après maints bonheurs et maintes redites, tombe dans *Le Roman d'un jeune homme pauvre.* N'eût-il point cette valeur, il faudrait pourtant lire *Edouard,* parce qu'il offre, nous allons le voir, une importante historique.

Edouard est le fils d'un grand avocat, qui a sauvé la fortune, et presque l'honneur, du maréchal d'Olonne. A la mort de son père, il est recueilli par le maréchal, qui le traite en fils et le fait vivre avec sa propre fille : Natalie de Nevers, une toute jeune veuve, une veuve « blanche », la plus pure et la plus gracieuse. On pense bien qu'Edouard s'éprend d'elle ; madame de Nevers répond à cette passion ; et d'abord ils se taisent, ils luttent, mais un jour, c'en est fait : ils s'aiment, ils se l'avouent, ils ne vivent que de cet amour. Trop chaste pour céder à Edouard, Natalie offre au jeune homme de l'épouser ; elle bravera les convenances sociales et s'aliénera son père, afin qu'ils vivent loin du monde, dans la solitude de leur passion. L'épouser ? Un bourgeois, épouser la fille du maréchal d'Olonne, pair de France ! Edouard a trop d'honneur pour y consentir. Elle le presse, elle l'implore, il va céder ; mais déjà, dans les salons parisiens, on chuchote autour des jeunes gens. Déchiré, Edouard appelle sur le terrain l'un des médisants : on lui fait savoir qu'on l'estime, mais que l'on ne peut se mesurer avec le fils d'un avocat. Allons ! Edouard n'a que trop attendu ; il s'enfuit, prend part à la guerre d'Amérique et se fait tuer, tandis que Natalie de Nevers s'éteint de langueur, à vingt et un ans.

J'ai parlé d'une importance historique. Peut-être le simple résumé de ce roman l'aura-t-il fait sentir. Par la délicatesse de l'analyse, l'union de la ferveur et de la tendresse, par la grâce mélancolique de certains passages et de certains états d'âme, ce court roman est l'ancêtre de *Dominique* et l'on ne peut douter qu'il n'ait vraiment influencé Fromentin. Mais il est une autre influence, beaucoup plus curieuse, qu'*Edouard* me semble avoir exercée. Aux premières pages du livre, quand l'auteur nous conte la jeunesse d'Edouard, ses rêveries, ses ambitions, son ardeur incohérente, si nous songeons à Dominique, nous ne songeons pas moins à Julien Sorel. Et comment l'image de Julien ne se préciserait-elle pas, à mesure que s'affirme le sujet de l'œuvre ? Bien sûr, l'auteur est une femme, et une grande dame : son héros est le fils d'un avocat célèbre, non d'un charpentier ; son histoire se déroule sous Louis XVI, non pas après l'Empire. Disons donc qu'en de telles conditions, avec de telles « servitudes », Edouard, du moins dans son drame, est une première ébauche de Julien ; c'en est le pastel délicat et édifiant.

Pour Edouard devant Natalie de Nevers comme pour Julien devant Mathilde de la Môle, un seul obstacle : la différence des conditions. Ni Edouard ni Julien ne sont *nés ;* de là, leur malheur. Tous deux ont leur vertu, et Julien lui-même, comme Edouard, a son honneur. La vertu et l'honneur d'Edouard tiennent dans le respect du vieux cadre social qui fait son infortune ; ceux de Julien, dans la révolte, dans la conquête, dans l'affirmation et la volonté des temps nouveaux. Au reste, il est curieux de voir Julien Sorel, le conquérant, aboutir à un échec, comme tous les autres héros de Stendhal, regagner par là notre amitié, qui s'était quelque peu assoupie, davantage : reprendre dans l'infortune une noblesse, une vertu, un honneur...

Après cela, je ne songe pas à comparer madame de

Duras elle-même à un Stendhal. Je dis seulement que l'auteur de *Le Rouge et le Noir* n'a pas ignoré *Edouard*. Romancier admirable (notre plus grand romancier), esprit attachant et parfois même ensorcelant, âme çà et là douteuse, Stendhal n'avait sans doute pour la duchesse aucune sympathie, mais non pas aucun intérêt. En 1820, dans une lettre écrite de Milan au baron de Mareste, il fait allusion « aux demoiselles Mars, Perrin... Madame la duchesse de Duras, en un mot aux catins à la mode. » Cette liberté de langage, s'agissant de madame de Duras, dépasse l'injustice et la grossièreté ; elle est ignoble. Car veut-on savoir à quel propos Stendhal en use ? Il vient de publier son livre *De l'Amour* et demande à son correspondant d'en envoyer un exemplaire à madame de Duras, après avoir coupé dans ce livre, aux ciseaux, les passages les plus scabreux.

❖

J'ajouterai que le cas de madame de Duras n'est pas aussi simple qu'on pourrait le croire. C'est une leçon d'honneur qu'elle propose dans *Edouard*, sans doute, et, songeant aux temps qui précédèrent immédiatement la Révolution : « Une seule chose, écrit-elle, avait survécu à ce naufrage de la morale : cette chose était un mot indéfinissable dans sa puissance, et qui n'avait peut-être échappé à la ruine de toutes les vertus que par son vague même : c'était l'honneur. Il a été pour nous la planche dans le naufrage. » Elle est sincère quand elle parle ainsi ; et pourtant, lorsqu'elle écrit *Edouard,* nous la sentons partagée, nous la sentons un peu complice, un peu victime. Ce n'est pas seulement parce qu'elle peut se rappeler, si l'on en croit Sainte-Beuve, un épisode qui ne la laissa point insensible : comment sa propre fille fut aimée d'un garçon aimable et vertueux qui, fils d'un conseiller d'Etat, dut s'incliner devant la différence des classes. Mais on a vu qu'*Edouard,* comme *Ourika,* est un roman de l'obstacle. Ici la couleur, là l'écart des conditions, exigent le sacrifice, provoquent l'échec, amènent l'impuissance de vivre et d'être heureux. Il ne s'agit pas là d'une rencontre ; en 1824, dans un troisième roman, qui est resté inédit, madame de Duras fait surgir un troisième et plus audacieux obstacle. Ce roman s'appelait *Olivier ;* Sainte-Beuve l'avait lu ; Latouche aussi, qui le plagia en 1826 dans son propre *Olivier ;* et c'est enfin le thème de ce roman, c'est-à-dire le thème de l'impuissance sexuelle, que Stendhal, en 1827, reprend dans *Armance.*

Cette obsession de l'échec, ce mélange de timidité et d'audace, cette vertueuse et plaintive évocation des solitudes, voilà qui peut-être nous éclaire sur cette femme, dont le père mourut décapité, et la mère folle, amie fidèle et obstinée du grand écrivain et don Juan de l'époque, inquiète, fragile, maladive, de jour en jour plus tourmentée — au milieu du salon le plus balzacien du temps.

ANDRÉ GIDE ET SES JUGES

Voilà une trentaine d'années, je me trouvai mêlé, je ne sais par quel hasard, à la direction d'une jeune revue. C'était une revue d'étudiants, et la plus traditionnelle. Comme je restais peu sensible aux attraits de la Sorbonne, l'ambition me prit de faire de cette revue une véritable revue littéraire. Donc, non content d'y rassembler quelques garçons de mon âge : Dhôtel, Limbour, Malraux, Crevel, Vitrac..., j'appelai à notre aide certains de nos aînés, de Cendrars à Proust, d'Arnoux à Mac Orlan et à Max Jacob. Ce fut ainsi que je m'adressai à Mauriac. Il n'avait pas encore conquis la gloire ; s'il rêvait de répandre un jour la bonne parole à l'Académie ou au *Figaro,* il le tenait secret. Mais il était déjà l'auteur de *Préséances* et du *Baiser au Lépreux ;* j'aimais son beau chant, voluptueux et tourmenté. Mauriac accepta de nous donner quelques pages ; et comme une étude d'Henri Massis venait de paraître, qui s'en prenait à Gide, ce pervertisseur, il y répondit, en écrivain et en catholique tout ensemble, par un article qu'il intitula : *Ne jugez pas.*

J'y ai songé, tous ces derniers jours, en parcourant

les articles qu'a suscités la mort de Gide. Je donnerai, je pense, une idée de ma candeur en disant que la plupart d'entre eux m'ont surpris, parfois peiné, parfois même indigné. Que tel écrivain ne voie dans cette mort qu'une occasion de parler de lui-même et de son œuvre propre, c'est une faiblesse très humaine, sinon très décente. Que tels débutants, si on leur demande : « Que pensez-vous de Gide ? » répondent : « Connaissons pas », il s'agit là d'une réaction de défense, il s'agit de jeunes gens, et qui auront le temps de le « connaître » — je l'espère du moins. Laissons donc ces coquetteries et ces refus, pour ne parler que des jugements. On a beaucoup jugé, c'est-à-dire condamné. Le conseil de Mauriac était d'un autre temps ; d'un autre monde, la parole qu'il citait, et sans doute d'une autre religion.

Gide mort, l'heure est enfin venue de rendre des comptes. Nulle crainte que l'accusé ne se dérobe, qu'il ne nous séduise par un nouvel artifice, qu'il ne trompe encore une fois notre longue attente. C'est l'instant de la vérité nue. Nous la devons à la France, qui compte un tel nombre de grands écrivains, qu'elle peut çà et là raccourcir quelques têtes ; nous la devons à nous-mêmes ; nous ne la devons pas moins à ce grand cadavre — oh ! après tout, pas si grand.

Car enfin qu'est-ce que Gide ? Un dilettante, un esprit ondoyant et subtil, c'est entendu. Un maître de la langue ? Oui, c'est-à-dire attention ! non pas un maître égal à Proust, à Valéry, à Claudel ou à Péguy ; il écrit à ravir, mais trop visiblement. Ne parlons pas de son théâtre. Un bon essayiste ? parfois. Un romancier ? mais qui nous intéresse dans la seule mesure où il se rattache à l'auteur du *Journal*. L'auteur du

Journal ? Certes, encore que l'on trouve dans le *Journal* comme dans *Si le Grain ne meurt* des « pages proprement révoltantes ». Et n'allons pas oublier ceci, qui est essentiel : il y a chez Gide une « inaptitude philosophique ». « Au fond, comme disait Charles du Bos, Gide est quelqu'un qui n'a jamais réfléchi. »

Je ne doute point que les auteurs de ces « jugements » (il leur arrive, dans le même article, d'en porter de plus équitables) n'aient cherché l'expression la plus exacte de leur pensée. Ils y ont parfaitement réussi. D'où vient donc que l'on croit percevoir tant de ressentiment et de hargne ?

❖

Trois griefs, affirmés ou secrets, me semblent dresser contre Gide la plupart de ses juges. Le premier tient à la morale ; le deuxième, à la religion ; l'autre... mais j'y viendrai.

Ce que l'on reproche à Gide, est-ce tout à fait son homosexualité ? On la réprouve, sans doute. Toutefois, si peu averti que je me trouve d'un tel sujet, il m'est revenu que la réprobation se faisait moins éclatante, quand le coupable savait garder quelque prudence ; qu'elle se voilait même, non pas certes d'indulgence, mais de compassion, s'il arrivait (mais comment le penser !) que le coupable appartînt au camp des juges. En vérité, ce que l'on reproche à Gide, plus que ses mœurs, c'est l'affirmation qu'il en fait. On lui reproche *Corydon ;* on lui reproche surtout cette phrase « navrante et proprement révoltante » qu'il écrivit en 1942 : « *Corydon* reste à mes yeux le plus important de mes livres. » Que cette phrase ait pu choquer maintes consciences, je le devine et le comprends. Il reste qu'elle ne doit point être séparée de l'œuvre entière et de la vie de Gide. Là où l'on ne veut voir qu'une obstination sénile, sachons reconnaître le courage. *Corydon* est un piètre livre ; je l'ai dit et écrit quand il parut, et l'on gardait alors un silence consterné. Mais quand un vieillard affirme, sachant fort bien les colères qu'il va soulever, que *Corydon* reste pour lui le plus important de ses livres, va-t-on préférer une sage hypocrisie ? Au reste, *Corydon* ne me semble ici qu'un symbole : celui de son indépendance et de la lutte qu'il a toujours menée pour une libération de l'homme. Qu'il se soit trompé : condamnez ses actes, mais n'en méconnaissez pas l'esprit.

De même, est-ce tout à fait son irreligion qu'on lui reproche ? On a montré moins d'humeur envers celle de Valéry ou même d'Anatole France. Gide a déçu cruellement les espoirs qu'il avait fait naître, et que de temps à autre il réveillait, d'un cœur sincère, mais d'un esprit fort lucide et fort sensible à la comédie, comme ceux de Constant. A l'heure où l'on pouvait attendre de lui, non pas, sans doute, un revirement, mais une hésitation, une fatigue, il a durci son attitude et consommé la rupture entre les dogmes et sa pensée. Si du moins il en eût souffert, s'il eût témoigné quelque angoisse à l'approche de la mort ! Mais jamais il ne montra plus de sérénité qu'en ses derniers jours. Dans la mort, qu'il ne séparait point d'un néant absolu, il est entré avec naturel, disant que tout était bien, et que sa vie d'homme lui suffisait, qui se trouvait remplie. Voilà peut-être ce qu'on lui pardonne le moins. Et voilà, je le sais bien, ce qui peut, ce qui doit peiner toute âme chrétienne. Mais ici surtout, ne méconnaissons point le courage et la noblesse d'un homme.

Ici comme là, c'est enfin son indépendance qu'on lui reproche. J'en préciserai une forme particulière, à laquelle je donne une adhésion presque sans réserves : je veux parler de son indépendance d'écrivain. Je ne prétends pas qu'il ait manqué de coquetterie et n'ait rien fait pour sa gloire. Mais il n'a fait aucune bassesse ; il est resté libre ; cette gloire même, il a su en choisir la qualité ; jamais enfin il ne lui a sacrifié la pleine expression de sa pensée et de son art. Je crois me souvenir que jadis quelques-uns de ses amis le pressèrent de songer à l'Académie ; ce fut l'instant qu'il choisit pour publier *Corydon*. — En regard de ce souvenir, j'en évoque un autre ; j'ai entendu, voilà quelques années, l'un des présents juges d'André Gide s'adresser par téléphone, non pas à un académicien, mais au gendre d'un académicien, sur un tel mode, avec de telles paroles, avec un tel accent de brave homme, d'homme éperdu, d'homme à tout faire... Je renonce à poursuivre, plus à l'aise dans l'admiration que dans le dégoût.

❖

Au demeurant, je n'ai jamais été l'un des familiers de Gide, encore que, jeune écrivain, j'aie subi son influence et reçu, sans l'avoir cherché, son appui. Je ne l'ai vu de ma vie que huit ou dix fois, soit à la *N.R.F.*, soit chez un ami commun. Je parle de lui en pleine liberté, comme j'ai toujours fait, et non pas toujours sans qu'il en fût irrité. J'avoue que je l'ai peu lu ces dernières années. Je reconnais aussi qu'une partie de son œuvre me laisse indifférent, ou m'agace ; que certains éléments de sa morale et même de sa sensibilité, non les moindres, ne rencontrent en moi qu'opposition. Mais il n'est rien là qui puisse me dérober la beauté de cette œuvre, l'harmonieux développement de cette vie et l'importance de cette figure.

Je reviens aux jeunes gens qui déclarent : « Nous ne le connaissons pas. » Entendons qu'ils ne veulent pas le connaître ; ils lui reprochent très exactement d'avoir *fait son temps,* qui n'est pas le leur. C'est qu'ils ont des soucis, des problèmes, une angoisse, que Gide, par lui-même, n'a pas connus. Certes, ils peuvent à bon droit, dans la vie d'André Gide, voir une vie miraculeusement privilégiée. Mais Gide a su se rendre digne de telles conditions, et ce n'était pas facile. Elles lui ont permis de donner à son chant toutes les nuances et l'ampleur qui le rendent « exemplaire ». Que ce chant, dans le monde actuel, semble assez étrange et même paradoxal, je ne doute point pourtant qu'il ne garde, pour des jours meilleurs, son plein sens et sa vertu possible. Après tout, il n'est pas dit que l'homme soit né pour la misère, l'humiliation et le mensonge.

Depuis un demi-siècle, plus peut-être que tout autre écrivain, Gide a honoré et servi la France. Il n'est guère que la France pour en douter encore. Non pas toute la France, je le sais bien. Et ce ne sont pas ses éléments les moins purs, ni les moins jeunes, qui ont salué décemment cet homme libre, ce grand artiste.

SANS FIN...

Sur le prix Goncourt.

La presse tout entière [1] a éreinté *les Jeux Sauvages.* Ce fut un grand, un noble spectacle. On voyait tel critique, le plus doux du monde, le plus réputé pour sa prudence, rejoindre en toute hâte l'armée des assaillants et témoigner que la valeur peut s'accorder aux années. Quels beaux coups, quelles marques d'indépendance, et comme l'on comprend bien cette sainte fureur !

Car il s'agit d'un livre très imparfait — fâcheuse exception parmi les choix habituels ; d'un livre que l'on n'avait pas lu, dont on ne parlait pas, que l'on n'avait pas désigné au jury, dont personne ne disait qu'un ministre ou une vedette s'y fussent intéressés ; et d'un premier livre ; d'un livre qui çà et là semblait se moquer du monde ; d'un livre qui, s'il était aimé de son éditeur, l'était avec passion, c'est-à-dire de la façon la plus intime et la plus silencieuse.

En vérité, tout cela méritait une bonne leçon.

1. On me signale toutefois que Robert Kemp a consacré aux *Jeux sauvages* un article très élogieux.

M. Paul Colin l'a reçue. L'honneur des Lettres est sauvé.

Vers le milieu de novembre, j'avais rencontré Paul Colin, qui voulait m'interroger sur son livre. Je lui dis ce que j'en pensais — je continue à le penser. Livre imparfait, ce n'est nullement un livre médiocre. On y reconnaît des influences ; mais on y perçoit une voix singulière. On y trouve des longueurs et des extravagances ; mais aussi des pages exquises, de beaux dons d'écrivain, autant de fraîcheur que d'artifice, autant de véritable grâce que de gracieux verbalisme, et même un sens de la nature qui n'est pas commun. J'essayais donc — ce n'est pas facile — d'éclairer un jeune romancier sur le meilleur de lui-même. Non, ce n'est pas facile. Par exemple ce verbalisme, ce souci d'attitude, cette parade brillante ou fumeuse, que je n'aime pas dans la seconde partie des *Jeux Sauvages,* ne serait-ce pas là précisément ce que l'auteur tient pour son vrai génie ? Je regardais l'auteur ; mais il était tard. « Enfin, lui dis-je, vous pourrez travailler en paix, puisque vous retournez en province et que personne ne songera à couronner votre livre. Voilà deux chances de salut. »

J'ai revu Paul Colin depuis son triomphe. Il est maigre, pâle, épuisé par les interviews, les invitations et les signatures de livres ; au demeurant, plein de modestie et de sagesse. Si d'abord le déchaînement de la presse l'a peiné, il a vite compris qu'il n'y avait là nulle méchanceté, simplement une mise en garde (comme la mienne), un avertissement, même un généreux souci de son avenir. Il ne demande qu'à bien faire ; et, comme la critique ne suffit point si l'exemple ne s'y mêle, il s'est mis à lire les œuvres complètes de ses censeurs. Voilà pourquoi, malgré le prix Goncourt, je ne veux pas encore désespérer de ce jeune écrivain.

❖

Paul Léautaud vous parle.

Chaque semaine, j'écoute Paul Léautaud à la « chaîne » nationale. J'aime surtout ses silences ; j'aime aussi les bruits de sa canne, ses petits rires hennissants, et les *non, nen, nin !* dont il scande ses colères. Je souffre un peu de le sentir en représentation. Quelle étrange faiblesse, pour un homme qui dénonce les vanités littéraires, se moque du public et chérit la solitude, que d'en prendre à témoin quelques millions d'auditeurs !

La semaine dernière, comme on l'interrogeait sur ses goûts : « J'aime avant tout, dit-il, le naturel et la simplicité. » On le presse d'en donner des exemples : voilà qu'il cite *Thomas Graindorge,* les drames philosophiques de Renan, *Manette Salomon* et *le Jardin de Bérénice.* « Et Gide, monsieur Léautaud ? — Gide ! quand j'ai lu son dernier *Journal,* je lui ai écrit une lettre de trois pages, pour lui prouver qu'il ne savait pas écrire. — Gide ne sait pas écrire ? — Non, nen, nin ! il ne sait pas écrire. Un homme qui commence une phrase par *Et,* par *Mais* ou encore, comme Paulhan, par *L'on !* comme Paulhan qui a osé écrire quelque part : « L'on l'a lu. » Vous imaginez ! *Lon-la-lu !* — Mais Barrès, monsieur Léautaud... ? — Ah ! celui-là, c'était un artiste. Quand il remplace l'article défini par le démonstratif, quelle élégance ! » Et, s'étant recueilli, Léautaud psalmodie de mémoire une phrase où Barrès, trois ou quatre fois en effet, remplace *le* par *ce* ou *cet* : l'une de *ces* phrases où *cet* artiste que fut Barrès se transforme en *ce* médiocre tzigane. Un silence. Puis Léautaud soupire : « Quoique j'en suis un peu revenu. »

N'écoutez pas Léautaud. Lisez-le.

❖

Sur un drame spirituel.

On prétend que toute belle œuvre porte l'âme à se dépasser et la fait tendre vers Dieu. L'an dernier, l'abbé N., dont on connaît le goût audacieux et sûr, évoquait devant moi le tourment de ses premières messes ; tout autour de lui, dans l'église où il officiait, c'était un entassement d'horreurs : tableaux et statues de Saint-Sulpice, de Lisieux ou de Lourdes ; en vain, pour s'y refuser, fermait-il les yeux, cette provocante laideur le poursuivait dans son recueillement, dans ses prières, dans ses appels désespérés aux saints patrons des beaux-arts ; de telle sorte qu'il dut renoncer enfin à officier dans cette église.

C'est un drame qui m'a vivement ému. J'ai voulu toutefois en savoir davantage, et, m'adressant à cette victime de la Beauté : « Mais si vous aviez à célébrer la messe parmi de purs chefs-d'œuvre, ne croyez-vous pas que, cette fois encore, votre recueillement en serait altéré ? — Ah ! me dit-il d'une voix grave, c'est une question que ce diable de Picasso m'a déjà posée, et qui m'a laissé rêveur. » Le mot *diable* vient ici à sa place, puisque l'on peut se demander (on l'a fait) si dans toute œuvre d'art n'entre pas une collaboration du démon. Je ne parle point d'une puissance maléfique, mais d'une puissance qui veut être autonome. L'important, bien sûr, est de l'utiliser pour la bonne cause. Il ne faut pas trop en demander...

Au demeurant, je tiens à rassurer mes lecteurs : l'abbé N., dont la sagesse égale le goût et la foi, est parvenu à donner à son drame un heureux dénouement. La plus grande partie du jour, il se tient dans un petit salon-oratoire, parmi quelques-unes des plus belles œuvres de nos maîtres contemporains (et même il y a mêlé, je crois, quelques-unes des siennes). Si, le matin, il doit passer quelques instants dans une église, le souvenir de tant de beauté l'accompagne et lui dérobe la vue des pieuses laideurs. Admettons pourtant qu'il les remarque : il n'en songe qu'avec plus de plaisir à la beauté qu'il va revoir. Admettons même qu'il en souffre un peu : il y trouve, pour les délicates voluptés qu'il a prises, une pénitence légère, mais efficace et suffisante, comme la Grâce. Décidément, bénis soient le saint Joseph du pilier et la sainte Thérèse de la seconde chapelle ; béni, tout le quartier Saint-Sulpice, avec ses tours, ses marchands et ses aimables revues.

❖

Visite au Louvre.

Au Louvre, ce matin de janvier, je voulais revoir *les Pélerins d'Emmaüs*. J'entre dans une salle malpropre et misérable. Une vitre était brisée ; un air glacé soufflait sur les Rembrandt et sur la *Dentellière*. Dans une salle voisine, autre vitre cassée et trou béant. Et deux chaises renversées interdisaient l'accès d'une troisième salle. Lendemain ou veille d'émeute ? J'ai fixé sur le gardien un regard soupçonneux. Mais non, le pauvre homme grelottait dans son coin ; nez rouge, teint blême, épaules voûtées, tout en lui attestait l'innocence, la longue fatigue et la résignation.

L'idée me vint un instant qu'un tel abandon relevait d'une extrême sagesse. Car, d'une guerre à l'autre, à quoi bon rien entreprendre ? Et pourquoi sauver du froid ou de l'humidité des Rembrandt que peut détruire demain la moindre bombe atomique ? C'est aussi pour cette raison, sans doute, que le Louvre, six ans après sa réouverture, est encore privé de sa richesse fondamentale, j'entends celle que constitue l'école française.

Je ne méconnais point les efforts qui ont été accomplis. Mais comment n'être point frappé, maintes fois, par leur timidité ou leur incohérence ? L'effort n'est pas vain, quand il aboutit à la nouvelle disposition des David, des Delacroix et surtout du *Radeau*. Et l'on sait avec quel bonheur les salles de sculpture se trouvent rajeunies. Mais le Salon carré est un échec ; la salle des Primitifs italiens n'offre pas moins d'étriquement que de surcharge. Quant à la grande galerie, par son éclairage, par ses proportions, par son atmosphère, elle reste le refus et la négation de la peinture.

Il n'était pas facile de l'aménager, cette fameuse galerie. Mais peut-être, cloisonnée, eût-elle mieux joué son rôle. A coup sûr, on pouvait choisir un autre fond que ce blanc sinistre où se figent les toiles patinées et leurs cadres somptueux. On pouvait mettre en bonne place, en bonne lumière, tel chef-d'œuvre, comme la *Crucifixion* de Véronèse ou le *Concert champêtre,* qui étouffent et disparaissent dans une pénombre trop peuplée. Que l'on ne prétende point que la place fait défaut : les trois-quarts des œuvres qui « ornent » cette galerie n'offrent aucun intérêt, et c'est bien la pire erreur que d'avoir, par tradition (car il ne peut s'agir de mauvais goût) enseveli quelques grands peintres sous une tourbe académique. On entretient ainsi la confusion, on fausse le sentiment du public et l'on détourne des musées les jeunes peintres.

Pourquoi ne point reléguer dans les combles ces œuvres médiocres ? On pourrait alors donner à l'école flamande, à l'école hollandaise, la place et la lumière qu'elles réclament. Avant tout, que l'on n'attende pas l'ouverture de nouvelles salles pour rappeler au Louvre les œuvres françaises qui périssent d'ennui sur les murs ignobles du Petit Palais. C'est *à partir* de ces œuvres qu'il fallait entreprendre l'organisation du Louvre. Il importe que notre grand musée national ne soit pas le dernier à savoir et à montrer ce que nul aujourd'hui ne peut sérieusement mettre en doute : qu'il n'est qu'une école de peinture, qui, sur huit siècles, offre tout ensemble une constante lignée et le plus heureux, le plus exemplaire des renouvellements. Que l'on ramène donc au Louvre, il est temps, la *Pieta,* les Fouquet, les Clouet, les Georges de la Tour, les Poussin, les Watteau, les Chardin, les Corot, les Cézanne, les Van Gogh, les Renoir, quitte à rendre le Petit Palais [1], et quelques autres bâtiments du même ordre, à leur destination naturelle : c'est-à-dire aux expositions de mobilier et d'horticulture.

Parmi les grands musées du monde, le Louvre pourrait être le plus riche ; c'est aujourd'hui le plus confus et le plus décevant.

❖

Le goût de la souffrance.

Voilà un an, à propos de *l'Imposteur,* Marcel Jouhandeau m'écrivait : « Cette publicité autour de mon livre et de moi-même, ces photographies, ces ragots : vous ne doutez point que j'en souffre, n'est-ce pas ? » Non, je ne doutais pas de cette souffrance ; mais je savais que Marcel Jouhandeau se plaît à souffrir. Ce ne pouvait être pour une autre raison qu'un écrivain dont, trente années durant, nous avions aimé la délicatesse et la réserve, se prêtait soudain à ces manifestations.

Depuis lors, Marcel Jouhandeau n'a pas quitté la voie douloureuse. Comme déjà il dut se mettre à la gène pour écouter sur son œuvre, chez son éditeur, le plus juste des panégyriques ! Comme il doit souffrir de collaborer à des journaux qui naguère le couvraient d'insultes ! Comme il doit être déchiré en livrant au public, tout ensemble, la photographie

1. L'exposition des chefs-d'œuvre du Berlin, au Petit Palais, est d'ailleurs fort bien présentée ; mais si, de ces pièces du pourtour, on se risque dans les ténèbres des salles françaises, on ne peut se retenir d'un sentiment de honte.

d'une mère sur son lit de mort, et celle d'une épouse dans sa parure naturelle de danseuse !

Et voici que, pour le lancement d'un nouveau livre, *Elise-architecte,* il ouvre son cœur et son foyer à *Samedi-soir*. Il apporte une contribution volontaire à *Paris-Parade ;* il permet qu'en première page, au-dessus de sa photographie et de celle de sa femme, on annonce : « Le plus mauvais ménage de Paris, » que l'on explique : « Les querelles de ce ménage fournissent un tribut réjouissant à notre littérature, » que l'on déclare : « Marcel Jouhandeau et son épouse Elise se sont épanchés dans le giron de notre collaborateur, » que l'on précise : « Plus Jouhandeau se plaint de sa femme, plus le nombre de ses lecteurs augmente, » qu'enfin un éditeur, avec autant de mépris de l'écrivain que de génie de la réclame, fasse imprimer sur la bande du nouveau livre : « Encore eux ! »

Ah ! cette fois, c'est trop accorder à ce furieux masochisme. Réveillez-vous, cher Marcel ; regardez qui vous entoure, qui vous flatte, qui vous mène, et où l'on vous mène. Si vous ne le faites pour vous, faites-le pour des amis qui, n'ayant jamais douté de votre noblesse, souffrent eux-mêmes d'un tel spectacle, et n'ont pas le moindre goût pour ce genre de souffrance.

❖

Visite à La Frette.

Je n'étais pas allé chez mon ami J. Ch. depuis une quinzaine d'années. Nos rencontres à Paris, si rares, ne me suffiraient pas ; mais il m'écrit, et c'est l'un des deux meilleurs épistoliers de France. (L'autre est J. P. ; mais je le vois chaque semaine, de sorte qu'il m'écrit peu. Il m'écrit pendant les vacances, quand il nous arrive de partager la même maison et les mêmes repas, ce qui nous permet chaque jour d'échanger deux ou trois lettres.)

A la Toussaint, je me suis embarqué pour La Frette. Ch. m'attendait à sa grille : c'est qu'il fallait commencer la visite par le jardin — un petit jardin qui surplombe la Seine, devant l'un des plus beaux paysages d'Ile-de-France. Depuis deux ou trois ans, Ch. consacre des fortunes à son jardin : « Mon dernier luxe », dit-il. Lorsque l'Aga Khan s'est installé au Cannet, il a fait venir, des quatre coins de l'univers, des arbres immenses. Tous les soins de Ch. ont tendu à l'opposé : un paradis pour coccinelles. Ce fut une longue et dure entreprise : « Ah ! ces plantes ! Aucune discrétion, aucun sens de la mesure ! Elles sont monstrueuses : elles veulent toujours pousser ! » Dans un coin, j'avisai toutefois un jeune arbre, un vrai géant, haut de presque un mètre, et j'en fis compliment à Ch. ; il le prit assez mal : « Cette ordure ! Un noyer commun ! Une faiblesse de ma femme... Mais venez, approchez, là, vous voyez ?... Non, là ! » Me baissant, je découvris une sorte de petit plumeau, verdâtre et rabougri ; et Ch., à mi-voix, avec tendresse, avec piété : « Il a soixante-quinze ans. Il vient du Japon. »

Mais la maison n'a pas changé. Un détail pourtant. Jadis, quand Ch. la fit construire, on avait ouvert dans son bureau une large baie, afin que l'écrivain pût jouir du paysage. Mais le paysage était si beau, et si encombrant, que Ch. aussitôt fit combler la moitié de l'ouverture pour travailler en paix. J'ai beaucoup admiré cette sagesse ; le paysage était là, invisible et présent ; Ch., derrière son mur, pouvait l'évoquer tout à l'aise. Là aussi, quelque part, à portée de la main, d'une main qu'on n'étendrait pas, était la vie. Là encore une femme, que l'on pouvait enfin, sans la voir, aimer selon son mérite. — Aujourd'hui la baie a repris ses premières dimensions, et le grand paysage pénètre dans le bureau. « Oui, dit Ch., qui suit mon regard : je ne travaille plus guère... Mais quel paysage ! »

Enfin, sur un rayon de livres, j'ai découvert trois soldats de plomb. « C'est Roger N. qui me les a donnés, pour me défendre contre la prochaine invasion. » De fait, ils étaient fringants et décidés, en dignes fils de « hussard ». J'imagine que la nuit, rejoignant le plumeau japonais, ils montent la garde aux portes de Lilliput.

J'ai songé à un mot de Groethuysen, qui m'enchante, tant il répond à l'esprit et à la figure d'un homme que nous n'oublions pas. Un jour, dans un salon, Groethuysen s'entretenait avec quelques amis, quand il remarqua, sur une console, parmi des figurines et de menus fétiches, un petit dieu nègre, de traits médiocres et de mine modeste. Il le prit, le caressa, puis, avec un sourire, l'œil soudain éclairé : « Tout de même, dit-il, si c'était le vrai ? »

Mais Groethuysen est mort quelques mois plus tard. Décidément, je crains que les soldats de plomb ne parviennent pas à défendre, contre la folle végétation des temps nouveaux, les derniers jeux de la culture.

TABLE DES MATIÈRES

« Bibliothèque Albin Michel »
au format de poche :

1. Jacques Chardonne — *L'Épithalame*
2. Thomas Mann — *Les Têtes interverties*
3. Henri Béraud — *Le Vitriol de lune*
4. Guy de Maupassant — *Contes choisis*
5. Octave Mirbeau — *L'Abbé Jules*
6. Benjamin Péret — *Anthologie de l'Amour sublime*
7. Rainer Maria Rilke — *Correspondance avec Marie de la Tour et Taxis*
8. Henry James — *Confiance*
9. John Fowles — *La Tour d'ébène*
10. Irène Némirovsky — *Les Chiens et les Loups*
11. Vasco Pratolini — *Chronique des pauvres amants*
12. Friedrich Dürrenmatt — *Grec cherche Grecque*
13. Roger Vercel — *Capitaine Conan*
14. Tove Jansson — *Le Livre d'un été*
15. Yasunari Kawabata — *Tristesse et beauté*
16. Erskine Caldwell — *Miss Mamma Aimée*
17. Irène Némirovsky — *Le Vin de solitude*
18. Friedrich Dürrenmatt — *La Ville*
19. Benjamin Péret — *Anthologie des mythes, légendes et contes d'Amérique*
20. Thomas Mann — *Déception et autres nouvelles* suivi de *Fiorenza*
21. Thomas Hardy — *Jude l'Obscur*
22. Slawomir Mrozek — *Tango*
23. Primo Levi — *Le Système périodique*
24. Roland Dorgelès — *Bouquet de Bohème*
25. Friedrich Dürrenmatt — *La Promesse*
26. Marcel Brion — *Contes fantastiques*
27. Machado de Assis — *Dom Casmurro*
28. Francis Carco — *L'Équipe*
29. Rumer Godden — *Le Fleuve*

30. Adrienne Monnier — *Rue de l'Odéon*
31. Joë Bousquet — *Le Meneur de lune*
32. Adolf Rudnicki — *Têtes polonaises*
33. Marcel Schneider — *Les Deux Miroirs*
34. Sinclair Lewis — *Le Lac qui rêve*
35. Jean Lorrain — *Maison pour dames*
36. Nikos Athanassiadis — *Une jeune fille nue*
37. Maxence Van der Meersch — *Quand les sirènes se taisent*
38. Andrei Platonov — *La Mer de Jouvence*
39. Alphonse Allais — *Comment on fait les bonnes maisons*
40. Pierre Louÿs — *Psyché*
41. Cholem Aleichem — *Tévié le laitier (Un violon sur le toit)*
42. Thomas Mann — *L'Élu*
43. Henrik Pontoppidan — *Le Visiteur royal*
44. Honoré de Balzac — *Théorie de la démarche*
45. Léon Blum — *Du mariage*

La reproduction photomécanique et l'impression de ce livre ont été effectuées par l'Imprimerie Pollina pour les Éditions Albin Michel

Achevé d'imprimer en février 1991
N° d'édition 11639 - N° d'impression 13441 - Dépôt légal : mars 1991